帝国的流亡

南明诗歌与战乱

张晖 遗著

中国社会科学出版社

图书在版编目(CIP)数据

帝国的流亡:南明诗歌与战乱/张晖遗著. —北京:中国社会科学出版社,2014.3
ISBN 978-7-5161-3922-6

Ⅰ.①帝… Ⅱ.①张… Ⅲ.①古典诗歌—诗歌研究—中国—南明 Ⅳ.①I207.22

中国版本图书馆 CIP 数据核字(2014)第 021550 号

出 版 人	赵剑英
责任编辑	郭晓鸿
特约编辑	曾 诚
责任校对	张玉霞
责任印制	戴 宽

出 版	中国社会科学出版社
社 址	北京鼓楼西大街甲 158 号(邮编100720)
网 址	http://www.csspw.cn
	中文域名:中国社科网 010-64070619
发 行 部	010-84083685
门 市 部	010-84029450
经 销	新华书店及其他书店

印 刷	北京君升印刷有限公司
装 订	廊坊市广阳区广增装订厂
版 次	2014 年 3 月第 1 版
印 次	2014 年 3 月第 1 次印刷

开 本	880×1230 1/32
印 张	8.625
插 页	2
字 数	203 千字
定 价	29.00 元

凡购买中国社会科学出版社图书,如有质量问题请与本社联系调换
电话:010-64009791
版权所有　侵权必究

序　历史叙述的细化与文学研究的拓展
——张晖《帝国的流亡》

左东岭

最近几年来，易代之际的历史与文学研究逐渐成为学界关注的重要学术领域之一。

易代之际的研究价值与学术魅力首先来源于其政治格局的变化与士人选择的多元。中国古代在政权稳定期倡导的是政治的一元化与士人人格的整齐划一，学而优则仕成为每一位儒者的必然人生选择，他们人生的成功与失败常常取决于科考的是否顺利，一旦被抛出政治格局之外，便很难有展示其各种能力的机会。但易代之际却大为不同。当士人处于两种或多种政治势力相互争斗的格局之中时，他们必须做出仕宦与归隐、抗争与顺从，甚至生存与死亡的抉择。这其中除了有文化价值的选择与夷夏之防的牵扯之外，也不排除为了争取个人人生成功的政治冒险，于是便会表现出多彩多姿的人生面相。比如元明之际的宋濂与戴良，二人同属浙东的金华学派，共同从学于元代大儒黄溍与柳贯，如果处于承平之时，他们可能只有科举仕途上成败与否的差异，但是他们却生逢易代之际，处于元朝廷、张士诚政权、朱元璋政权甚至方国珍政权相互争斗的浙东地区，无论他们是否情愿，都必须做出政治的选择。宋濂拒绝了元朝廷的征召而走入了朱元璋的幕府，结果他成为明朝开国文臣第一，在明初文坛上具有代表主流文学观念的话语权。戴良则相反，他先是供职于张士诚政权，后又渡海至山东寻找元朝廷势力以图报效，无果后返回浙东隐居不出，入明后坚持遗民气节，直至死亡而后已。宋、戴二人的不同选择，包含了丰富的文化内涵，很难从单一的角度予以评说。钱穆先生从民族大义着眼，认为："然如戴良、王逢皆南人，其耿耿于胡元，至死不变，一身利害固不计，天下事非亦不辨，国人之好恶向背，亦复悍然无动于其中，而天理之往复乘除，彼亦茫焉若不知。古今诗文之士，不乏眼小如豆者，而戴、王乃凭此立节，长为同时及后人之所想慕，斯尤可怪也。"（钱穆：《中国学术思想史论丛》卷六，《读〈九灵山房集〉》）然而，作为民族重振的元明易代，为何会有像戴良这样的江南文人甘做遗民，替元守节，其中只是一种愚忠的君臣观念在起作用吗？那么又如何理解宋濂、刘基的叛元行为，那是他们的道德污点吗？这些问题至今都还在困扰学界，具有相当的学术难度。再说，他们二者的成功与失败、明智与愚暗，仅仅以政治上的得与失恐亦属皮相之见。当宋濂要入朱元璋幕府时，戴良曾赠诗三首，其中一首说："寄声奋飞者，当慎子所之。烟波渺无从，云路迥难依。云路多鹰隼，烟波有虞机。"（《戴良集》，《寄宋景濂三首》）联系到宋濂入明后虽然一时青云得意，但最终被流放蜀地，病死途中，果真应验了戴良"云路多鹰隼，烟波有虞机"的提醒与忠告，后人阅读这样的诗作，又将会作何感想呢？可以说，易代之际政治上的波谲云诡带来了士人人生态度与价值选择的多元复杂，从而增加了研究的难度与评说的困难，因而也拥有了更大的学术魅力。

易代之际的研究价值与学术魅力其次来源于文化价值的重估与思想观念的活跃。中国自汉代倡言"罢黜百家，独尊儒术"以来，尽管每个朝代也都存在着儒释道相互消长的不同状况，但儒家思想一直作为官方的统治思想乃是历史的常态，尤其是在王朝稳定时期，政治格局的单一导致了思想界的沉闷，士人往往遵循某种既定思想传统而缺乏创造的活力。然而在易代之际，王朝统治的解体带来的是思想统治的松动，对政治黑暗的反思则连带着对传统观念的质疑。像宋元之际的邓牧，对当时的君臣制度之弊端反复论说，其思考的动力即来源于王朝的更替，《四库提要》曾对比周密、谢翱与邓牧之差异说："密放浪山水，著《癸辛杂识》诸书，每述宋亡之由，多追咎韩、贾，有黍离诗人彼何人哉之感。翱《西台恸哭记》诸作，多慷慨悲愤，发变徵之音。牧则惟《寓屋壁记》、《逆旅壁记》二篇稍露繁华消歇之感，余无一词言及兴亡，而实侘傺幽忧，不能自释，故而发而为世外放旷之谈，古初荒远之论，宗旨多涉于二氏，其《君道》一篇，竟类许行并耕之说。《吏道》一篇，亦类老子抛斗折衡之旨。盖亦宋君臣湖山游宴，纪纲丛脞，以至于亡，故有激而言之，不觉其词之过也。"（永瑢：《四库全书总目提要》卷一六五，第1417页）在宋代灭亡之后，既可以引起周密、谢翱诸人的黍离之悲，也可以导致邓牧的理性反思，而他们本来都是亡宋之遗民，有共同的思想基础与情感倾向，却并不影响其各自展现其思想的活力。他们唯一相近的，乃是"有激而言之"的易代背景。当然，易代之际思想观念的复杂丰富并不全都具有正面的价值，他们往往鱼龙混杂、泥沙俱下，有的形似开新实则复古，有的貌似激烈而颇难落实。但是，也正是在这纷扰多变的冲突激荡里，蕴含着创新的活力。没有邓牧所提出的"天下何常之有,败则盗贼,成则帝王"(《伯牙琴》,《君道》,《知不足斋丛书》第四册,第383页),就不大可能出现黄宗羲的"为天下之大害者,君而已"的大胆之言,而二者又全都是由于易代之际所释放出的思想活力而做出的非常规思考。这种思想史的新思考自然有其独立的价值与意义,因而应该引起思想史研究者的足够兴趣。从文学研究的层面讲,思想的多元意味着文学观念的丰富,从而造成文学格局的繁荣,因此也就拥有了文学研究的重要价值。

易代之际的研究价值与学术魅力其三来源于文学风格的多样与审美形态的趋新。元明之际的刘崧曾记述过一位号为"逢掖生"的奇人,他在承平时像多数士子一样,"习举子业,数就试不偶"。后来,"遭世乱,稍解纵绳检,自放于酒,生事一不以介意,日与其徒剧饮于东西家。既醉,招摇而归,即闭户酣睡。或造焉,辄瞋目大诟曰:'吾乃不知有吾身,何有公等也。'竟不答。感时触事,郁不得故,时时操翰引觚,咏述事物,陈摧古今,兼体风谣,绰有思致。"(刘崧:《逢掖生传》,《全元文》第57册,第296页)其实,这不仅是个别士人的状况,也是许多人的共同经历,他们在乱世中失去了政治的钳制与思想的羁绊,于是在人生行为与思想情感上便"解纵绳检",脾气个性也日益张扬。个性的放纵,思想的苦闷,遂形成创作的动力,从而导致"绰有思致"的创作效果。在承平之时,儒家传统的审美观左右着文坛,温柔敦厚、平和从容乃是诗人共同遵守的诗教。但在易代之际,变风变雅的观念成为流行的文坛追求,于是感时述事的史诗意识,刺时讽喻的批判精神,慷慨激昂的情感倾向,哀感顽艳的体貌格调,均成为文人的自觉选择,从而构成富于张力的抒情空间。关于此一点,刘基在《项伯高诗序》有过集中的论述:"言生于心而发为声,诗则其声之成章者也。故世有治乱,而声有哀乐,相随以变,皆出乎自然,非有能强之者。是故春禽之音悦以豫,秋虫之音凄以切;物之无情者然也,而况于人哉!予少时读少陵诗,颇怪其多忧愁怨抑之气,而说者谓其遭时之乱,而以其怨恨悲愁发为言辞,乌得而和且乐也!然而闻见异情,犹未能尽喻焉。比五六年来,兵戈迭起,民物凋耗,伤心满目,每一形言,则不自觉其凄怆愤惋,虽欲止之而不可,然后知少陵之发于性情,真不得已,而予所怪者,不异夏虫之凝冰矣。"(林家骊:《刘基集》,第84页)诗人的情感会随着环境的变化而表现出喜怒哀乐的不同,刘基曾经理解杜甫"其遭时之乱,而以其怨恨悲愁发为言辞"的创作特征,但是却并没有真正的会心。只有经过了几年的"兵戈迭起,民物凋耗,伤心满目",才真正体味到"其凄怆愤惋,虽欲止之而不可",从而也才真正与杜甫产生了心灵的共鸣。从政治的角度讲,温柔敦厚更有利于人心的平和与人文的教化,因此要求有效控制诗人们剑拔弩张的激越愤懑;但从诗学的角度看,感人的作品往往是那些慷慨不平的鸣响,而易代之际皆正是这样一个情感多元、感慨多思的时代,从情感的浓度与感人的深度上,几十年的易代之际往往胜过平淡无奇的百年承平。

因此,易代之际的研究便成为历史与文学研究不可或缺的重要环节,它可以弥补以前研究所存在的断裂了的历史链条,可以深化思想史的历史内涵,可以拓展文学史的研究空间,可以发掘对于今天更有借鉴价值的历史经验。

然而,易代之际的研究也存在着诸多困惑与难点,从而使涉入本领域的学者必须保持足够的谨慎态度与相应的较高学养。

易代之际研究的难点之一是文献的缺失与错讹。易代之际往往是战乱频仍、民不聊生之时，许多文献都由于难以有效保存而多有散佚。加之政治格局的变动，使得官方往往会对一些不利于自己的文献加以禁毁，而作者也会由于自身的安危而删削那些不利于自己的作品，因而若欲一窥易代之际的真实状况实非易事。比如元明之际的作家，会莫名其妙地丢失大量的作品。陈基与危素入明之后都曾入朝为官，但在其现存的别集中却找不到任何入明后的作品，那么是谁删去了他们的后期作品，其原因又是什么？宋濂则相反，在明清编撰的宋濂别集中，散文构成了其主要内容，而诗歌作品则不足300首。这应该不是历史的实际状况，因为宋濂一向以诗人自命，他在年轻时不仅有过丰富的学诗经历，而且还对自己的诗学水准相当自负。曾说："濂虽不善诗，其知诗却决不在诸贤后。"（宋濂《刘兵部诗集序》，见罗月霞编《宋濂全集》，第609页）如果说宋濂在入明后因政务繁忙而多公文之作，其在元末隐居山林，多有感触，应不乏诗歌创作。果然，近年来随着其《萝山集》的发现，人们终于可以一睹其元末诗作之面貌，也就可以更全面地认识宋濂易代之际的真实心态以及其诗风全貌。明清之际的情况就更不乐观，由于当时的江南文人多为抗清志士，其诗文中多有对清人的指斥与控诉，因而其作品也大都经过了程度不同的删削禁毁，尤其是在乾隆年间官修的四库全书中，这种情况就更为严重。因此，欲进行易代之际的历史研究，第一步工作便是对文献的辑佚与考辨。

易代之际研究的难点之二是历史跨度过大所造成的认知模糊。无论在历史研究还是文学研究中，都是按照朝代作为划分研究时段的标准,但历史其实是一个连续的过程,尽管易代可以造成一定的政治格局断裂与思想观念变异,但却不可能形成泾渭分明的朝代之间的界限。于是,许多奇怪的现象在传统研究领域中产生了:邓牧一向被作为宋代历史人物来介绍,但其主要的著作均创作于入元之后,而其思想的活力则主要是由宋元的易代所激发;宋濂与戴良年纪相近,又同出金华学派,但由于政治选择的差异,宋濂被作为明代的开国文臣之首,戴良则被列入元代遗民的行列;钱谦益本是与袁中道交往颇多的晚明文人,其《有学集》也系明朝作品之结集,但却被作为清代的重要诗人而入史,后来还被乾隆皇帝列入《贰臣传》中。如何清除传统研究对这些跨朝代人物与事件的有意无意的遮蔽,乃是进行易代之际研究的重点之一。因此,变异性、过渡性与矛盾性乃是易代之际研究所必须关注的特点。黄宗羲是明清之际著名的遗民代表,他的确始终坚守了遗民的气节,但他何以会自身不入仕新朝却同意其子侄辈参与撰修《明史》,甚至为其出谋划策。此乃变异性之体现。高启入明后曾参与撰修《元史》,却又不愿担任朝廷的正式官职,宁愿过闲适自在的隐居生涯。许多人认为他对张士诚政权颇有同情而对朱明政权抱有成见。其实,他既对元朝廷深感失望,也超然于张士诚的割据政权。他是元代士人长期养成的懒散闲放人格的典型体现,他不愿介入政治而渴望保持文人的自由与闲适。此乃过渡性之延续。刘基在元代虽然中过进士并担任官职,却终因屡遭压抑而愤然抛弃旧朝而归于朱明政权。过去人们只看到他为朱元璋出谋划策并最终在新朝加官晋爵,却往往忽视其焦虑的心态与哀婉的情愫,他毕竟与旧朝具有千丝万缕的情感牵扯。此乃矛盾性之纠缠。身处易代之际的士人,被诸方势力所牵扯,被各种利益所诱惑，被不同价值观所左右，于是便存在选择的多种可能性。必然的历史趋势与偶然的个人境遇，理性的决断与一时的冲动，都会导致完全不同的人生选择与命运结局。因此，理清头绪纷乱的诸种复杂历史要素并进行深入的思辨，乃是易代之际研究者所必备的学术素养。

易代之际研究的难点之三是研究者所居立场的准确把握。在面对易代之际的历史现象时，研究者必然会面对气节之辨与夷夏之防这两个无法回避的问题，而所持立场不同则会具有不同的价值判断。其中有一种独特的现象应该引起学者们充分的关注，即凡是以夷代夏的王朝鼎革，拒仕新朝的遗民气节便会受到更多的肯定；凡是以夏代夷的朝代更替，则顺从新朝的士人便易于受到称赞。前者如文天祥、谢翱、黄宗羲、张煌言等等，后者如刘基、宋濂、陶安等等。同理，元明之际的戴良尽管颇能坚守气节，却被后人斥之为"眼小如豆"；明清之际的钱谦益尽管仕清后内心充满焦虑悔恨并旋即退隐，却依然被视为有失大节的贰臣。其实，在天崩地解的易代之际，士人的选择不仅多元而复杂，而且也会对历史产生方方面面的不同影响。作为一位现代研究人员，他理应采取一种多元的立场与客观的态度，去对笔下的历史人物进行同情的理解与评说，而不能先定是非，然后根据自我的好恶去裁定历史人物。士人的品格气节固然是衡量人物的一种尺度，但却并非唯一的尺度，更不能站在汉民族的单一立场去进行品格优劣的评判。其实，在古代也多有人对此采取多元立场以裁量人物。比如元明之际的杨维桢与戴良，尽管均坚持不出仕新朝，但作为明朝重臣的宋濂并没有因此否定其气节品格与文学成就，而是为他们撰写墓碑传记予以表彰，体现了一位儒者的眼光与胸襟。如果一位现代研究者连宋濂的高度都难以达到，那他就很难在易代之际的历史研究中取得有深度的学术成果。

张晖《帝国的流亡——南明诗歌与战乱》是一部研究易代之际历史与文学的新作，而且是一部很有分量的新作。尽管这还是一部未完成的著作，尽管学界已经出版了南明文学研究的专著（如潘承玉《南明文学研究》，中华书局2012年12月出版），但我认为这依然是一部值得关注的著作。从总的方面说，我认为本书对易代之际的研究包含了两方面的贡献：历史叙述的细化与文学研究领域的拓展。其历史叙述的细化，主要体现在两个方面：一是其整体设想。作者专门用《帝国的流亡》来叙述南明政权的种种史实，细致描绘当时士人为什么选择抵抗、如何抵抗以及在抵抗的姿态下所发生的种种境遇。按照作者的设想，本书之后的另一部著作为《帝国的风景》，其内容是"要写知识人身处不同的位置，或在体制之中，或在体制之外，如何共同述说同一个客观的对象（山河），如何面对新的江山、新的王朝。"（本书导论）这种细分历史阶段的历史描述方式，超越了前人明清之际研究、遗民诗歌研究、贰臣文学研究等稍显笼统的研究格局，从而展现出更为清晰的历史图景。二是其独特的研究视角。说本书历史叙述趋于细化，并非指其容量巨大与卷帙浩繁，在这方面有按正史体例编撰的钱海岳《南明史》，作者耗时14年，内容120卷，字数近360万，甚至连许许多多的小人物也都囊括无遗，从史书编撰的角度，这的确是最为细致的一部南明史。但张晖著作的细致并不表现在此一方面，他的细致乃是对于士人精神世界的深入描绘。作者从伴随南明政权流亡的诗歌文献入手，去详细梳理描绘那些士人的思想与情感，内心与行动，理想与绝望的种种复杂世界，并最终建构起他们的挺拔人格与进取精神。诚如作者所说：这些诗歌"是当时人在紧张的战争和流亡生活中写下来的零散篇章，很多未能保存下来，但却几乎比任何其他文献（除了奏折）都能更真实和更可靠地记载着当时人的思想和情感，毋庸说保存在其间的大量的直接的历史信息。"（导论）这是从文学角度所进行的历史叙述，是一种心灵史的叙述，具有独特的价值与意义。因为正史所关注的，都是对历史发展造成直接影响的人物与事件，其中官位、身份与历史大事件起着是否入史的重要作用。本书则从诗歌创作的角度，对那些奔赴行在的诗人的痛苦曲折而又坚忍不拔的过程与心理进行了细致的解读，并对其百折不回的精神予以表彰。他们可能身份低下，也可能没有对当时的历史起到什么作用，有许多人甚至最终没有到达心目中的目的地，但这并不影响他们精神的可贵。将这种精神从尘封的历史中提炼描绘出来，历史才会恢复其鲜活真实的面貌。

本书对文学研究领域的拓展则表现为对南明诗歌的诗学价值研究。按照作者原来的设计，他在本书下编所要研究的是绝命诗、殉国诗、军中诗及漂流海上之诗，并将其称为悲伤的诗学。前人也曾对遗民的绝命诗略有涉及，但那大都是将其视为民族气节的表达，张晖则将此类诗歌提高到诗学的高度加以总体观照，实在是开拓出一个新的文学研究领域。正如作者在其残稿所言："在中国的文化传统中，向来很少直接探讨死亡的问题，正所谓'未知生，焉知死'也。相关的哲学思考并不深入。关注这批诗歌，重点并不是要落实到诗中所展现出来的关于死亡的思考，而是着眼于不同的诗歌、作者如何借助诗歌的形式表达对于死亡的思考，如何通过诗歌来抒发、缓解他们对于死亡的焦虑、紧张,在诗歌中如何不同地表述他们对于死亡的思考,以及借助死亡来抵抗和拒绝接受令人绝望的现实、临终前是否能充分表达隐藏在忠孝节义等大的道德规范之下的欲望和情感。"毫无疑问,本书对于死亡诗学的探索具有重要的开拓意义,而且就作者目前所提供的书稿内容看,我以为已经论述得相当深入。比如作者对绝命诗的研究,不仅在总体上概括了南明绝命诗的特征,而且通过刘宗周、瞿式耜和张煌言三人所代表的不同类型的绝命诗的论述,深入剖析了不同阶段、不同心境和不同场合他们所各自所展现的心理差异及独特体貌,同时也归纳出其共同的特征:"明清易代之际的绝命诗既是个人的,又是时代的,反映的不仅是一个个个体生命在死亡前的犹豫、恐惧和坚定,更是所有殉国士人在易代之际的集体价值和情感趋向。"

毋庸讳言,本书对明清之际士大夫复杂心态的分析以及对于悲伤诗学观念丰富内涵的论述上都还有待加强,比如张煌言之死,作者将其概括为"死亡的公共性",认为他的慷慨赴义影响面极大,其绝命诗作具有感动人心的力量和教化人心的作用,这无疑是很准确的。但在这些诗作中,我以为蕴含着更为丰富的内涵,"我今适五九,复逢九月七。大厦已不支,成仁万事毕。"(《绝命诗》)该诗所表达的不仅仅是绝望,同时也透露出解脱的快感,毕竟结束自我的生命较之以一人之力支撑已经倾覆的帝国大厦要轻松得多。而构成此种快感的,还有两种更深层的意识:"叠山迟死文山早,青史他年任是非。"(《甲辰七月十七日被执进定海关》)这是青史垂名的满足感;"予生则中华兮死则大明,寸丹为重兮七尺为轻。予之浩气兮化为雷霆,予之精神兮变为日星。尚足留纲常于万祀兮,垂节义于千龄。"(《放歌》)这是坚守气节的自豪感。在此，坚守纲常的教化追求与渴望不朽的个体需求、感叹朝廷倾覆的悲愤绝望与如释重负的自在解脱，构成了张煌言复杂丰富的诗学内涵与情感倾向，富于张力的审美效果为读者提供了激荡心灵的独特体验。从开辟研究新领域的角度看，我认为作者已经做得足够出色，他从南明诗人诗作的文献辑佚做起，然后进行历史线索的梳理与诗歌属性的归类，并提炼出重要的文学命题进行深入的讨论，从而建构起新的历史叙述与理论研究框架。从研究立场上看，作者的自我人文关怀与客观的学术探讨是既有联系又有区别的。他在总的学术目的上，是要描绘那些南明诗人在无限悲哀的失败和绝望之中仍不倦地追求的伟大精神，但在具体论述中却并不刻意地拔高对象。我想如果将此种态度扩大到整个明清易代之际的研究，将会取得更大的成就。因此，这是一部富于探索创新的著作。

　　然而，令我万分遗憾的是，这又是一部尚未完成的著作。这种遗憾除了本书自身的残缺不全外，还牵涉到我与作者张晖一段同样残缺不全的情缘。2012年的秋季，《文学遗产》编辑部的张剑转告我说，张晖很想到首都师范大学中国语言文学博士后流动站与我合作，做两年的博士后研究工作，目的是熟悉文人心态与文学思想史的研究方法。我曾在几次古代文学的会议上接触过张晖，都给我留下了良好的印象，认为他是一位年轻有为的学者，于是就爽快地应允了此事。在今年春节前，我的另一位博士后王洪军从外地来京，我便请张晖来校一起小聚。饭后我和他谈了易代之际文学思想的课题设计思路与他进站后的研究工作设想，他也谈了自己近来的研究情况，重点介绍了他正在写作的书稿，正是这部《帝国的流亡》。

我们二人当时谈得非常融洽,有了许多学术共识与研究计划。此次交谈给我留下了深刻的印象,我不仅对其清晰的思路与开阔的视野感到惊奇,而且对他的为人尤有好感。他不抽烟,不喝酒,没有任何的不良嗜好,除了学术的话题之外,他往往静听别人的高谈阔论,自己很少插话。他为人和善谦虚而又绝不轻易附和他人意见,没有时下一些年轻人善于察言观色的乖巧习气,哪怕是面对我这个尚未进站的合作导师时也同样如此。我想,这是多么优秀的青年学子,将来必有良好的学术前景,而我们的合作也一定会有可喜的成果。从此以后我们又有了多次的电话交谈与邮件来往,俨然已经成为学术好友,我也在有条不紊地安排着他的进站事宜。

  2013年3月15日,那是一个令我难忘的日子。我当时正在稻香湖景参加一个学科建设会议,突然先后接到《文学评论》编辑部王秀臣和《文学遗产》编辑部张剑的电话,说张晖身患急性白血症住进医院,而且不到一天时间便溘然病逝。我无论如何都不能接受这样的残酷事实。那么优秀的一个青年才俊,有那么多美好的学术设想与人生追求,怎么会顷刻之间就永远离开了我们?在这个人满为患的世界里,有多少贪官污吏整日地祸害百姓,有多少学术骗子天天在蝇营狗苟地剽窃作假,可他们都脑满肠肥地活得好好的,为什么上天就如此不公地把张晖给轻易收走了!我本是个性格刚毅的人,很少掉眼泪,但那天晚上我感到肝肠寸断,失声痛哭了很久!在3月19日到八宝山参加张晖遗体告别仪式时,我又一次失声痛哭,为学界痛失这样的优秀学者感到刻骨铭心的遗憾悲伤!当晚曾私撰一联以志哀思:"志同道合,本欲结学海共进之缘;才高命舛,竟然成文坛无穷之憾!"我们本有合作的情缘,但随着他的病逝,所有的这一切都飘然而去，留下的是无穷无尽的思念……

当张剑将整理后的《帝国的流亡》书稿寄给我并嘱我为其做一小序时，我又一次陷入了深深的痛苦回忆中，张晖的音容笑貌、言谈举止又一一浮现在眼前。我感到，我能为张晖做的，也只有这一点了，为的是一种缘分，一段记忆，一种情感，更是一种无法推卸的责任。于是，便拉拉杂杂写下了上面的这些文字，是为序。

二〇一三年九月

代自序　古典文学研究的方向

要清晰地回答当前古典文学研究的困境和任务，必须首先要对人文学术的意义有一个明确的认识和定位。作为人文学术的一个重要研究方向，古典文学研究的价值、意义及其具体的研究方式、方法等虽然具有一定的特殊性，但归根到底，不宜脱离整个人文学术的脉络。

为什么要清晰地表达？什么是重大？

古典文学研究的去现实性，神圣化、遗产化，贴上伟大、优秀的标签，长此以往，古典文学的研究离生命越来越远，日益去现实性，失去其活力。

借助传统，才能更深刻地认识现在。而传统，只能依赖于当下的思想、忧虑和想象加以认识。

一、要能够用现代的学术语言清晰地将众多文学现象表述出来，从具体文学作品的阅读鉴赏、文人、文学体裁、文学流派，到文学史、文学概念、文学理论，都要有清晰的描述和总结。

这看上去是一个简单的工作，其实极为不易。在广泛占有文献资料的基础上，概念清晰、逻辑清楚地将一位作家的生平、创作、创作面貌讲述清楚，是非常困难的事情。

二、好的人文学术，是研究者能通过最严谨的学术方式，将个人怀抱、生命体验、社会关怀等融入所从事的研究领域，最终以学术的方式将时代的问题和紧张感加以呈现。目前来讲，有识之士都已经感觉到现有的古典文学研究陷入了困境，陈陈相因不说，选题僵硬没有生气、没有时代感，已经进入死胡同。与此同时，有理想抱负的研究者在生活中和开展学术活动的时候，会感受到很多不如意之处，甚或有一些较大的不满，但学者没有将这些不满内化为学术研究的动力，提升学术研究中的思考能力，反而是都通过喝酒叫骂或者做课题捞钱等简单的方式抒发、发泄掉了。试看学术史上第一流的学者，我们就可以知道，学术的向上一路是怎么走的，而学者一旦将对政治、社会、文化的诸多不满内化为治学的驱动力，则必将大大提升学术的境界。从黄宗羲、顾炎武、王夫之一直到章太炎、陈寅恪，他们的研究莫不如此。具体到古典文学研究中，很多研究成果都诞生于学者对于时代的紧张的思索之中，比如朱自清的《诗言志辨》、陈世骧将《文赋》翻译为英文而将《文赋》的主旨理解为"抵抗黑暗"，均是明证。

如此一来，不免有人质疑，难道学问就必须直接呈现与时代的关系吗？必须流于"用"的层面吗？学问的最大意义，应当是具备超越现实和时代的层面啊。是的，如果一味强调学问的现实意义，过于强调呈现时代的紧张感，无疑会导致在追求学问（道）的过程中，削弱或取消了学问的超越性，即学问本应具有的对于时代的超越层面。让学术直接面对现实是现代学术从一开始就极力反对的，如顾颉刚在《古史辨自序》中说："学问固然可以应用，但应用只是学问的自然的结果，而不是着手做学问时的目的。"其实，强调学术的现实感，既不是要回到今文经学的路数，也不是否定学术的超越层面，而是自然而言的结果，即使你一开始抱有纯粹问学的目的。人身处俗世红尘之中，能无所感触否？而学人对于现实的关照，开始可以通过入仕、撰写时评、政评等方式、方法来得到满足，也可以通过学术来更深层次地反思现实。再有，古典文学这门学科的特殊性质也决定了这门学科的学者是不应该逃避现实的。

我之研究明清之际，是试图回答自己的一些困惑：

1.《帝国的流亡》，是要写知识人如何坚守自己的信仰，并在行动中践行自己的信仰，直到生命结束。生命未主动结束的，则转变为遗民、逃禅，以另一种方式进行抵抗。

2.《帝国的风景》，要写知识人身处不同的位置，或在体制之中，或在体制之外，如何共同述说同一个客观的对象（山河），如何面对新的江山、新的王朝。

那或许有人问，你既然这么关心现实，为什么不直接去投入现实，而来做学问？这个质问不能说错误，但一开始就陷入将学问和现实二元对立的思路。试问，谁说学术要与社会、人生分离的呢？是一种设想、拟想乃至于幻想吧。学术不是让人来逃避现实的，而是让人深入思考，更好面对现实的一种方式。不过，学术还承担着求真、求知的重要任务，你当然不能要求专力求真、求知的学者去太多地关注现实，但实际上，即使全力求真、求知的学者也不会和现实绝缘，只是他们研究的对象、方向和个人精力都不允许他们有太多的旁骛，影响了他们对于现实人生关注的深度和力度。

总而言之，我推崇的研究是学者应当从他们所处的时代出发，通过艰苦的学术工作，试图回答中国从古至今的许多重大问题，其中包括很多古典文学的问题。因为关注对象的特殊性，古典文学的研究不可能全面地关注时代、社会和历史，但文学本是一个时代的情感、精神、感觉的集中体现，研究者透过文学作品，可以观看到从古至今的整个人文世界的展开和流衍，可以看到古今的许多重要问题、核心问题。这就需要研究者努力思考，摆脱目前学术界常见的文学史研究模式、文学审美研究模式，更深入地进入文学文本及其背后的历史文化语境，对中国的文学和文化研究做出新的贡献，为中国的整体的人文世界的恢复做出古典文学研究者应有的努力，甚至于贡献。

张晖

二〇一二年八月

目　次

序　历史叙述的细化与文学研究的拓展 ……………左东岭(1)
代自序　古典文学研究的方向 ……………………… 张　晖(1)
整理凡例 ……………………………………………………（1）
导论　内容与旨趣 …………………………………………（1）

上编　诗歌中的流亡

奔赴行朝 ……………………………………………………（9）
　一　奔赴弘光 …………………………………………（10）
　二　奔赴隆武 …………………………………………（28）
　三　奔赴永历 …………………………………………（40）
　结语 ……………………………………………………（60）
从军、逃亡与贬谪 …………………………………………（61）
　一　奔赴前线 …………………………………………（61）
　二　方以智的逃亡 ……………………………………（67）
　三　流亡中的贬谪 ……………………………………（70）
　四　中央与地方 ………………………………………（72）

亡国士大夫的返乡：生还 …………………………………… （74）
  一　钱澄之自粤返皖 …………………………………… （75）
  二　方以智自桂返皖 …………………………………… （93）
  三　汪启龄自粤返皖、王夫之自粤返湘等 …………… （103）
  四　屈士燝、屈士煌兄弟自滇返粤 …………………… （108）
  结论 ……………………………………………………… （116）

下编　流亡中的诗歌

士大夫的绝命诗 …………………………………………… （121）
  一　南明绝命诗概说 …………………………………… （124）
  二　刘宗周的绝食 ……………………………………… （132）
  三　瞿式耜的狱中诗 …………………………………… （138）
  四　死亡的公共性：张煌言的死 ……………………… （147）
  五　绝命诗的价值和意义 ……………………………… （153）
悲伤的诗学 ………………………………………………… （154）
殉国诗 ……………………………………………………… （159）
残稿 ………………………………………………………… （162）
  亡国士大夫的返乡：死还 …………………………… （162）
  诗与血腥 ……………………………………………… （163）
  鬼和坟墓 ……………………………………………… （163）
  南明的军中诗 ………………………………………… （164）
  绝望感的层次 ………………………………………… （165）
  女性绝命诗 …………………………………………… （165）

死亡的诗学 ………………………………………… (166)

附录一　原目次 ……………………………………… (168)
附录二　南明诗人存诗考 …………………………… (170)
参考文献 ……………………………………………… (239)

整理后记 …………………………………… 曾　诚(245)

整理凡例

一、《帝国的流亡——南明诗歌与战乱》遗稿原稿为张晖在 2013 年 3 月 10 日前撰写,按照张晖生前所定目次排序。目前成书的为经过整理者编次、校订后的整理稿。

二、根据原稿的情况,所有标题,均由整理者按照原标题参酌改定;所有正文,为张晖遗稿原文。

三、整理者仅对误字、标点、数字等做最基本的规范,注释中的文献出处有不完整的,尽量予以补正。

四、为文义完整,前后连贯,节略了原稿中仅仅是纂钞文献的部分。

五、稿中引文、叙述偶有重复之处,如与上下文连贯,则维持原貌。

六、原附录"南明诗人存诗考"中收录的诗人,以张晖遗稿为准,未做增删。个别诗人生平暂阙,有待今后的学者加以完善。

七、原稿目次作为整理稿的附录,藉以了解遗著之全貌。

整理者

二〇一三年九月

导论　内容与旨趣

明末清初是一个富有魅力的时代。学者已从不同的学科、不同的角度对那个时代做出了极为丰富的理解和阐释。在文学研究中，对于明末清初的关注主要集中在晚明文学和明遗民二者之上。前者强调晚明文学的现代性，注意揭示晚明文学中"人"的一面，近年来集中于"情""欲"等论述；后者关注明遗民在清初的文学书写以及他们的思想、学术等论题。相对而言，很少有人注意到当时参与南明政权的一大批人物，他们倾注心血于抗清复明，或追随行朝，或行军打仗。战乱时期，戎马生涯使得他们无暇长篇大论，多半将自己的感怀托之于诗。短小的诗篇，方便他们书之于纸，并与二三知己共享。诗歌不同于正史、笔记、野史等事后的概括、叙述，它是个人经验和情感的表达，看似零碎没有系统，却记载着士人们当时的所见所闻以及思想、道德和情感，是了解这个时代不可或缺的第一手文献。尽管这些诗篇已大多不存，但通过考证、编年之后，仍然可以看到数量不少的遗存。如果我们要重审明末清初，或许应当意识到这批诗歌的重要性。

所谓"南明"，是指明崇祯十七年三月十九日（1644年4月25日）庄烈帝朱由检在北京煤山自缢后，明宗室在各方势力拥护下在南方陆续成立的几个小朝廷,包括南京福王朱由崧的弘光政权、福建唐王朱聿键的隆武政权、广东桂王朱由榔的永历政权、浙江鲁王朱以海监国及广东唐王朱聿𨮁的绍武政权等。不少史学家认为,台湾的郑成功政权尊奉朱明正朔,也应当包括在南明之内。这些政权短的不过一个多月(绍武政权),长的有十多年。

南明时期的诗人和诗篇到底有多少呢?因明清之际的史籍和诗文集在清代遭遇很严格地禁毁,故大量文献今已无存。所以需要做一番考据的工作。我依次这样考察:首先,以谢国桢《增订晚明史籍考》为基础,从大量的明清之际的史籍中甄别出哪些人曾出仕南明。其次,考察曾出仕南明的文人如今是否还有诗文集存世,若有存世,则需进一步判断其诗文集中的作品是否写于南明时期。再次,浏览存世的地域文学总集,考察其中是否保存一些南明时期的作品。最后,泛览地方志、各类地方文献及书信日记等史料,若有保存在史籍中的诗歌的零章片简,尽量予以抄录。如此下来,可以明确考知的南明诗人有近百家之多。

在这批诗人之中,不乏我们所熟悉的人物。如钱谦益、吴伟业、黄宗羲、顾炎武等。但在学界过去的论述中,往往被他们其他的事迹所牵引,而未曾将他们放到南明的框架中作为一个整体来加以论述。举例来说,我们关注钱谦益、王铎等人的降清,吴伟业的出仕清朝等,那么,对于他们站在南京弘光朝廷之上抗清时的思想、情感就不再强调;另如我们强调顾炎武、黄宗羲、王夫之、方以智、钱澄之等遗民学者在学术上的伟大成就时,就忽视了他们毁家舍业曾长达数年或十年投入抗清复明。试问,一个人在从事复明活动期间的思想、情感能与成为一个遗民后的思想、情感没有区别吗?

重视这批文人学者抑或文臣武将们在南明时期的活动，必将丰富对于他们个人生命的认识。然而这只是第一步。当我们深入众多的个体经验之后，将这些曾经有着类似经历甚至完全相同经历的生命放置到一起做整体观察的时候，我们会惊讶地发现南明时期的士人通过诗歌的写作而呈现出来的情感、经验、思想确实有着一致性，他们在不约而同地述说、呈现着同一个主题，即：帝国的流亡。具体来说，就是：朝廷在播迁，士人在流亡。

南明的几个小朝廷惶惶不可终日，一直处于播迁之中。这是历史事实。但以往的历史记载和研究大概都没有想到这样的所谓行朝给参与其间的士人带来的是一种什么样的精神状态。诗歌记载着士人们随时随地的感怀和思想，是我们观察这一历史时期的绝好文献。

本书上编"诗歌中的流亡"，就是要描述朝廷和士人大规模流亡的状态，现实世界中疆土日渐沦丧导致朝廷和士人赖以生存的物质基础逐渐丧失，人心涣散以至于士人最终在精神上无所依凭，只能主动或被动地选择死亡、返回故乡和皈依佛门。尽管在他们的诗歌中，我们可以看到他们拥有太平盛世中常见的俗世安乐生活，如饮酒、宴会[1]纳妾、生子等[2]但毋庸置疑，流亡才是他们最真实的日常的生活状态，更是铭心的痛楚。

---

[1] 钱澄之《赠丁掌垣》诗序云："诸公日以燕饮为事，故风之。"钱澄之撰，汤华泉校点，马君骅审订：《藏山阁集》之《藏山阁诗存》卷九，黄山书社2004年版，第247页。
[2] 纳妾的如：钱澄之《曼公娶妾得同乡女戏赠》诗提到曼公即方以智纳妾；又钱澄之《送瞿寿明奔难桂林》云瞿寿明纳妾，瞿寿明为瞿式耜孙。分见《藏山阁集》之《藏山阁诗存》卷十二，第309页；卷十三，第316页。生子的如：钱澄之《林六长仪部生子三朝》云林六长生子，见《藏山阁集》之《藏山阁诗存》卷十二，第310页。

下编"流亡中的诗歌"返回诗学主题，意在讨论诗歌对于南明特殊时期的人来说，意义究竟何在？

当时的士人多能赋诗。但战乱流亡之中，诗歌究竟何用？当时确实有斥诗歌为无用者。如朱彝尊《静志居诗话》曾说刘孔和（字节之）在北京陷落后起兵，后投奔刘泽清。而刘泽清：

> 武人不知书，既为藩镇，强作韵语示坐客。节之慷慨言曰："国家举淮东千里付足下，未闻北面发一矢。而沾沾言诗，诗工何益国事，矧未必工邪？"泽清大恚，推案起，坐客皆震慑，节之不为动，拂衣徐出，泽清立遣壮士二十辈，追及舟中拉杀之。[1]

可见诗是风雅之事，武人一旦掌权，也要附庸风雅。然而，正如刘孔和质疑的，在此危急时刻，大家不去抗清反而吟诗，意义何在？

然而，也有视诗歌珍贵如生命者。如项嘉谟：

> 乙酉闰六月城破，束平生所著诗赋于怀，投天星湖死。[2]

可见，诗是项嘉谟生命中最值得珍稀的东西。但对于大多数在战乱、流亡中坚持写诗或者偶尔赋诗的士人来说，诗歌近似于疗伤的良药，有时是他们宣泄喜怒哀乐的方式，有时是他们坚持理想信念的自我

---

[1] 朱彝尊著，姚祖恩编，黄君坦校点：《静志居诗话》卷十九，人民文学出版社1990年版，第592页。
[2] 《静志居诗话》卷二十，人民文学出版社1990年版，第627页。

肯定。他们对诗歌并没有非此即彼的极端看法，诗歌只是他们生活中不可或缺的一部分。

查继佐记载黎遂球战死之惨状时说：

> 公尝有《从军诗》云："壮士血如漆，气热吞九边。大地吹黄沙，白骨为尘烟。鬼伯舐复厌，心苦血不甜。"城垂陷时，数吟讽，以自壮也。[1]

面临强敌，吟诗以壮自己的胆气。

正因为如此，诗歌对于我们了解南明有着不可替代的作用。因为它是当时人在紧张的战争和流亡生活中写下来的零散篇章，很多未能保存下来，但却几乎比任何其他文献（除了奏折）都能更真实和更可靠地记载当时人的思想和情感，毋庸说保存在其间的大量的直接的历史信息。

本书便希望以这批诗歌为研究对象，围绕"帝国的流亡"这一主题，描绘出当事人的部分心境和精神状态，诠释诗歌在南明这一特殊历史时期的价值。希望此一论题能避免现在所谓的"明清之

---

[1] 查继佐：《明兵部职方司员外郎赠资政大夫兵部尚书谥忠愍美周黎公传》，见黎遂球《莲须阁集》卷首，《四库禁毁书丛刊》集部第183册影印康熙黎延祖刻本，第12页。此诗实为黎遂球少年所赋《拟古杂诗三首》之二，与抗清无涉。全诗如下："醉卧仰视天，天星亦胡然。卷舌能食人，一卷百祸连。壮士血如漆，气热烧九边。大地吹黄沙，白骨为尘烟。鬼伯舐复厌，心苦肉不甜。生年只满百，见此良忧煎。不如且行乐，乐意谁能宣。陌上多游魂，纷来缠竹弦。"《莲须阁集》，第52页。查继佐所见与《莲须阁集》所载稍异，亦稍佳。

际"、"明遗民"、"贰臣"等宽泛的历史概念和标签,在考证文献、辨析文献的基础上进入每个人的生命史,探寻他们为什么选择抵抗、如何抵抗以及在抵抗的姿态下所发生的种种境遇。通过这个研究,我希望能设身处地体会到传统士人在困境中的痛苦抉择,还有他们身上随处可见的"知其不可为而为之"的伟大精神。

南明的士人和他们的诗歌之所以令我感怀不已,是因为他们在无限悲哀的失败和绝望之中仍不倦地追求着复明的希望,然而希望最终仍幻化为绝望,他们用诗歌记载着他们的情感和理想,而巨大的悲伤笼罩着天地,一切美好的事物都如流水落花一般逝去,直到无可挽回。

上编 | 诗歌中的流亡

奔赴行朝

明崇祯十七年三月十九日（1644年4月25日），庄烈帝朱由检在北京煤山自缢。明宗室于各方势力拥护下在南方陆续成立了几个小朝廷，包括南京福王朱由崧的弘光政权、福建唐王朱聿键的隆武政权、广东桂王朱由榔的永历政权以及浙江鲁王朱以海监国、广东唐王朱聿𨮁的绍武政权。对于这段历史，史家已有详尽的研究。每个朝廷如何得以建立的前因后果、具体建立的过程以及最终如何溃败等，都已有详细的描述。[1]

然而，无论政局如何翻覆诡谲，无论朝堂上如何勾心斗角地上演着藩王争正统、文臣党争、武将掣肘等等不堪之事，大批秉持忠君正统观念的中下层文人如同近九百年前杜甫奔灵武一样，从四面八方汇合到朝廷所在的南京、绍兴、福州、肇庆等地，积极入仕，勤王抗侮，从而有力地支撑了南明朝廷在南方十数年的运转。这些可歌可泣的人和事，至今仍值得我们细细诉说。

---

[1] 南明史著作颇多，对于具体史实的描述分析，尤以顾诚的《南明史》最为详尽。此书有中国青年出版社2003年版，近有光明日报出版社2011年版。

一　奔赴弘光

甲申（1644）五月三日，福王朱由崧在南京称监国。五月十五日，即皇帝位。[1]据记载，福王于五月初一入南京，"王辇所至，都民聚观，生员及在籍官沿途皆有恭迎者"[2]后来成为大史学家的谈迁（1594—1658）就在夹道欢迎的人群之中，因有《甲申五月迎銮》一诗：

> 欢声雷动吏民同，犹是讴吟玉帛中。
> 白水真人原帝籍，大横佳兆本天宗。
> 永嘉建武狗遗迹，虎踞龙蟠踵旧风。
> 好上新亭休洒泪，夷吾江左有诸公。[3]

首联正面写迎接福王銮驾的盛大场面。颔联用了两个典故，"白水真人"即钱的隐语，《后汉书·光武帝纪论》："及王莽篡位，忌恶刘氏，以钱文有金刀，故改为货泉，或以货泉字文为白水真人。"[4]所以"白水真人"姓刘，本是"帝籍"。此处用"白水

---

[1]徐鼒著，王崇武校：《小腆纪年附考》，卷第五、第六，中华书局1957年版，第157、171页。《三藩纪事本末》卷一《三藩僭号》。

[2]《明季南略》卷之一，中华书局1984年版，第8页。祁彪佳在日记中也记载了这一盛况，《甲申日历》，《台湾文献丛刊》第179种，台湾银行经济研究室1969年版。

[3]谈迁：《枣林诗集》卷一，《谈迁诗文集》，辽宁教育出版社1998年版，第53页。

[4]《后汉书·光武帝纪论》，《后汉书》卷一下，中华书局1965年版，第86页。

真人"喻福王。"大横佳兆"用汉文帝事,是说有帝王登基之兆。[1] 汉文帝是高祖刘邦之子、惠帝之弟,被封为代王,却被大臣意外拥立。今日福王以崇祯帝堂兄的身份被拥立,古今情形,何其相似。颈联提到两个年号,"永嘉"是被异族刘聪俘虏的晋怀帝的年号,建武是光武帝刘秀的第一个年号。前者是亡国之君,喻崇祯;后者是光复之主,喻福王;然而谈迁马上说晋怀帝、光武帝皆成遗迹,就看今日南京朝廷的作为了。尾联用熟典,《世说新语》里说:"过江诸人,每至美日,辄相邀新亭,藉卉饮宴。周侯中坐而叹曰:'风景不殊,正自有山河之异!'皆相视流泪。"谈迁用此,无非强调盛衰之感。夷吾即名臣管仲,《晋书·温峤传》:"于时江左草创,纲维未举,峤殊以为忧。及见王导共谈,欢然曰:'江左自有管夷吾,吾复何虑!'"谈迁在这里表达了对文武大臣们的期待。谈迁此诗除颈联比喻有所不当外,诗意较为清晰,即表达对福王抵达南京的欢喜,对新朝收复河山有着很高的期待。

对于弘光朝的建立,很多有志复明的江南中下层文人都如同谈迁一样,表示了喜悦鼓舞的心情。[2] 与此同时,不少身处北京的崇祯朝旧臣也闻讯南下,投奔新朝。但弘光帝对这些从北京投奔而来的旧臣并不信任,对他们持极为严苛的态度。弘光帝在其《登极

---

[1] 大横指龟文呈横形,《史记·孝文本纪》:"卜之龟,卦兆得大横,占曰:'大横庚庚,余为天王,夏启以光。'"《史记》卷十,中华书局1982年版,第414页。
[2] 安徽贵池人李憼有《八日家筵欣闻行在消息》,《天启崇祯两朝遗诗》卷八,第1153页;浙江东阳人金肇元《喜南都庆诏至》,《天启崇祯两朝遗诗》卷十,第1499页。

奔赴行朝 | 11

诏》之后所附的二十五条政策中，有一条专门针对当时从北京逃回南京的官员：

> 陷贼各官本当戮串，恐绝其自新，暂开一面。有能返邪归正者，宽其前罪；有能杀贼自效者，准以军功论。[1]

虽然意在宽赦，但在实际执行的过程中，因牵涉党政等诸多复杂因素，实际上极其严苛。至次年正月十二日，工部上书表彰忠节之士，另将许多人士列为六等，具体有"一等甘心从贼应磔"、"一等身陷虏廷，或甘心事虏，或不忘本朝，别有报效，姑候一二年之后定夺"、"二等应斩拟长系秋决"、"三等应绞拟赎"、"四等应戍拟赎"、"五等应徒拟赎"、"六等拟杖应赎"及"存疑拟另议"等[2]。南下旧臣中有不少认定为"从逆"而被斩杀，[3] 其余则各谋出路，如方以智名列"五等应徒拟赎"之中，[4] 并曾削发受到两次夹刑，[5] 最终只能自我逃亡。

由于对旧臣的不信任，弘光帝遂大批启用当时赋闲家居的苏浙士人，如钱谦益、吴伟业等都陆续奉旨从常熟、太仓赴南京

---

[1]《明季南略》卷之一，"国政二十五欵"条，中华书局1984年版，第13页。

[2] 顾炎武：《明季实录》卷之二《工科抄参工部表忠故事犹存疏》，《熹庙谅阴记事（外五种）》本，上海古籍出版社2012年版，第132—135页。

[3]《明季南略》卷之二，"伪官"条，中华书局1984年版，第125—130页。

[4] 顾炎武：《明季实录》卷之二《工科抄参工部表忠故事犹存疏》，《熹庙谅阴记事（外五种）》本，第134页。

[5] 顾炎武：《明季实录》卷之三《削发受刑诸臣考》，《熹庙谅阴记事（外五种）》本，上海古籍出版社2012年版，第160页。

任职。[1] 刘宗周则从杭州赴南京。另如大量士人因为北方战乱，早已避难至南京或江南。如河南人王铎恰好在苏州避难，亦得以入朝任东阁大学士。[2] 由于就近任职，这些士人并无奔波劳碌的情状，他们一旦决定出仕，没有几天即已抵达南京。在当时奔赴南京的各地官员中，引人瞩目的是从广东北上的大批士人。

崇祯在煤山自缢时，生员陈邦彦（1603—1647）正在广东顺德家中读书。陈邦彦号岩野，是后来唐王隆武元年（1645）的举人，次年（1646）升兵部职方司主事，监粤西"狼兵"。隆武帝死难后，参与拥立永历帝，授兵科给事中。永历元年（1647）招募义军，联结张家玉、陈子壮牵制清军，欲图恢复，兵败退守清远，城陷被执，不屈遇害。[3] 此时陈邦彦尚默默无闻，但闻听北都沦陷的悲讯，发誓说："此时不思报国者，非丈夫也！"于是精心撰写三十二条救国之策，形成数万言的《中兴政要》，准备北上南京献策。崇祯十七年（1644）七月初，陈邦彦启程奔赴南京弘光朝廷。至十月抵达南京，前后历时三月有余。一路北行，陈邦彦均有诗，今可确切考知者共三十多首，以五古、七律为主，后结集为《南草集》。[4] 他在《南草集自叙》中说：

---

[1] 钱谦益的情况见《小腆纪年》卷六，中华书局1957年版，第200页。吴伟业情况，见冯其庸、叶君远《吴梅村年谱》，文化艺术出版社2007年版。
[2] 张升编：《王铎年谱》，上海书画出版社2007年版，第153页。
[3] 《明史》卷二七八，中华书局1974年版。
[4] 此集今已不存。陈邦彦诗迭经编次，本文所引乃温汝能校辑之《陈岩野先生全集》，嘉庆乙丑刻本。此集以诗体分类，逐年编排，可大致推知陈邦彦之创作年代。

> 顷自季夏初闻国耗，予奋衣就道，将献愿言于阙下，中更疾病波涛之阻，经秋涉冬，始抵都门。梓里之所闻问，途次之所寤叹，沉痛怆恻，往往见之于诗。[1]

自许如此。

启程前，陈邦彦赋《南上述怀》五古二首自励。南京在广东北方，通常说"北上"，为什么要说"南上"呢？他在《南草集自叙》中说：

> 金陵在粤北数千里，而镐丰再振，玉步重光，则南之号定于一。称南上，志所尊也。又言南以别于北，志所感也。[2]

《南上述怀》其一云：

> 人生际中晚，譬若萍随水。
> 福祸非所谋，毋令愧青史。
> 仁义本何常，蹈之则君子。
> ……
> 士固各有志，遑问誉与訾。
> 刍荛如可献，乱略庶有弭。
> 寄言谢同人，但祝道如砥。[3]

---

[1]《陈岩野先生全集》卷二，嘉庆乙丑刻本。
[2] 同上。
[3]《陈岩野先生全集》卷三，嘉庆乙丑刻本。

可知陈邦彦对于北上已作好充分的失败的心理准备，即"福祸非所谋"也。"士固各有志，遑问誉与訾"一联可窥同人对陈邦彦北上一事持截然不同的看法。不过，陈邦彦出于士君子的道德（"仁义"）和责任感（"青史"），故仍坚持北上。其二云：

> 薰风起南溟，扬帆指京国。授衣兼暑寒，轻装任差涩。
> 亲闱既捐弃，远游今亦得。中馈属久虚，有妾侍巾栉。
> 儿女各稚幼，大者仅成立。颇亦解大义，不作牵衣泣。
> 但嘱早来归，母为恋天邑。我家本单微，笔耕岁自给。
> 非关慕荣膴，其如值倾侧。乱流如未济，孤舟逝安适。
> 著书三十篇，字字挥血汗。持此献彤廷，太仓余一粒。
> 群策倘辐辏，济时尚有及。微志苟获伸，怀哉即家室。[1]

此诗从家与国之关系切入，然后娓娓道出自己的志向。首联"薰风起南溟，扬帆指京国"云北行之壮，"指"字颇见气概。"薰风"指初夏时的东南风。[2] 底下仔细说家庭状况，至于"乱流如未济，孤舟逝安适"，笔锋一转。"乱流"喻国，"孤舟"喻家。在这个国"未济"而家不知何往的时候，自己"著书三十篇"献给朝廷，究竟意欲何为呢？陈邦彦深知自己的谏言无非太仓一粟，然而倘若众人都来群策群力，则对于时局定能有所帮助。

---

[1] 《陈岩野先生全集》卷三，嘉庆乙丑刻本。
[2] 《吕氏春秋·有始》："东南曰薰风。"许维遹：《吕氏春秋集释》卷十三，中华书局2009年版，第280页。白居易《首夏南池独酌》诗："薰风自南至，吹我池上林。"《全唐诗》卷四五九，中华书局1960年版。

临行前，友朋携酒送行至珠江边，陈邦彦有《舟发珠江承诸子携酒饯送用前韵赋别》一诗与友人赠别：

> 扬舲挝鼓发江干，变徵声高七月寒。
> 夜竹可能知大汉，日边何处是长安。
> 杯因惜别兼贤圣，策为忧时杂管韩。
> 燕石自惭仍跃冶，归来休笑旧儒冠。[1]

与《南上述怀》二诗相同，此诗也是言志之作。诗的整体情感和《南上述怀》也基本一致，即在激昂的情绪之中伴有一丝谦抑以及对前途的不确定。颈联把自己将呈之策比之管子、韩非子，可见自期。尾联却带有一丝不安。"燕石"是自谦凡庸的意思，[2] "跃冶"比喻急于求用，[3] 此句是说自己资质平庸却欲上书朝廷，虽然希望自己的意见能为朝廷采用实际上却甚为渺茫，故当自己最后一事无

---

[1]《陈岩野先生全集》卷三，嘉庆乙丑刻本。
[2]《山海经·北山经》"北百二十里，曰燕山，多婴石。"郭璞注："言石似玉，有符彩婴带，所谓燕石者。"袁珂校注：《山海经校注》卷三，巴蜀书社1993年版，第116页。郭璞又在《〈方言〉序》中说，"余少玩雅训，旁味《方言》，复为之解。触事广之，演其未及，摘其谬漏，庶以燕石之瑜，补琬琰之瑕，俾后之瞻涉者，可以广寤多闻尔。"即自谦的意思。苏轼《九日邀仲屯田为大水所隔以诗见寄次其韵》："漫遣鲤鱼传尺素，却将燕石报琼华。"近人吕思勉有《燕石札记》，皆用其意。
[3]《庄子·大宗师》："今之大冶铸金，金踊跃曰：'我且必为镆铘。'大冶必以为不祥之金。"成玄英疏："夫洪炉大冶，镕铸金铁，随器大小，悉皆为之。而炉中之金，忽然跳踯，殷勤致请，愿为良剑，匠者惊嗟，用为不善。"郭庆藩：《庄子集释》卷三，中华书局1961年版，第262页。汤显祖有《大司马新城王公祖德赋》："异乎蜃之幻物，岂跃冶而为人。"徐朔方笺校：《汤显祖诗文集》卷二十四，上海古籍出版社1982年版，第950页。

成归来之际，希望亲友不要嗤笑。

带着激昂的意绪和一丝惶恐，陈邦彦出发了。当他抵达距离广州北面仅一百多里的清远时，心情已不似在广州时那般沉重。陈邦彦开始陶醉于山水风光之中，甚至还想到了喜爱的小妾。[1] 直到七月二十五日，他在途中读到崇祯皇帝的遗诏，不免情绪激荡，悲痛万分。有《七月廿五日黄塘道中》七律一首：

> 双江如注石嶙峋，日晚维舟倍怆神。
> 芹曝未知能报国，树风其奈已违亲。（是日先讳。）
> 北来度岭乡关浅，南下思家客梦频。
> 况是遗臣泣弓剑，天涯何事不沾巾。（大行哀诏久未度岭，粤中奉抚按檄，以是日成服。）[2]

首联点出地点、时间及全诗"倍怆神"的悲伤情绪。颔联以怀疑的态度谈自己北行上书一事，又念及亡故的父亲，由此引出颈联中思乡的情绪。尾联切合时事，言伤悲也。此诗较为完整地涉及了陈邦彦在路途中的所见（双江如注、石嶙峋）、所闻（有关"大行哀诏"之事）及复杂的情绪波动：由担心上书不能成功、思亲、思乡到为崇祯皇帝哭泣。

所谓"大行哀诏"，应指崇祯帝在煤山自缢时留下的遗诏：

---

[1]《清远江上饮故人旅舍》："峡江西下水漫漫，山郭当年醉里看。朋好几回悬梦寐，扁舟何意此盘桓。岁华别去催颜老，时事忧来问路难。能似客秋凉月夜，饼饯初熟戏新欢。"末句自注云："余置妾摄室，始逾年矣。值其生日，未能忘情，漫及之。"《陈岩野先生全集》卷三，嘉庆乙丑刻本。

[2]《陈岩野先生全集》卷三。

> 朕凉德藐躬，上干天咎，致逆贼直逼京师，皆诸臣误朕。朕死，无面目见祖宗，自去冠冕，以发覆面，任贼分裂，无伤百姓一人。[1]

崇祯是历朝历代亡国之君中唯一愤然自杀的君王，对当时士人刺激极大，悼念文词极多。此诏又是哀痛之极，对于有志复明的士人来说，更能激发极强烈的感受。但七律篇章短小，无法让作者尽情抒怀，故陈邦彦又赋《江上逢大行哀诏，适欧嘉可惠寄诗笺，伏枕无聊，次韵奉答，语于来赠不伦，以志感也》七言古诗一篇，毫无克制地述说自己的悲哀：

> 噫欷歔，天南遗民此日抱乌号，回风萧萧兮燕云万里望空劳。客子悲来病骨高，目随缟素送轻軿。十有七年明圣主，一旦谁知身似羽。万方闻变已经时，哀诏初来秋半去。九鼎凝禧再莫年，中兴勋业仗群贤。阿谁淹久皇华节，却教纷籍惢讹传。君不见，昏迷天象羲和戮，况也阳曦掩焰归濛谷。泄泄前车憯莫惩，谁与发愤为雄佐光复。扣舷号恸一狂奴，欲趋南国忘南禺。凭将却寄称诗者，读未成声泪双下。[2]

欧主遇字嘉可，顺德人，曾十赴秋闱不售，天启七年（1627）中副

---

[1]《明通鉴》第九十卷，中华书局1959年版，第3464页。
[2]《陈岩野先生全集》卷三。

榜,贡太学,得祭酒孔贞运赏识。[1] 欧诗似已无存,[2] 不能详细推知其诗旨。陈邦彦这首次韵诗以"天南遗民"自居,开篇即是绝望的悲号和无助的远望,最后又以涕泪收束。"十有七年明圣主,一旦谁知身似羽。万方闻变已经时,哀诏初来秋半去"是说崇祯帝的遗诏隔了好久才传到南方。[3] 早在顺德家乡时,陈邦彦就已听说崇祯帝有血诏留存。他在《闻变》十二首其一中说:"遗泽犹闻血诏存",[4] 如今终于得闻诏书的内容,故情不自禁如此。然而这仍是表面的意思,诗人背后的痛苦应是感叹时间过去那么久才有机会知悉君王内心的痛苦。底下接着说如何恢复的事。"昏迷天象羲和戮"典出《尚书·胤征》篇,羲和是夏仲康王的天文官,因沉湎酒色而没有预测到日食,故导致恐慌。于是仲康王依据《政典》命胤侯征伐并处决了羲和。[5] 此处羲和应指崇祯帝,但令人不解的是,既然诗中已称呼崇祯为"明圣主",为何又将他比作犯错而后被戮的羲和呢?从诗题推测,原来将崇祯拟为羲和并非陈邦彦所为,而是欧主遇。对此,陈邦彦表示不满,故在诗题中称其"来赠不伦",即欧主遇将崇祯与羲和相比实为拟于不伦之举。这样的话,诗中所

---

[1] 陈伯陶:《胜朝粤东遗民录》卷二,谢正光、范金民编:《明遗民录汇辑》,南京大学出版社1995年版,第1041—1042页。
[2] 罗学鹏编:《广东文献》四集卷十七。
[3] 考崇祯帝遗诏大约五月传到安徽池州。刘城有《大行皇帝诏至池州》,见刘城《峄桐诗集》卷六,《四库禁毁书丛刊》集部第121册影印光绪十九年养云山庄刻本,第605页。《天启崇祯两朝遗诗》卷九,第1222页。《大行皇帝诏至池州》前有《五月初三日闻变》一诗,可知遗诏在五月到池州。从池州南下至江西,又历时两个月。
[4] 《陈岩野先生全集》卷三。
[5] 《尚书·胤征》,《尚书正义》,上海古籍出版社2007年版,第272页。

谓的"君不见"不是诗家的套语，便是对欧主遇的质疑。接着，陈邦彦转而用《山海经》的典故，说羲和是为太阳赶车的车夫，[1]将崇祯帝自缢比拟为太阳落山。诗中"阳曦"即阳光，"濛谷"亦作"蒙谷"，山名，传说日入之所。[2] 太阳有落山，就有再次升起的机会。然而，至此诗人却又悲哀地发现，"谁与发愤"，一起来辅助明室江山的恢复（佐光复）呢？全诗写尽臣子的悲哀，诗人最后以狂奴自比，更见深深的绝望。

八月，陈邦彦行至赣州，接老师陈子壮手书，又赋《赣关接云淙老师手书兼闻大疏》五古两首明志，诗中除言及行路之难、对陈子壮的关心表示感激之外，诗旨大体不出《南上述怀》、《舟发珠江承诸子携酒饯送用前韵赋别》三诗。九月初四日，陈邦彦至南昌，访戴初士。次日离南昌。[3] 此后沿途有《九月十五夜芦潭限韵》、《遣怀》、《登回峰寺》、《感事》、《鄱阳湖》、《雾》、《度湖日》、《九月晦日》诸诗，内容多涉及故乡、战乱和对前途的不安。其中《九月晦日》为五古思乡之作。可知在九月底的时候，陈邦彦渡鄱阳湖，途中染病，加之大风阻拦，故行程缓慢。至十月十五日，陈邦彦终于抵达采石矶，赋《夜泊采石》诗。下旬，抵达南京，感赋《抵京恭赋》七律：

---

[1] 《离骚》："吾令羲和弭节兮，望崦嵫而勿迫。"洪兴祖：《楚辞补注》卷一，中华书局1983年版，第27页。
[2] 《淮南子·天文训》："至于蒙谷，是谓定昏。"高诱注："蒙谷，北方之山名也。"何宁集释：《淮南子集释》卷三，中华书局1998年版，第236页。
[3] 有《余以九月四日抵南州访戴初士承惠尊人大圆先生集及渡清阁爱庐诸刻次日取道西山别后却寄》，《陈岩野先生集》卷三。

城阙遥遥壮九重，江流宛宛护双峰。
汾榆肇造声灵远，丰芑留诒雨露浓。
万国车书怀拱极，千官环佩盛从龙。
戎衣满眼君休叹，犹是先皇栉沐容。[1]

此诗除尾联触及时事外，都在描写自己看到首都南京城的兴奋。一位只有生员功名、怀抱着救国梦想的年轻人在长途跋涉之后到达首都，目睹宫阙之盛，心情是如何的激动，应当是可以想见的。

抵达南京后，陈邦彦先是邂逅杨景烨，两人谈论古今多合，遂以忠义相许。后邦彦攻广州，景烨为内应，事泄，不屈死。后又晤梁稷，有诗《都门晤梁非馨别十七年矣今夕之感情见乎诗》七律二首。可知陈邦彦在抵达南京之后，就开始积极的交游。然后，陈邦彦正式上书弘光帝，可惜仅报闻而已。[2] 弘光帝对于这位怀着忠爱缠绵之心、千辛万苦从广州奔来的生员未予理睬。

除陈邦彦之外，当时广东还有一位著名的僧人二严也毅然北上。二严俗名李云龙，字烟客，番禺人。少补诸生，负奇气。时袁崇焕总制三边，威名大震，遂走塞上，在崇焕幕府参谋军事。既而崇焕死，遂为僧，称二严和尚。陈伯陶《胜朝粤东遗民录》有其较详细的小传，但于其明亡之后的行迹则无所记载，仅云："国亡后，遂不知所终。"[3] 今考其《啸楼诗集》，可知其亦曾奔赴南京弘光朝。弘光朝甫一建立，李云龙即有《弘光恭纪》一诗：

---

〔1〕《陈岩野先生集》卷三。
〔2〕薛始亨：《赠兵部尚书陈岩野先生传》。
〔3〕谢正光、范金民编：《明遗民录汇辑》，南京大学出版社1995年版，第1260页。

> 杨柳啼鸦旧白门，高皇弓剑此犹存。
> 凤凰城阙临三辅，龙虎山河壮九阍。
> 白水真王新应兆，苍梧帝子未归魂。
> 经纶草昧今伊始，一代风云岂易言。[1]

首联云南京为明室昔日龙兴之地，颔联云南京地势雄伟，堪当首都。颈联提到刘秀起兵于白水，尧舜巡游于苍梧，都是用帝王的典故来期待弘光帝光复明室。李云龙是有复杂经历的人，对于行朝的建立，没有立刻赋予很高的期待。全诗只有到了尾联，才略微透出一些对行朝建立的不安，"一代风云"无疑是功成名就的状况，这岂是那么容易做到的，何况如今仅仅是草创之日呢？

考其集中又有《往行在赋赠》二首，其一云：

> 崧台西望五云俱，石室巍峩剑佩趋。
> 旋转乾坤劳圣主，折冲尊俎赖名儒。
> 会稽君子能兴越，采石书生解破胡。
> 千古凌烟高阁在，龙旗何日指燕都。[2]

据诗题，李云龙曾赴南京行在。此诗诗意较为明晰。尾联提及凌烟阁上的功臣图，清晰地表明建功立业。李云龙如何赶赴行在，之后

---

[1] 李云龙：《啸楼诗自选后集》，广东省立中山图书馆所藏民国手抄本。该集又有广东省地方文献馆民国铅印本《啸楼集》。
[2] 李云龙：《啸楼诗自选后集》。

的情况如何，无法从其诗中考知。[1]

　　与陈邦彦、李云龙同时或稍后，陈子壮、释函可、区怀瑞等人亦纷纷北上。广东南海人陈子壮（1596—1647）字集生，号秋涛，后来成为著名的忠烈之士。万历四十七年（1619）进士，廷对第三，授翰林院编修。天启四年（1624），典浙江试，发策刺阉竖，魏忠贤削子壮及其父给事中熙昌籍。崇祯时起复，官至礼部右侍郎，充经筵讲官。每召见，辄称旨。永历时授子壮为东阁大学士兼兵部尚书，督广东、福建、江西、湖广军务。永历二年（1648）春，与陈邦彦、张家玉、王兴、赖其肖等先后起兵，驻五羊驿，为大军击败，走还九江。九月，大兵克高明，被执至广州，不降，被戮，子壮母自缢。[2]据陈子壮之子陈上图所撰《家乘》记载，甲申（1644）十月，弘光朝起陈子壮为吏部尚书。十一月，陈子壮戎装赴南京，第三子上图从行。十二月十八日，陈子壮到达南京的大胜关，抵上河。二十日，谒孝陵。二十一日，入南都，陛见谢恩。[3]弘光朝覆灭后，陈子壮返回广东，并未加入隆武政权。

　　函可（1612—1660）本名韩宗䮍，惠州博罗人，其父为晚明礼部尚书韩日缵（1578—1635），崇祯十二年（1639）剃度，为曹洞宗第三十二代大和尚道独的第二法嗣。尊贵的家世兼有曹洞

---

[1] 李圣华：《方文年谱》引陆启浤《得李烟客祝发庐山书》，云李云龙国变后入庐山。《方文年谱》，人民文学出版社2007年版，第66页。陈伯陶《胜朝粤东遗民录》云李云龙在袁崇焕逝后参礼道独，削发为僧。陆诗若作年不确，似无法判定李云龙国变后在庐山祝发事。

[2] 张廷玉：《明史》卷二七八、道光《广东通志》卷二八三有传。

[3] 陈上图《家乘》、李健儿《陈子壮年谱》。《小腆纪年》云崇祯十七年（1644）五月二十八日，以陈子壮为礼部尚书。陈至芜湖而南都不守，乃驰归。与《家乘》所载不符，误。《小腆纪年》卷六，中华书局1957年版，第189页。

法嗣，函可遂成为当时岭南的著名僧人。在听闻国变之后，函可悲恸不已，旋闻弘光帝即位南京，即决定北上。遂于乙酉（1645）十二月，藏附某官员的船中北上[1]。到达南京后，函可一直寄寓顾梦游（1599—1660）家中，在江南地区交游颇广，甚为活跃，后于顺治四年（1647）十月被捕，发配辽东。此一事件，在当时影响甚大。[2]

区怀瑞，字启图。高明县人。区大相之子。少负大才，赋《秋雁诗》，赵志皋见之，深为器重。尝与陈子壮、陈子升、欧主遇、黎遂球等人重修南园旧社，称十二子。天启七年（1627）中举人。历当阳、平山两县知县。后与黎遂球、邝露等奔走国事而遇害。区怀瑞此时亦从广州北上南京。欧主遇有《送区启图入都》，诗有云：

> 君不见宣王北伐振周室，自将王旅命师律。卿士虎臣佐中兴，文兼武事惟尹吉。又不见邺侯谒帝灵武时，衣袍紫白动相随。收复两京有长策，天下无寇早为期。我皇圣武洛阳起，缵绪金陵咏丰芑。[3]

"洛阳"应指福王，"金陵"指弘光建都南京，"灵武"以唐肃宗事期待弘光恢复江山。此诗应为送区怀瑞北上南京所作。

---

[1] 释函昰：《千山剩人可和尚塔铭》，严志雄、杨权点校：《函可千山诗集》，台北：中研院中国文哲研究所2008年版，第8页。
[2] 参严志雄：《忠义·流放·诗歌——函可禅师新探》，《函可千山诗集》卷首，第1—56页。
[3] 罗学鹏编：《广东文献》四集卷一七《自耕轩诗集》。

可惜对于这一段北上的历程，陈子壮、函可、区怀瑞诸人均无诗词留存，无法得知他们北上的具体途径和心境。[1] 倒是区怀瑞的好朋友邝露一路北上，留有不少篇章。可惜尚未到达南京，弘光朝就已经覆灭了。

弘光元年（1645）三月，邝露将入南都。当陈邦彦匆忙北上之时，邝露在诗中亦曾表露家国之怀，但仍与友人在广东游玩。[2] 次年三月，邝露决定北上南京。有《乙酉入都留别古冈诸同社》诗：

三月垂杨绿去津，黄鹂飞上柳塘春。
中州岂借探丸客，上巳应逢捧剑人。
王命论存知有汉，说难书在不干秦。
悲歌且莫催离筑，暂醉兰亭曲水滨。

颈联用班固和韩非二典。班彪撰《王命论》劝隗嚣复兴汉室而隗嚣不从，[3] 韩非著有《说难》一篇，但最后不为秦王所用。[4] 以往

---

[1] 陈子壮有《陈文忠公遗集》（清刊本），集中无入清之作。函可有《千山诗集》，于此段经历并无记载。区怀瑞诗亦无入清之作，其诗文集今存《琅玕巢稿》四卷（天启崇祯间刊本）、《玉阳稿》八卷（崇祯间刊本）。《琅玕巢稿》首二卷为诗，后二卷为文；《玉阳稿》首二卷为诗，后六卷为文。

[2] 邝露甲申七月有《过冯槐门话旧》诗云："先朝遗事老冯唐，白发移家寄上方。看竹每过留客井，种松偏近读书床。鼎湖云去金瓯缺，瑶砌秋归玉树伤。今雨昔盐俱是梦，几宵禅月照空廊。（槐门有西河之涕。）"此时邝露与何士琨等同游新会圭峰之云潭，有《云潭集》言其胜，另有诗《游圭峰偕故园诸弟尔玉尔瞻尔千妹弟尔旋》。何士琨，字文玉，新会人。崇祯八年（1635）贡生，官南都刑部郎中。后与弟士堨力行善事，捐饷协守。

[3] 《后汉书·班彪列传》，《后汉书》卷四十上，中华书局1965年版，第1323页。

[4] 《史记·老子韩非列传》，《史记》卷六十三，第2148页。

学者都认为邝露用班彪典是表明复兴明室的决心，而用韩非典则对复明或入都献策能否被采用心存疑虑。[1] 然而班彪撰《王命论》而隗嚣不从，所以邝露此句并不是要表露决心，而是要表达对于北上前途的怀疑和不安的预感。通观此诗后半部分，邝露连用班彪、韩非子和高渐离等人的典故，均表明邝露此时意存悲凉，深知前途未卜。陈邦彦北上时在诗中也提到了韩非，但陈邦彦对前途抱有较大期待，与邝露心境有较大不同。

四月，邝露抵达始兴。因为他对于前途没有多大的期待，所以一路游山玩水。在始兴邀约区怀瑞、戴柱、彭吕梁、钟冰髯及长子鸿等人一起游览扬历岩（今南雄西北）。邝露有诗《游扬历岩》五古纪之。[2] 六月，出大庾岭，行至浔阳，听闻南都已失，慷慨流涕，于是折返。过梅关之后，赋《后归兴》、《浮海》诸诗述哀。[3]《后归兴诗乙酉六月》诗云：

南北神州竟陆沉，六龙潜幸楚江阴。
三河十上频炊玉，四壁无归尚典琴。
蹈海肯容高士节，望乡终轸越人吟。

---

[1] 如梁鉴江选注《邝露诗选》云："此以《王命论》喻作者的中兴之策，并表示复兴明室的决心"，"句用此典，表明作者对此行信心不大"，《邝露诗选》，广东人民出版社1987年版，第158页。杨明新注释云："邝露于此以《王命论》喻自己的中兴之策，表明复兴明室的决心"、"邝露用此典，似对入都献策还存是否会被采用的疑虑"，邝露撰，黄灼耀校点，杨明新注释：《峤雅》，广东高等教育出版社1990年版，第370页。
[2] 邝露有《送区启图出补平山》诗，《峤雅》卷二。区怀瑞，名启图。
[3] 吴天任：《邝中秘湛若年谱》。

台关倘拟封泥事，回首梅花塞草深。[1]

此诗结构谨严，首、尾两联谈时事，中间两联说自己，是精心刻意之作，但整首诗的诗意并不复杂。此诗慨叹国土沦丧，抒发的是邝露本人对于时局的感喟。首联说的是南京弘光朝的覆灭，首句感叹北京、南京两都先后沦陷，次句言弘光帝在芜湖被虏。颔联说的是自己欲赴南京陈国策却未果，同时家中已赤贫。颈联以义不帝秦的鲁仲连自比，强调自己对明室的念念不忘。末句云倘若封关，则梅岭已成边塞。[2]

当时奔赴行朝者，也并非全部自愿，甚至有被押至行朝者。后来成为"岭南三忠"之一的张家玉，在北京被李自成攻陷后逃回家乡广东东莞。甲申（1644）十二月，阮大铖状告张家玉曾向李自成推荐刘宗周、黄道周等人，刑部尚书解学龙以五等定罪。乙酉（1645）二月，张家玉在东莞被逮，押至南京，有为其力辩者，才得以官复原职。期间，张家玉有《录别》、《金陵别陈髯公》、《金陵春日逢友》、《题虎丘丘慧上人雪艇》诸诗。

弘光朝立朝不到一年即瓦解，文武大臣降的降，散的散，对于这些主动奔赴行朝、行而未至的众多士人来说，都不啻为巨大的打击。只有被迫押赴行朝的张家玉，或许松了一口气。南京陷落时，张家玉走钱塘。六月，在钱塘遇唐王，与同邑副使苏观生等护唐王

---

[1] 《峤雅》卷六，广东高等教育出版社1990年版，第324页。
[2] 其中的典故，可参杨明新注《峤雅》，广东高等教育出版社1990年版，第324页；梁鉴江选注：《邝露诗选》，广东人民出版社1987年版，第159页。

入闽，任佥都御史等职。[1]

二　奔赴隆武

弘光朝覆灭后，复明人士拥戴成立的第二个政权是福建的唐王政权。

唐王朱聿键的封地原在南阳，崇祯九年（1636）倡议勤王，以违反祖制被监禁于凤阳。弘光朝成立后，大赦天下。命令唐王徙居广西平乐府。乙酉（1645）四月，当唐王刚刚走到杭州的时候，听说南京已经陷落。后被郑鸿逵、郑芝龙等人拥立，赴福州立国。他们六月十七日，到衢州；六月二十日，过仙霞岭；六月二十三日，到浦城；六月二十六日，在建安；闰六月初三日，船抵古田县水口驿；闰六月初四日，船抵洪塘。闰六月初七日，入福州城。[2] 唐王一路南下，沿途还要接见官吏士绅，并非全速行军。可见，以正常速度来说，从衢州越仙霞岭到福州，需要二十天左右的时间。

唐王在福州称帝之后，南方各地除浙江的士绅多尊奉鲁王监国外，其余多半奉福建隆武朝为正朔。顾炎武曾接受弘光朝任职，但从家乡昆山行至镇江时，南京已被清军占领。后来接到隆武的诏书，虽未能奉诏入闽，但终身奉隆武为正朔。叶绍袁在日记中记载吴叔向"亦欲入闽"，"后以儿殇，不果行"。[3] 可见当时有不少意欲入

---

[1] 张家玉：《张文烈遗集》卷二下《泣血陈情疏》："夏六月，臣果攀龙麟、附凤翼，遇五彩于钱塘。"屈大均《张公行状》。

[2] 《思文大纪》卷一，第1—18页。

[3] 叶绍袁：《甲行日注》卷二，丙戌（1646）正月十六日，陈文新注释《日记四种》，崇文书局2004年版，第333页。乙酉十二月十五日日记中首次出现吴叔向，并云其父谧生有诗集《星带草堂集》。似不存。

闽而最终未能成行的人。另有不少江南、两广的追随者断然南下，陆续翻山越岭来到福州。较早前往福州的江南士人仍能直接到达衢州，从而顺利进入福建。[1] 但自从乙酉六月杭州陷落之后，士人已无法从杭州南下直接来到衢州从而入闽，只能绕道今安徽南部或江西信州（今上饶）进入浙闽交界处，南下翻越仙霞岭入闽。

徐孚远、钱澄之、吴德操、孙临等人便是这样辗转行走、往福建进发的一群江南士人。

徐孚远（1600—1665）字闇公，晚号复斋，江苏华亭（今上海松江）人。崇祯二年（1629）与陈子龙、夏允彝、彭宾等六人组成"几社"，崇祯十五年（1642）举人。弘光元年（1645）与陈子龙、夏允彝等起兵，八月三日，松江城破，奔太湖吴易军中，兵败后与钱棅（？—1645）、钱澄之、吴德操等人汇合，[2] 准备赶赴新安。

他们为什么要去新安呢？徐孚远有一首七古《哭钱仲驭》，其中说道：

　　　　江南大势已漫漫，忽闻制诏来新安。
　　　　安得两腋生羽翰，从风飞去侍龙鸾。[3]

唐王于闰六月二十七日在福州即皇帝位，[4] 此时苏南、杭州已陷，

---

[1] 如是年七月初六日，隆武帝听闻黄道周已到衢州，"上欢然"。《思文大纪》卷二，第22页。

[2] 陈乃乾、陈洙：《徐闇公先生年谱》，《钓璜堂存稿》卷首，《清代诗文集汇编》第14册，第306页。

[3] 《钓璜堂存稿》卷五，《清代诗文集汇编》第14册，第403页。

[4] 《小腆纪年附考》卷十，中华书局1957年版，第365页。

唐王的诏书或传至浙东，或通过浙西、江西向北方传递。此或"制诏来新安"的缘故。于是，众人决定前往新安，再前往福建。

钱澄之（1612—1693）原名秉镫，字饮光，安徽桐城人。复社成员，明亡前在江南已有文名。交游甚广，与方以智、钱棅等尤为莫逆之交。弘光时，钱澄之遭遇党祸，逃难武水，钱棅不畏连累，为其匿藏妻、子。南京陷落后，钱棅与钱澄之在太湖兴兵起义。

吴德操，字鉴在，号凫客，桐城麻溪人，明诸生。明季频与钱仲驭、钱澄之一起吟诗作赋，人称三子，亦参与起义。三人听说松江城破，准备取道震泽去新安，恰好碰上徐孚远、孙临，遂决定同往新安。

正在此时，他们碰上游兵，结果钱棅身殉；徐孚远有一子被杀；钱澄之妻方氏携幼子、抱弱女，沉水而死，仅长子法祖匿于草丛中得以存活[1]；吴德操脚趾受伤落水，幸而不死[2]；情极惨烈。兵败后，徐孚远和吴德操先行离去，钱澄之则留在震泽为方氏及子女料理后事，并代徐孚远为其子收尸，并托人将尸体和徐妻送回松江。[3]

---

[1] 钱澄之：《先妻方氏行略》，钱澄之撰，彭君华校点，何庆善审订：《田间文集》卷三十，黄山书社1998年版，第564—569页。徐孚远有《挽钱幼光嫂夫人》诗，《钓璜堂存稿》卷八，第454页。其间情状，又见黄宗羲《桐城方烈妇墓志铭》，沈善洪主编：《黄宗羲全集》第十册，浙江古籍出版社1993年版，第460—463页。

[2] 徐孚远《怀吴鉴在》："流矢及君趾"，《钓璜堂存稿》卷三，第359页。

[3] 此即钱澄之所谓："收爱子于江滨，归老妻于故里，挥手长号，有血无泪。"见钱澄之《哭徐复庵文》，《田间文集》卷二十五，第482页。此事亦见钱扐禄《先公田间府君年谱》"乙酉，年三十四岁"条记载，钱澄之撰，诸伟奇等辑校：《所知录》，黄山书社2006年版，第189页。亦见钱澄之《孙武公传》，《田间文集》卷二十一，第409页。徐孚远《怀钱幼光》诗有云："鸣镝如雨飞，火光四面起。君室赴清波，余儿亦堕水。死生两契阔，不得同簪履。君留我亟行，执手劳未已。"说的正是此事。《钓璜堂存稿》卷二，第344页。

徐孚远携家眷与吴德操一路行至新安。后有《新安行》纪其行：

> 往者新安行，相偕二三子。
> 烟尘向后飞，高岭当前峙。
> 鸡鸣起束装，方欲曳余趾。[1]

途中陷入困窘，恰遇不知姓名的热心人赠送钱财，方才度过难关。[2]之后行至马金岭。马金岭位于安徽和浙江的交界，越过马金岭，即可到达浙江开化，往南便可到达同往福建的仙霞岭。[3]徐孚远有《马金岭》五古一首记马金岭之险峻：

> 历险抵新安，茕茕如走鹿。劳苦未及休，铁骑已相逐。
> 妇女号中宵，联袂隘山谷。迤逦得兹岭，崒崿千霄矗。
> 置级悬崖外，侧身如集木。援萝怯枯株，数步一匍伏。
> 崎岖度危嶝，已谓臻其腹。回视村烟升，犹未离山麓。[4]

此诗写尽赴闽途中翻山越岭之艰辛。

徐孚远后来回忆他和吴德操的这段行路：

---

[1]《钓璜堂存稿》卷四，第381页。
[2]《新安行》后半篇纪其事云："仓卒便辞行，不知谁姓氏。"《钓璜堂存稿》卷四，第381页。
[3] 陈乃乾、陈洙《徐闇公先生年谱》说隆武元年（顺治二年，1645）"于是先生自信州奔赴唐王行在"，《钓璜堂存稿》卷首，第306页。不知何据。
[4]《钓璜堂存稿》卷二，第339页。

> 故乡各渺茫，共赴新安垒。
> 暮雨萧寺糜，秋风客邸披。
> 褰衣层冈峻，漱齿山东泚。[1]
>
> 忆昔扁舟泪欲湆，苍茫问渡水云间。
> 同眠姜被嗟行路，却弃终襦便入关。[2]

可见同甘共苦，极为不易。徐孚远到福建后，很快被任命天兴司李。[3] 吴德操则在等待之中。

再说钱澄之，等他在震泽将一干后事料理完毕，清兵已至。如何脱身，何去何从，都成为问题。在被困月余之后，钱澄之得知唐王在福州即位的消息，于是选择夜行。有《夜渡》诗云：

> （困震泽月余，得闽中信。时虏谍甚严，昼伏不敢行，以夜渡云。）
> 辛苦南奔客，宵征寄野航。作霜片雨住，过水一星长。
> 人语近溪灭，渔灯出浦藏。前山闻有火，相戒勿鸣榔。[4]

首句就点出南行之意，"宵征"即夜行，《诗》云"肃肃宵征，夙夜

---

[1]《怀吴鉴在》，《钓璜堂存稿》卷三，第359页。
[2]《怀吴鉴在中丞》，《钓璜堂存稿》卷十三，第533页。
[3] 陈乃乾、陈洙：《徐闇公先生年谱》，《钓璜堂存稿》卷首，《清代诗文集汇编》第14册，第307页。
[4]《藏山阁诗存》卷三，《藏山阁集》，第90页。

在公"[1],这里刻意用"宵征"二字,是在强调自己"在公"的一面,即为奔赴行在而有此夜渡。颔联说夜间风景,雨后过水,唯见一星。因夜渡犯禁,颈联、尾联均描绘渡水时谨慎小心之情状。

底下有《晓涉》诗,与《夜渡》相配合。诗中说:"濑浅没人骭,水寒伤客心。"[2]写跋涉之状。后又有《山行》二诗,记与长子法祖行走山路时的所见所闻。其一云:

客路穷冬里,山深日易西。妖神多血祀,怪鸟作人啼。
听水伴相失,看云峰忽迷。牵心是稚子,石磴慎高低。[3]

跋山涉水之苦状毕现。前二联说冬天的深山阴森寒冷,行人恐惧之下,就想起妖魔鬼怪吃人的故事。后二联说山行之不易,尤其随行的长子法祖尚幼,上下台阶需慎重。[4]

钱澄之的原意,是先到新安(今歙县),再插入浙西,然后前往福建。不料走到孝丰(今日浙江安吉县),方知新安已破,遂改道直接进入浙西的昌化,过淳安、衢州,一路行至仙霞岭,越岭至

---

[1]《诗·召南·小星》,朱熹集注:《诗集传》卷一,上海古籍出版社1980年版,第12页。
[2]《藏山阁诗存》卷三,《藏山阁集》,第90页。
[3] 同上书,第91页。
[4] 钱执禄《先公田间府君年谱》未曾记载钱孝则(法祖)的生年,但记载钱澄之崇祯十年(1637)冬得次子,见《所知录》,黄山书社2006年版,第181页。按钱澄之天启六年(1626)冬天完婚,则法祖必在1627年至1636年之间出生,揆之诗意,在十岁左右。

仙霞岭南侧的浦城，然后沿闽江南下，最终抵达福州。[1] 一路行走，颇见其苦，诗中屡屡言及。但心中毕竟仍有信念，如云：

> 更得闽山信，愁颜为尔开。[2]

> 平生不尽意，辛苦望南兴。[3]

> 吞声是国恨，原不悔倾家。[4]

可见其志。至十二月，终于抵达福州，赋《初达行在》二诗：

> 万里南奔意，赵趄赴阙初。功臣营大内，边吏望乘舆。
> 建武元先改，澶渊诏似虚。难余饶涕泪，羞上贾生书。

> 叩阍书勿信，奇策是虚闻。我遇出关将，还同霸上军。
> 吴民真望雨，胡骑尚连云。莫倚溪山险，端居误圣明。
> （坛拜郑鸿逵出关。）[5]

---

[1] 据钱扔禄《先公田间府君年谱》所述及诗题，可知钱澄之大致的行走路线，《所知录》，黄山书社2006年版，第189—190页。
[2] 《过昌化感旧》其四，《藏山阁诗存》卷三，《藏山阁集》，第92页。
[3] 《睦州道上，示新安穆秀才修玄》其一，《藏山阁诗存》卷三，《藏山阁集》，第92页。
[4] 《睦州道上，示新安穆秀才修玄》其二，《藏山阁诗存》卷三，《藏山阁集》，第92页。
[5] 《藏山阁诗存》卷三，《藏山阁集》，第95—96页。

钱仲联认为《初达行在》二首"表达了对唐王朝廷的不满"[1]，说得准确但并不全面。这两首诗明显受到杜甫《自京窜至凤翔喜达行在所》五律三首的影响。但从立意上来讲，这两首诗与杜诗落实一"喜"字不同：其一为颂，志欢喜；其二为讽，志担忧。

"万里南奔意"一联先说南来不易，次联以"边吏"自居，言隆武朝的凝聚力。建武是汉光武帝刘秀的第一个年号，当时拥立隆武政权的人，多半将唐王视为光复汉室的刘秀，其缘由之一便是唐王封地正是刘秀的故乡南阳。如黄道周说"起南阳者即复汉家之业"，[2] 杨廷麟有诗云："中兴自古旧南阳"，[3] 皆是此意。隆武帝即位十天后，便诛杀清使，宣誓亲征。[4] 后以郑芝龙兄弟所阻未能出闽。钱澄之以宋真宗御驾亲征的澶渊之盟相比，言其"似虚"，尚存一线希望，内心深处应仍盼望有朝一日隆武帝仍能亲征。尾联所谓"羞上贾生书"，是指自己所撰的《拟上行在疏》，该疏建议隆武帝"出闽趋赣、巡行江楚"，与鲁王同心协力、团结郑芝龙人马等事宜。[5] 大约此疏言词激烈，且对时势之判断与朝廷有异，经友人力劝，恐犯时忌，所以最终没有

---

[1] 魏中林整理：《钱仲联讲论清诗》，苏州大学出版社2004年版，第34页。
[2] 黄道周：《唐王劝进表》，陈寿祺辑：《黄漳浦集》卷七，光绪年间刊本，第286页。又见《思文大纪》卷一引，《台湾文献丛刊》第111种，第4页。
[3] 杨廷麟：《清江杨忠节公遗集》卷四《赠李尚书二首》，光绪六年（1880）刻本。杨廷麟《兼山集》（《四库禁毁书丛刊》集部第165册影印康熙贞斋刻本）未收此诗。黄道周、杨廷麟二人言论，顾诚已注意及之，顾诚：《南明史》，光明日报出版社2011年版，第184页。
[4] 《思文大纪》卷二"七月初六日"，《台湾文献丛刊》第111种，第21页。
[5] 《藏山阁文存》卷一，《藏山阁集》，第344—350页。

递呈。[1]

  总而言之，关于这一段奔赴隆武行朝的经历，钱澄之自己说是"芒鞋茧足，崎岖两月，始抵闽关"。[2] 可见其艰辛。当他到达福州后，见到友人徐孚远、吴德操，不禁感慨万千。[3] 很快便在黄道周的推荐下参加吏部廷试，获得廷试第一，后被任为吉安推官。友人吴德操廷试第七，任长汀知县；方蕴修则任瑞昌知县。[4]

  与徐孚远、吴德操、钱澄之等人虽历艰难而最终顺利到达隆武行在相比，只有孙临始终未能抵达隆武行在，他的经历也最为悲惨。震泽兵败后，钱澄之留在当地为妻、儿及徐孚远之子敛尸，当时孙临亦走失一子，与钱澄之分别时"执手大哭，泪尽，继以血"，[5] 可见内心之痛苦。孙临按照原计划，赶赴新安。钱澄之一个多月后亦赶往新安，沿途看到孙临给他留下的指引，"居停壁上有大书某月某日孙某过此，盖以为予后来者导也"。[6] 结果钱澄之随后听到新安陷落，遂折入浙西。此时孙临已到新安，遂沿新安江而下到达桐庐严滩。恰好碰上杨文骢在龙泉山中招兵，遂加入其军。上书隆武朝廷，告知近况。隆武遂任命孙临为副使，监杨文骢军事。次年

---

[1] 钱扐禄：《先公田间府君年谱》"乙酉，年三十四岁"条末云："是时，有拟上皇帝书，行在相识者力尼之，乃止不上。"《所知录》，黄山书社 2006 年版，第 191 页。为何"不上"，钱扐禄未能交代原因。

[2] 钱澄之：《拟上行在疏》，见《藏山阁文存》卷一，《藏山阁集》，第 344 页。

[3] 钱澄之：《放歌赠吴鉴在》，见《藏山阁诗存》卷三，《藏山阁集》，第 96 页。

[4] 钱扐禄：《先公田间府君年谱》"乙酉，年三十四岁"条记载，《所知录》，黄山书社 2006 年版，第 191 页。

[5] 钱澄之：《孙武公传》，《田间文集》卷二十一，第 409 页。

[6] 同上书，第 409—410 页。

(1646)清军南下,孙临协助杨文骢部入闽,在接近福建的处州府龙泉县琉华山[1]与杨文骢同时被杀,弃尸于路边,被当地人随意掩埋。后家人赶赴当地收尸,因尸体腐烂已无法辨认,只能挟骨而归。钱澄之听闻死讯,哭之以诗四首,其四开篇就说:"吴江同难后,闽越各天奔。"[2]徐孚远《哭孙克咸》诗里说:"自失苕溪水,徒瞻浙岭云。"[3]《怀孙克咸》说:"路入新安成别鹤,星分婺女更河梁。"[4]说的都是一行四人中,唯有孙临一个人入闽不得而转赴浙江之事。[5]

与大量江南文人辛苦赴闽相比,[6]广东士人北上的却较少。去年曾奔赴南京弘光朝的陈子壮虽被隆武帝封为大学士,但因与隆武帝有旧怨,所以未曾赴闽。[7]陈邦彦曾应隆武乡试,中第七名举

---

[1] 孙临死难的地点,交代最为清楚的是刘城的《始闻孙武公讣哭之二首》,诗序云:"死于处州府龙泉县界",诗注云:"龙泉琉华山与闽接者",刘城:《峄桐诗集》卷九,《四库禁毁书丛刊》集部第121册,第659页。

[2] 《得孙克咸死难信》,《藏山阁诗存》卷五,《藏山阁集》,第143页。

[3] 《钓璜堂存稿》卷十,第483页。

[4] 《钓璜堂存稿》卷十二,第509页。

[5] 孙临诗入《启祯两朝遗诗》。又有《肆雅堂集》,桑兵主编:《清代稿钞本》第36册,广东人民出版社2007年。尚未见。

[6] 凡列籍隆武行朝的文武大臣,多由此途径南下,惟具体行走之过程多不可考。此外,当时记载亦多有谣传讹误者。如戴重(敬夫)从浙江到福建之事。邢昉《闻戴敬夫由越入闽》:"湖县忽离群,兵车谅未闻。揭竿真草草,暴骨竟纷纷。秋隔苔花岸,心悲建业云。遥思于役意,不为武夷君。"《明遗民诗》卷十,第395页。刘城《哭戴敬夫六首用晞发集集韵》的诗序中说:"乙酉四月挈余同避兵,转徙至湖州,余归而敬夫有所事,遂中箭洞腹,乃薙发为僧,卒以创死。"《峄桐诗集》卷七,《四库禁毁书丛刊》集部第121册,第612页。可知戴重未入闽即已出家,后卒。

[7] 《所知录》,黄山书社2006年版,第17页。

人,授监纪推官,但是否入闽,尚存疑问。[1] 当时较出名由广东入闽的士人有张穆。

东莞人张穆(1607—1687)字尔启,号穆之,又号铁桥。明思宗崇祯六年(1633),往岭北游,思立功边塞,不得用。[2] 十七年,听说唐王立。遂决定入闽。秋,张穆从家乡东莞出发,前往建宁(即福州),行前有《留别韩季闲耳叔林榕溪赴闽行在》诗:

> 乾坤板荡复何言,此日安危敢自怜。
> 暮色满江红蓼外,秋声孤雁白霜天。
> 身名笑我终何事,肝膈如人未必然。
> 闻道明良方励治,敢私岩壑赋招贤。[3]

如同上文提到的陈邦彦等人一样,张穆此诗亦言志之作。诗题中提到的韩宗騋字耳叔,韩宗骦字季闲,二人都是前文提到的释函可(韩宗騋)之弟,礼部尚书韩日缵之子。耳叔后于永历六年(1652)被害、季闲及另一兄宗骥于永历元年(1647)被杀。[4] 张穆与韩氏兄弟志业相同,所以在诗中可以畅所欲言。首联言今日社稷安危,

---

[1] 陈恭尹《兵科给事中赠资政大夫兵部尚书先府君岩野陈公行状》云:"思文皇帝入闽……有旨召见,未赴。既而特诏授监纪推官。公之自南京还也。以弘光登极,诏举恩贡。"据此,则应当未曾入闽。陈恭尹撰,郭培忠校点:《独漉堂集》,中山大学出版社1988年版,第883页。但温肃《陈独漉先生年谱》云陈邦彦曾"适闽忠,授公监纪推官"。《独漉堂集》,第905页。
[2] 陈伯陶编:《胜朝粤东遗民录》卷二,谢正光、范金民编:《明遗民录汇辑》,南京大学出版社1995年版,第633—634页。
[3] 张穆:《铁桥集》,香港何氏至乐楼1974年版。
[4] 汪宗衍、黄莎莉著:《张穆年谱》,香港中文大学文物馆1991年版,第16页。

所以未能怜惜自己的生命而决定奔赴行朝。次联描述临行时所见天气景致，秋日飒爽，孤雁南飞，衬托诗人毅然前行的心境。颈联以反诘方式出之，"身名笑我终何事"，别人为何要以身（富贵）与名声来揣度我此行的目的呢？"肝膈如人未必然"言人心隔肚皮，故他人以恶意揣度我。尾联说听闻隆武朝励精图治、招纳贤才，是正面回应他人为何要赴隆武朝的原因。此诗胜在以冷静的口气道出自己的怀抱。诗人虽慨然以赴行朝，但并没有说多少豪言壮语，也没有忐忑不安。这与类似的临行赠别诗有所不同。

张穆从东莞到福州的具体行走路线不详，抵达福州后，张穆前去谒见同乡苏观生希望获得官职，时苏观生以拥戴之功任武英殿大学士。御史王化澄听说张穆至，遂上疏说张穆是靖江王党人，遂被摈不录。后经礼部侍郎曹学佺举荐，着御营兵部试用。以是之故，张穆在福州并不愉快。他在诗中说：

溪头虎帐寂衔枚，城上千灯禁旅开。
漫说貔貅雄细柳，不闻骐骥上高台。[1]

"骐骥"不但指骏马，也指人才。不见"骐骥上高台"或许正是暗喻自己不得拔用。

张穆有一位老乡梁安国此时也北上福建。他的行迹没有张穆清晰，只能在其弟梁宪（1624—1683?）[2]的诗中略窥一二。梁宪有

---

〔1〕《建宁行在感赋》，张穆：《铁桥集》，香港何氏至乐楼1974年版。
〔2〕梁宪生平，见张其淦《东莞诗录》卷二二。

诗《冬日送兄安国赍奏行在召对便殿》:

> 燕京失守天人愤,率土勤王赴建州。
> 送尔特赍丞相表,入京先慰圣明忧。
> 烽烟岁晏须调马,雨雪怀家莫上楼。
> 努力行间报知己,功成不必定封侯。[1]

首联"建州"为福建北部之旧称。诗中第三、四联寄语兄长莫要思念家中、要努力勤勉,末句表达了建功立业的想法。

三 奔赴永历

隆武二年(顺治三年,1646)十月,两广总督丁魁楚、广西巡抚瞿式耜在肇庆迎请桂王朱由榔监国,十一月即皇帝位,改次年为永历元年。至永历十六年(康熙元年,1662)四月在云南被杀,永历帝在位共十六年,期间居无定所。其大致行走路线如下:

永历元年(顺治四年,1647)	二月,走桂林
	四月起,走武冈、靖州、柳州、象州
	十二月,返桂林
永历二年(顺治五年,1648)	二月,走南宁
	八月,返肇庆

---

[1] 梁宪:《梁无闷集》,国家图书馆藏清初刻本。

永历三年（顺治六年，1649）	在肇庆
永历四年（顺治七年，1650）	正月，走梧州
	十二月，走南宁
永历五年（顺治八年，1651）	正月，走广南
永历六年（顺治九年，1652）	二月，走安隆
永历七年（顺治十年，1653）	在安隆
永历八年（顺治十一年，1654）	在安隆
永历九年（顺治十二年，1655）	在安隆
永历十年（顺治十三年，1656）	走云南
永历十一年（顺治十四年，1657）	在云南
永历十二年（顺治十五年，1658）	十二月，走永昌
永历十三年（顺治十六年，1659）	闰正月，走腾越
	三月，入缅甸
	五月，止于者梗
永历十四年（顺治十七年，1660）	在缅甸
永历十五年（顺治十八年，1661）	十二月，在缅甸被执
永历十六年（康熙元年，1662）	四月，在昆明被杀

永历帝如此居无定所，可以想见当时各地前往永历朝廷参与复明的人士，其行踪路线有多么的复杂。但考诸文献，永历朝廷在肇庆时，各方投奔人士最多。随着永历帝本人的越奔越远，投靠来的士人也就越来越少了。限于文献，只能列举一二，以见一斑。

1646年（隆武二年，顺治三年）八月清兵攻入福建时，官任司李的钱澄之正在沙县、永安等地收税，听闻隆武帝在延平被擒，遂流落顺昌、邵武、沙县等地辗转避难。[1] 当年年底，钱澄之听说长子法祖已随友人刘远生、客生兄弟入粤，当年一起来福建的吴德操、方蕴修等人也都一同入粤，惟独他滞留福建山中，不免哀身伤世一番。[2] 到次年（1647，永年元年，顺治四年）春，钱澄之隐隐约约地听说永历帝在广东建立行朝，但无法确定，不敢贸然前往。有诗《人来说岭南事怅然述怀》曰：

> 半年庾岭梦，消息竟成虚。百粤应难去，双峰从此居。
> 也闻称正朔，何计觅乘舆。羡尔云中翼，因风寄帛书。[3]

永历称帝是在去年的十一月，钱澄之当时或许就已听说了一些消息。但首联说广东的消息竟然是虚的，又应当如何解呢？所以此处"消息竟成虚"并非指永历称帝，而是唐王的绍武政权。隆武二年（1646）十月，桂王朱由榔在肇庆称监国，十一月，隆武朝大学士苏观生拥立隆武帝之弟在广州称帝，改元绍武。桂王听说后，急忙在肇庆即位，改元永历。同月，清兵攻破广州，绍武帝被杀，苏观生自缢。绍武先于永历称帝，且钱澄之是隆武朝旧臣，他一开始必然在绍武政权上寄托了一定的希望。但绍武朝很快覆灭，故钱澄之说"半年庾岭梦，消息竟成虚"。这也是诗题中"怅然"的原因。

---

[1] 钱扔禄：《先公田间府君年谱》"丙戌，年三十五岁"、"丁亥，年三十六岁"、"戊子，年三十七岁"诸条记载，《所知录》，黄山书社2006年版，第192—194页。

[2] 钱澄之：《闻客生昆仲入粤，予子法祖随焉，鉴在、蕴羞、坤丞、应相携同去，予独留滞闽乡，诗以写怀》，《藏山阁集》之《藏山阁诗存》卷五，第141页。

[3] 《藏山阁集》之《藏山阁诗存》卷六，第155页。

如此，颈联中所说的"也闻称正朔"的"也"字就可以落实到永历政权之上。钱澄之在想，永历也在广东称帝了，自己如何才能去呢？尾联羡慕朋友有渠道可进一步打探消息。政权的不稳定，时势的动乱，都让钱澄之对于是否入粤、如何入粤充满着犹豫。诗中"竟"、"应"、"也"等虚词，恰能反映出他的这种心态。况且，此时谣言颇多，绍武政权如何、桂王是否称帝等消息，都需要进一步确定。

因为一直没有得到确切的消息，所以钱澄之只能到寿昌皈依阒然大师出家。次年（1648）九月的一天，阒然大师对他说："粤东已反正矣，宜急往。"[1]遂急忙赶至新城。路上碰见有人从粤东来，才明确得知桂王已在肇庆称帝，赋《闻岭南信志喜》一诗：

> 翠盖霓旌常在眼，三湘百粤久无闻。
> 羽书快捧江西捷，露布惊传岭表文。
> 雾散庾关开汉月，风清瘴海失妖氛。
> 荆湖义勇声全壮，章贡孤穷力又分。
> 遂使桂林腾紫气，坐看端水捧黄云。
> 门前履错星辰客，帐下威生虎豹群。
> 身着戎衣迎御辇，手披仙仗拜明君。
> 金阶独对边机密，铁券频辞诏使勤。
> 处处农歌沽酒庆，家家官路瓣香焚。
> 早趋南浦烧攻具，直下金陵洗战裙。

---

[1] 钱扐禄：《先公田间府君年谱》"戊子，年三十七岁"条记载，《所知录》，黄山书社2006年版，第195页。

> 雁塞烽消无斥堠，王庭犁罢尽耕耘。
> 中兴大写功臣貌，返正应推第一勋。[1]

此诗不仅仅是"喜"，简直是狂喜。钱澄之不但在诗中想象了永历政权威严肃穆的气象，而且还寄托了"直下金陵"、"雁塞烽消"等极高的希望。

于是，钱澄之马上从福建新城出发，到达闽、赣交界之地广昌，再到赣州的宁都，从而越岭入粤，达到肇庆永历朝廷。在即将抵达宁都的时候，进一步听说永历帝在端州。于是有《闻驾跸端州喜赋》：

> 黄星三岁望中迷，唐突烽烟信马蹄。
> 只听诏书传桂水，果然辇跸驻端溪。
> 欢腾义士添朝勇，魂慰孤臣罢夜啼。
> 此日中原思汉极，六龙早出大江西。[2]

此事欢欣鼓舞外，末联更期待朝廷尽早恢复中原失地，以慰民望。

随着越来越靠近目的地，眼前的山水村镇也都变得明亮起来。如：

---

[1]《藏山阁集》之《藏山阁诗存》卷八，第222页。此诗之后为《新城中秋即事》，可知钱澄之得知广东的消息为中秋之前。
[2]《藏山阁集》之《藏山阁诗存》卷九，第233页。

市廛通夕启,灯火几家收。……乱离今见此,真羡小扬州。[1]

岭下牛羊放,岭上樵牧歌。茅茨亦泄烟,场圃或收禾。[2]

日落行人稀,村墟指烟缕。风吹甘蔗林,飒然暮来雨。[3]

石疑枯树倒,峰似夏云奇。细草层层没,秋花点点垂。[4]

地坼三条水,山拖百里岚。河鱼香煮鲫,园果美传柑。[5]

这种田园的野趣与早前他奔赴福建时所见的险山恶水相比,有着巨大的反差。更不要提下面这种宣言式的诗句了:

向南山转秀,世界亦全宽。行李得舟乐,人心度岭安。[6]

钱澄之的心情在不断地好转。与此同时,随着目的地的临近,各种消息的获得也越来越容易。他不断听闻至亲好友的好消息,如确定

---

[1]《夜过宁都》,《藏山阁集》之《藏山阁诗存》卷九,第233页。
[2]《发宁都入粤道上纪事》,《藏山阁集》之《藏山阁诗存》卷九,第235页。
[3]《紫参渡》,《藏山阁集》之《藏山阁诗存》卷九,第235页。
[4]《舟行杂诗》其二,《藏山阁集》之《藏山阁诗存》卷九,第238页。
[5]《舟行杂诗》其五,《藏山阁集》之《藏山阁诗存》卷九,第239页。
[6]《舟行杂诗》其一,《藏山阁集》之《藏山阁诗存》卷九,第238页。

长子法祖已入粤、[1] 刘客生已在永历朝任职、[2] 吴德操在粤西任职等等。[3] 但喜忧参半的是，钱澄之同时也知道了昔日同僚、友人殉节或已在艰难的流离生涯中病殁的噩耗。[4]

当永历二年（顺治五年，1648）十月正式抵达肇庆之时，钱澄之喜而感赋《喜达行在二十韵永历二年冬十月到肇庆府》五古一篇：

> 异域疑终老，生归吾岂望。谁怜灰劫后，重见曜灵光。
> 只讶魂超越，犹愁梦渺茫。饥寒来北海，涕泪睹南阳。
> 日出明宫阙，云低抱苑墙。朝廷遂礼乐，我辈竟冠裳。
> 诸将鸣鞭锐，千官佩玉锵。避车多豸绣，骑马有貂珰。
> 访旧勋俱大，逢儿我并长。去珠还入掌，断雁再随行。
> 趋陛肘时露，陈书指欲僵。故人相问讯，童仆转凄凉。
> 发向僧居保，颜从虎穴苍。赖将诗过日，但忆笋堪肠。
> 濯足通身暖，寻医百节伤。屦穿知步履，肩袒验刀疮。
> 已慰玉关愿，宁劳属国偿。解装存笔砚，纪事足篇章。

---

[1] 有《崇化村遇虔人云以丙戌十月过韶州见小儿于二刘舟中》，《藏山阁集》之《藏山阁诗存》卷九，第236页。

[2] 《得刘客生信》末联云："多少故人麟阁上，知卿兄弟最先登。"《藏山阁集》之《藏山阁诗存》卷九，第234页。

[3] 有《喜闻吴鉴在御史持斧粤西》，《藏山阁集》之《藏山阁诗存》卷九，第237页。

[4] 《晤曾庭闻知熊子文给谏死难汀洲》、《过韶州知方蕴羞以丙戌秋病殁哭成》，分见《藏山阁集》之《藏山阁诗存》卷九，第233、237页。方蕴羞一作蕴修，为方震孺子，见钱扐禄《先公田间府君年谱》"乙酉，年三十四岁"，《所知录》，第191页。

钓艇三人酒,茅庵一月粮。此生侬莘跸,歌咏六龙傍。

钱澄之当初抵达隆武行朝时,曾有《初达行在》五律二首,[1]前文已指出其受到杜甫《自京窜至凤翔喜达行在所》的影响。《喜达行在二十韵》与杜甫《自京窜至凤翔喜达行在所》的关系则更为明显。如"生归吾岂望",杜诗有"生还今日事";"谁怜灰劫后",杜诗有"心死著寒灰";"涕泪睹南阳",杜诗有"南阳气已新";"千官佩玉锵",杜诗有"影静千官里"。至于"趋陛肘时露",则出自杜甫《述怀》"麻鞋见天子,衣袖见两肘"句。南明诗人经常会想起杜甫,都是觉得自己的境遇和杜甫极为相似,钱澄之也不例外。在历经三年的流离之后,钱澄之在诗中想要表达的主要就是一种喜悦之感,与之前抵达隆武朝时首先想到的仍是讽谏,大有不同。此诗层次分明,先说喜悦,次说目睹朝廷的威仪,再说本人艰辛入朝之状,最后志感,表达归依之喜悦。兹不赘述。

当钱澄之在闽中流离避难之时,王夫之正在湖南家乡举兵抗清。弘光元年(顺治二年,1645),王夫之即在湖南参与起义,主张团结南方复明力量,曾前往湘阴军中谒见湖北巡抚章旷,请调和隆武掌权与鲁监国的关系,[2]之后返乡。隆武帝被执后,有《续悲愤》诗一百韵。[3]永历元年(顺治四年,1647)夏四月,永历帝逃亡湖南武冈,王夫之听闻,即从家乡衡阳出发,前往仅有200公里之外的武冈。可惜遭逢大雨,尚未赶到武冈,清兵已攻克衡州,只好与

---

[1]《藏山阁诗存》卷三,《藏山阁集》,第95—96页。
[2] 王之春撰,汪茂和点校:《王夫之年谱》,中华书局1989年版,第30页。
[3] 同上书,第31页。

友人进入湘乡山中避难。王夫之有诗《淫雨弥月将同叔直取上湘,间道赴行在所不得,困车架山,哀歌示叔直》纪其事,诗曰:

> 天涯天涯,吾将何之?颈血如泉欲迸出,红潮涌上光陆离。涟水东流资水北,精卫欲填填不得。丰隆丰隆,尔既非兕抑非虎,昼夜狂呼呼不止。牵帅屏翳翻银潢,点滴无非礕血髓。行滕里泥如柿油,芒屦似刀割千耳。两人相将共痛哭,休留夜啸穿林木。自古生死各有乡,我独何辜陷穹谷。残兵如游蛋,偾帅如骇鹿。荒郊无烟三百里,封狐瘦狗渐相扑。但得龙翔乘雨驾天飞,与君同死深山愿亦足。[1]

叔直,夏汝弼。车架山,在今湘乡。王夫之此诗颇重词藻。但诗意哀痛,层次也比较清晰。诗歌开篇即哭诉,云无处可去,即奔赴武冈永历帝行在不得也。底下形容诸般痛苦行状。后以毒虫(蛋)、受惊的鹿(骇鹿)形容南明的兵、将,又用大狐狸(封狐)、疯狗(瘦狗)来形容清军,可见他对战争的厌恶。末尾则是祈祷永历帝平安。

次年(永历二年,顺治五年,1648)八月,永历帝返回肇庆。十月,王夫之在衡山举兵,兵溃后走耒阳,至兴宁,再从桂阳入粤,下浈江,过清远,奔赴肇庆行在。有《分界岭诗》[2]、《浈峡谣五

---

[1]《忆得》,《王船山诗文集》,中华书局1962年版,第531页。
[2]《王船山诗文集》,中华书局1962年版,第135页。

首》[1]《清远城下忆湖湘旧泊》[2]诸诗纪其行。《分界岭诗》开篇就说:

> 行役杳穷极,愁心积纷诡。

《浈峡谣五首》其五有云:

> 故山元有主,新宠讵难忘。

《清远城下忆湖湘旧泊》颔联、颈联云:

> 星河摇古岸,渔火历蒋菰。霜后迷南雁,日斜忆庙乌。

这些诗句,不无行役之苦,而多江山故国之思。

  王夫之抵达肇庆行在后,堵允锡推荐他担任翰林院庶吉士,因王夫之需要返乡守孝,故收回任命。[3] 次年(1648)春,王夫之即返回湖南,由于在家乡受到攻击陷害,奉母命重新奔赴肇庆。永历四年(1650)二月十八日服满,此时永历帝又已奔逃至梧州,王夫之遂跟随永历帝到梧州担任行人司行人之职。[4]

  与王夫之奔赴肇庆同时,在永历帝返回肇庆(永历二年,

---

[1]《王船山诗文集》,中华书局1962年版,第144—145页。
[2]同上书,第150页。
[3]王夫之父卒于永历元年(1647)十一月,见王之春撰,汪茂和点校《王夫之年谱》,中华书局1989年版,第37页。辞官事,见第39页。
[4]王之春撰,汪茂和点校:《王夫之年谱》,中华书局1989年版,第42页。

1648）之后，陈邦彦之子陈恭尹亦奔赴肇庆行在为其父请恤。陈邦彦在前一年（1647）九月二十八日已就义，陈恭尹逃亡增城，隐匿乡间。[1] 永历二年（1648）夏，18岁的陈恭尹与王邦畿（1618—1668）一起抵达肇庆，[2] 上《请恤疏》。次年（1649）七月，永历帝授陈恭尹为世袭锦衣卫指挥佥事。[3] 有《拜恩感赋》一诗：

> 御史封章更表忠，诏书前后出行官。
> 家门已积沦胥痛，国典犹追式遏功。
> 唐祀睢阳存两庙，汉崇司马列三公。
> 孤儿拜舞威颜下，血泪凭添汗简中。[4]

此诗感谢永历帝表彰其父陈邦彦，诗意清晰。诗中重要的典故为颈联上句以安史之乱中死守睢阳的张巡等人喻陈邦彦，下句言永历朝追赠陈邦彦为兵部尚书（多以司马为兵部尚书之别称）。尾联表达自己对永历帝的感恩。此诗最值得注意的就是尾联的拜舞感恩。行朝这种大肆表彰忠臣的举动，不但强调了他自身的权威和合法性，更令忠臣孝子人心归附。陈恭尹有感于永历帝的恩德，自永历帝逃离两广、湖南而徙居大西南之后，依然从广东千里奔赴，可惜最终

---

[1] 温肃：《陈独漉先生年谱》，陈恭尹撰，郭培忠点校：《独漉堂集》，中山大学出版社1988年版，第909页。
[2] 陈伯陶编：《胜朝粤东遗民录》卷一《王邦畿传》言其与陈恭尹同往肇庆从永历帝及桂林陷，永历帝西奔不返，邦畿乃遁归终隐。
[3] 陈恭尹：《兵科给事中赠资政大夫兵部尚书先府君岩野陈公行状》，《独漉堂集》，中山大学出版社1988年版，第888页。
[4] 陈恭尹：《初游集》，《独漉堂集》，中山大学出版社1988年版，第8页。

未能成功。

永历十二年（顺治十五年，1658）春，陈恭尹与顺德同乡何绛"偕出厓门，渡铜鼓洋，访故人于海外"，[1] 实际即欲前往永历行在。何绛（1627—1712）也是有志复明的人士，字不偕。隆武二年（1646），听闻张名振起事抗清，遂疾趋，至则事已败。[2] 陈恭尹与何绛行至厓门，有《厓门谒三忠祠》诗：

> 山木萧萧风又吹，两厓波浪至今悲。
> 一声望帝啼荒殿，十载愁人来古祠。
> 海水有门分上下，江山无地限华夷。
> 停舟我亦艰难日，畏向苍苔读旧碑。[3]

此诗是陈恭尹的代表作，《粤东诗话》谓"大气磅礴，大笔淋漓，寄托遥深，卓绝千古"。[4] 赵翼说："此等雄骏句，虽李、杜、苏、陆辈，穷尽气力，一生不过数联，而独漉切定其地，不可移咏他处，尤难得。"[5] 此诗前人分析已多，这里再强调几点。一是此诗音节铿锵有力，若用粤语诵读，尤抑扬顿挫，激荡人心。二是诗题用"谒"字，便已奠定全诗严肃沉重的基调。三是厓门的问题。厓门为南宋灭亡之地，久为人知，但大家对厓门的地理形势往往知之不深。身为广东人的史学家陈垣曾描绘厓门地理形势，最令

---

〔1〕 陈恭尹：《增江前集小序》，《独漉堂集》，中山大学出版社1988年版，第21页。
〔2〕 康熙：《顺德县志》卷一三《何绛传》。
〔3〕 陈恭尹：《独漉堂集》，中山大学出版社1988年版，第37页。
〔4〕 屈向邦：《粤东诗话》、香港诵清芬室铅字排印本1964年版。
〔5〕 转引自钱仲联、钱学增《清诗精华录》，齐鲁书社1987年版，第639页。

读者动容：

> 厓门与汤屏山对峙海口如门，故谓之厓门，即张世杰瓣香祝天、巨风覆舟而死之处也。门阔仅里许，每大南风起，水从海外排闼而入，怒涛奔突，浪涌如山，复为门所扼，其势益大，故厓门春浪最称奇观。海水有时分清浊二色。[1]

陈恭尹抵达厓门时，正是春天，所以眼前所见，应当恰好是陈垣描绘的"怒涛奔突，浪涌如山"的场面，故无法前行，而尾联称"停舟我亦艰难日"也。行路至此，就已经如此艰难，何况继续前行至朝廷行在？这是陈恭尹之所以发出如此悲慨的深层原因，故此诗绝非凭吊古人，抒发遗民之哀思。"十载愁人拜古祠"说自己带着十年的悲伤去谒拜。若从其父陈邦彦殉国之时（1647）算起，刚好过去十年。所以此处"十年"可以理解为实指。"海水有门分上下，江山无地限华夷"则是诗中常见的"无地"的意象，即强调无地容身。至于尾联，前面已提到是被风浪所阻，不得前行。上句"停舟我亦艰难日"是讲给三忠听的，"畏向苍苔读旧碑"则是不愿意去阅读/面对过去失败的历史。过去释读此诗，似乎没有人注意到这是陈恭尹奔赴行在的路上所作，所以忽略了尾联中反映出来的不知前途如何的恐惧。而这种恐惧，才是他不愿意去"读旧碑"的真正原因。

---

[1] 陈垣：《厓门》，陈智超主编：《陈垣全集》第十六册，安徽大学出版社2009年版，第919页。

何绛《不去庐集》中亦有《厓门谒三忠祠》诗,未见前人提及,应当是与陈恭尹同时所作:

> 双峰如阙水迢迢,恍惚洪涛怒未消。
> 相国有祠遗异代,书生无泪洒前朝。
> 空闻谢豹啼荒殿,无复黄龙起暮潮。
> 礼罢苔阶长太息,满厓风雨正潇潇。[1]

首联写厓门之水。颔联写谒祠。颈联描摹祠堂之荒芜,仅"谢豹"(即蜀帝所化之杜鹃)悲啼也。尾联"长太息",有屈子的家国之慨。末句与首联相扣。此诗颇写实,诗人对于景物之描绘仅局限于眼前所见的水和祠堂,情感抒发又以套语"长太息"概括,水准远逊陈恭尹诗。但可作为陈恭尹诗的注脚,可见两人当日谒祠时风雨交加,其情其状,颇可哀也。

陈恭尹与何绛并未成功,如今不能考知他们具体抵达何处,但秋天时必定已经折返顺德。[2] 因为从秋天起,陈恭尹和何绛决定舍弃海路,改走陆路奔赴西南的永历行朝,前后历时一年半,几乎走遍半个中国。陈恭尹在《中游集小序》中说:

> 逾大庾岭,取道宜春,度岁于昭潭,而滇黔路绝。明年乃

---

[1] 何绛:《不去庐集》卷九,中山大学图书馆藏旧钞本,香港何氏至乐楼1973年影印汪氏微尚斋钞本。
[2] 陈恭尹《增江前集小序》说:"秋半,复同为楚南之行",可知两人秋天之前已折返。《独漉堂集》,中山大学出版社1988年版,第21页。

登南岳，泛洞庭，顺流江汉之间。其秋憩芜关，遇海舶之乱，轻舟济江，历中都，治寒衣于汴梁。北度黄河，徘徊太行之下。冬中南还，自郑州、信阳至云梦登舟，度岁于汉口。庚子春初，溯衡郴，下韩泷，三月抵家。是游也，志在西南，而行乃东北，故所至若遗迹焉。……是行也，于郑州道中遇象十三，自南而北，雨雪初晴，其人皆披裘，坐象背而弦歌。十八年前梦中所见也。询其自来，乃滇池所获。予之漂泊于此，命也夫。盖自是无复远游之志矣。[1]

陈恭尹在这里说得比较隐晦，需要仔细分析。当陈恭尹等人行至湖南湘潭时，清军正在围剿云贵，贵州已不得而入。此即陈恭尹《湘潭除夕》诗中所谓："道远不可知。"[2] 当陈恭尹二人抵达芜湖时，遇到他说的"海舶之乱"，这正是郑成功从崇明进入长江，沿江而上攻打南京之事。后郑成功兵败退出江南。随后陈恭尹抵达河南，北渡黄河，在太行山下观察关隘形势，绘成《九边图》随身携带，以备将来。[3] 永历十三年（1659）冬，陈恭尹在郑州遇到的"乃滇池所获"的云南象队，实际上是清军缴获的永历帝的象阵，被解送前往北京报捷。[4] 于是陈恭尹确切得知永历帝已逃入缅甸的消息，恢复中原再无可能。遂南返。

然而当陈恭尹和何绛最初出发的时候，也是满怀希望的。如同

---

[1] 陈恭尹：《中游集小序》，《独漉堂集》，中山大学出版社1988年版，第40—41页。
[2] 《独漉堂集》，中山大学出版社1988年版，第44页。
[3] 冯奉初：《明世袭锦衣佥事怀远将军陈元孝先生传》，《独漉堂集》，中山大学出版社1988年版，第901页。
[4] 同上书，第900页。

其父陈邦彦当年北上南京时赋诗赠别友人一样，陈恭尹也有《留别诸同人》一诗，为他这次奔赴西南的壮游做一说明：

> 霏微残月晓风寒，生死交情话别难。
> 入楚客无燕匕首，送行人有白衣冠。
> 舟辞香浦鸿初到，马踏梅关雪渐看。
> 后会不须期故国，中原天地本来宽。[1]

此时以荆轲故事自喻，可见慷慨悲凉。但诗末仍抱有期待。然而一路走去，永历行朝又何时才能抵达呢？奔波的疲倦、可望而不可即的痛苦和茫然，都在陈恭尹的诗中反复出现：

> 歧途不用悲游子，芳草天涯路未迷。[2]

> 萧条半生事，驱马行中原。[3]

> 莫令亡国月，得照渡江人。[4]

> 借问客游子，飘摇欲何之。乃云适西北，又不入帝畿。[5]

---

[1]《独漉堂集》，中山大学出版社1988年版，第42页。
[2]《白门别诺诺和尚》，《独漉堂集》，中山大学出版社1988年版，第50页。
[3]《过昭关》，《独漉堂集》，中山大学出版社1988年版，第51页。
[4]《次凤阳逢中秋》，《独漉堂集》，中山大学出版社1988年版，第51页。
[5]《吹台》，《独漉堂集》，中山大学出版社1988年版，第52页。

> 远历风霜苦，难为蹇劣姿。[1]

> 谁堪天下无穷路，来伴微生易老身。[2]

南返的途中，陈恭尹赋有《归舟》诗四首、《杂诗》九首述怀。比兴寄托，情见乎辞。如《杂诗》其四：

> 霜至草木寒，关河凄以风。扁舟越湘水，迟暮予何心。
> 美人彩云端，欲往闻遗音。云端不可即，离别销颜色。
> 三朝掩明镜，对面不相识。[3]

诗中所谓"美人云端"，或即永历行在，遥遥"不可即"，恐怕"对面不相识"也。前往永历行朝失败，故情深而哀。

陈恭尹之所以反复试图奔赴西南永历行朝，或许是受到友人屈士爕、屈士煌的启发。前面提到永历十二年（1658）春陈恭尹与何绛"访故人于海外"，[4] 这里的所谓故人，学者认为当即屈士爕、屈士煌兄弟。[5] 屈氏兄弟已先于永历八年（1654）成功奔赴永历行朝。屈士爕（字赉士，一字白园，1627—1675）、屈士煌

---

[1]《卖驴》，《独漉堂集》，中山大学出版社1988年版，第54—55页。
[2]《庚子元旦毛子霞招同何不偕登黄鹤楼》，《独漉堂集》，中山大学出版社1988年版，第55页。
[3]《杂诗》，《独漉堂集》，中山大学出版社1988年版，第57页。
[4] 陈恭尹：《增江前集小序》，《独漉堂集》，中山大学出版社1988年版，第21页。
[5] 温肃：《陈独漉先生年谱》，《独漉堂集》，中山大学出版社1988年版，第920—921页。

(字泰士,一字铁井,1630—1685)兄弟。[1] 屈氏兄弟俱为番禺人,与屈大均为堂兄弟。[2] 屈士燝是隆武元年(1645)举人,隆武二年(1646)冬,广州破,与弟屈士煌破家起义,与陈子壮等互为犄角,后溃败。事败,潜归奉母。永历八年(1654),听说李定国率军收复高州、雷州、廉州等地,士煌与兄遂微服前往投奔。不果,乃入化州。时靖氛将军邓耀屯龙门岛,亲迎之。后李定国护卫永历帝入滇,士煌乃赍表跋涉前往。[3] 途中有《过昭阳关》诗曰:

> 鬼斧削云根,神功栈石门。圣朝纡左顾,天险限中原。
> 马足盘溪怯,人声落树喧。艰难过九折,一望可销魂。[4]

此诗对仗甚工,极言昭阳关的险峻,反衬行路之艰难。昭阳关在云南广南县,徐霞客《滇游日记》戊寅(1638)十月二十三日日记引唐大来语云:

---

[1] 屈大均:《伯兄白园先生墓表》、《仲兄铁井先生墓表》,《翁山文外》卷七,欧初、王贵忱主编《屈大均全集》第三册,人民文学出版社1996年版,第139—144页。屈士煌有《铁井文稿》2卷,收入《手抄番禺屈氏家集》,中山大学图书馆藏。
[2] 屈士燝、屈士煌与屈大均同出于六世祖起岩,至屈大均为第十八世。但屈士燝兄弟与屈大均意气相投,且屈大均与屈士煌同龄,同年录为诸生,故来往极密。参邬庆时《屈大均年谱》,广东人民出版社2006年版,第5、27页。
[3] 陈伯陶编:《胜朝粤东遗民录》卷一,《明遗民录汇辑》,南京大学出版社1995年版,第387—389页。
[4] 屈士煌:《屈泰士遗诗》,香港何氏至乐楼刊本。

> 广南府东半日多程,有宝月关甚奇。从广南东望,崇山横障,翠截遥空,忽山间一孔高悬,直透中岛,光明如满月缀云端,真是天门中开。路由其下盘脐而入,大若三四城门。其下旁又一窍,潜通滇粤之水。[1]

徐霞客接着说:

> 予按黄麟趾《昭阳关诗》注云:"关口天成一石虎头,耽耽可畏。"诗曰:"何代凿鸿濛?峦山窈窕通,五丁输地力。一窍自天工。域畛华彝界,关当虎豹雄。弃繻愁日暮,驱策乱流中。"按昭阳即此洞也,唐君谓之宝月者,又其别名耳。[2]

可见昭阳关的险峻。诗中所谓"圣朝纡左顾,天险限中原"尤多感触,左顾是枉顾的意思,[3] 言下之意,偌大一个明朝廷,竟然纡尊降贵到了这种与中原完全隔绝的地方。

与屈士煌入滇途径不同,士燝另从交平特摩州入云南。[4] 因为没有相关诗歌留存,故其入滇途中所见所闻不可考。

---

[1] 褚绍唐、吴应寿整理:《徐霞客游记》卷六上,上海古籍出版社1982年版,第764页。
[2] 同上。
[3] 《汉书·淮阳宪王刘钦传》:"子高乃幸左顾存恤。"颜师古注:"左顾,犹言枉顾也。"
[4] 陈伯陶编:《胜朝粤东遗民录》卷一,《明遗民录汇辑》,南京大学出版社1995年版,第388页。

据记载，屈士煌抵达永历行在后，即刻上书陈三大计六要务，且极陈孙可望之恶，授兵部司务试职方司主事[1]。《拜言》一诗，估计正写于此时：

> 披褐叩天阍，弹冠过市门。晦明深自见，舒卷上难言。
> 大事终天意，微躯系主恩。未能酬蹇劣，中夜感心魂[2]

首联说自己以布衣身份谒见天子，从而出仕。"弹冠"有出仕的意思[3]。"晦明"一词出自《易·明夷》："利艰贞，晦其明也。"[4]"明夷"为六十四卦之一，指贤人君子遭遇坎坷。此句指自己韬晦隐迹之不易。舒指伸展其志，卷指退缩其志[5]。第二联说自己虽秉志而来，但能否实现志向仍不可确知。故第三联提到天意和主恩，言下之意是一切都不由自己掌控。此诗首联说的是高兴的事情，第二联开始转而直下，心情越来越沉重。到尾联就只剩下感叹了。从这首诗可以感觉到，屈士煌在入滇之后虽轻易地获得了官职，但心情较为沉重，他报效朝廷的理想和抱负也没有得到施展。

---

[1] 陈伯陶编：《胜朝粤东遗民录》卷一，《明遗民录汇辑》，南京大学出版社1995年版，第389页。
[2] 《屈泰士遗诗》，香港何氏至乐楼刊本。
[3] 颜之推《古意》诗："十五好诗书，二十弹冠仕。"逯钦立辑校：《先秦汉魏晋南北朝诗》，中华书局1983年版，第2238页。
[4] 《易·明夷·彖传》："利艰贞，晦其明也。"孔颖达疏："既处明夷之世，外晦其明，恐陷于邪道，故利在艰固其贞，不失其正。"十三经注疏整理委员会：《周易正义》，北京大学出版社2000年版，第181页。
[5] 潘岳《西征赋》："孔随时以行藏，蘧与国而舒卷。"

后清军进逼，永历帝逃至永昌，百官仓卒随行，士煌兄弟昼夜兼行。奔至楚雄，士爆突然大病，在寺庙休养，待身体康复，已无法追赶永历帝，无奈之下返回广东。[1]

当永历帝在西南逃难时，在东南沿海的浙江、福建、广东等地，仍有残存的明军，其中颇多不屈不挠的忠义之士。他们之中的徐孚远、郭之奇等人，均曾从海外奔赴西南永历行朝。但最终都漂流到安南，以至于无法抵达行朝。他们的经历更为复杂，已不同于一般士人从陆路前往行朝，需要另行详细处理。总之，自永历帝离开两广退入云南之后，对于心存复明之志的人来说，意味着朝廷愈行愈远，成为渺不可及的存在，一般已无抵达拜谒的可能。

结　语

在行朝流离播迁、帝位频繁更迭的日子里，忠于明室的士人似葵倾一般，不计艰难险阻地奔赴行朝，更有甚者，很多士人在历尽千辛万苦、费却无数心血之后，却依然无法抵达行朝。在今日残存下来的零散的短章诗篇中，我们可以打捞出当时士人大规模奔赴行朝的一些片段，不至于令那些在苦难中忠于信念并付诸实践的伟大情怀彻底消逝在历史之中。还有他们的痛苦与欢乐，我们似乎也能借此轻轻地触摸和感受。

---

[1] 陈伯陶编：《胜朝粤东遗民录》卷一，《明遗民录汇辑》，南京大学出版社1995年版，第388页。

从军、逃亡与贬谪

在各方人士不断奔赴行朝之际，有些士人则直接前往军中效力。与此同时，本身处于动荡播迁之中的朝廷内部仍不断上演着党争、倾轧，许多士人被朝廷放逐、贬谪，他们只好向更为遥远、偏僻的地方流动。

一 奔赴前线

当时人除奔赴行在朝见天子外，也有不少人奉命奔赴前线，甚至有直接奔赴前线报国者。他们的境遇、情怀与到行朝中央政府任职者均有较大不同。

福建惠安人王忠孝（1593—1666）是崇祯元年（1628）的进士，授户部河南清吏司主事，先后负责接济军粮等，是一位有名的务实官员。唐王建元隆武，王忠孝任光禄寺少卿。黄道周战败后，郑鸿逵率部扼守闽北仙霞岭。当此危难之际，隆武帝赐剑印，命王忠孝巡视仙霞二渡等关。王忠孝赋《奉勅赐剑巡仙霞二渡等关，时官光禄正堂加升都院事》诗云：

委质䜣来应致身，东南西北敢辞程。

> 官非枢筦践戎马，才拙韬钤谬请缨。
> 一剑纵横冲四海，两关阻险俨长城。
> 带星策蹇凛王事，将略何缘付老生。[1]

颔联涉及中央政务。《新唐书·萧瑀传》："帝委以枢筦，内外百务，悉关决。"《资治通鉴·梁武帝天监二年》："众谓沈约宜当枢管。上以约轻易，不如尚书左丞徐勉，乃以勉及右卫将军周舍同参国政。"胡三省注："枢管，谓管枢机也。今人犹言枢密院为枢管。"在王忠孝的文集中，存有致郑鸿逵的七封信，其中一函当写于巡视仙霞岭之际：

> 昨驰关上，拟今日旋晤，闻二渡、盆亭诸处俱已设兵扼守，则凡兵民错聚之地，台台经营，劳来所及，弟似应躬历榜谕，方便据实回奏。且以见饬备周匝，可上宽圣怀耳。[2]

甲申国变前，湖南宁乡人陶汝鼐（1601—1683）正在苏州，曾有七律一首送友人罗叔度赴北京，诗中企盼"但使帝京能宴定，故人应得荐扬雄"。[3]但实际上，陶汝鼐在江南写作此诗时，整个北方正处在风雨飘摇之中。罗叔度抵达京畿之时，正是京师城头易帜之日。

---

[1]《王忠孝公集》卷之九，福建人民出版社2010年版，第226页。
[2]《念八都与定虏侯郑鸿逵书》，《王忠孝公集》卷之八，第190页。
[3]《甲申初春吴门别罗叔度入都兼寄考功侯令丘年丈》，《荣木堂诗集》卷六，《陶汝鼐集》，第140页。康熙世彩堂汇印本，《四库禁毁书丛刊》集部第85册。

陶汝鼐字仲调，一字燮友，号密庵。崇祯中以贡生廷试授知州，[1]不就。入清后不仕。后在顺治十年（1653，永历七年）密谋举兵下狱，为当时一大案。[2]顺治十二年出狱后祝发山，号忍头陀。邓之诚称其弘光时为何腾蛟监军，永历时授翰林院检讨。[3]钱海岳云其弘光时任待诏，隆武时何吾驺推荐至何腾蛟处任职方主事监五省军。[4]今考其诗文及行走路线，应以钱海岳所说为确。陶氏在弘光朝任职后旋即奉旨出京，从南京取道江西南昌、赣州过雄州（今韶关南雄）往广州，与何吾驺来往极密，然后转入何腾蛟军队担任监军。

　　陶汝鼐行至南昌时，有诗《将到南昌闻湖南贼退，邸报方禹老拜相、史道老督师，书此寄郭些庵中丞》。史可法任职督师为崇祯十七年五月，[5]故陶汝鼐出南京，必在五月之前。冬，陶汝鼐已至赣州，遇老师周瑞豹（字石虬），与其"把臂哭国"。[6]另有《甲申冬捧檄入粤至虎城，逢太常周石虬师留话嵯峨寺，交申砥节之

[1] 郭都贤：《荣木堂集序》，《陶汝鼐集》，第215页。
[2] 何龄修：《湖南的抗清复明活动与陶汝鼐案》考论最详，《五库斋清史丛稿》，学苑出版社2004年版，第340—358页。
[3] 邓之诚：《清诗纪事初编》卷二，上海古籍出版社1984年。
[4] 钱海岳：《南明史》第八册，第2998页。
[5] 史元庆著：《史可法年谱》，中国友谊出版社公司1991年版，第133页。
[6] 陶汝鼐撰有周瑞豹之小传，见《续宦迹类纪诸小传》，《荣木堂文集》卷八，《陶汝鼐集》，第609页。陶汝鼐《香雾阁诗集后序》，该文说："忆甲申严冬，作客虎头城，与公把臂哭国，别后风烟相望，犹在人间。"《陶汝鼐集》，第484页。《香雾阁诗集序》虽似不存，但据文意，可考知"公"即周瑞豹。《后序》中说："公平生自负，近承邹忠介之学，远绍周益公之业，欧阳永叔之文章。"邹元标、周必大、欧阳修等人为江西吉水、吉安人氏，周瑞豹亦为吉水人，故三人为周瑞豹所取法也。

言》一诗,有"坐视中原涕泪垂"之语。[1] 行抵雄州(今韶关南雄市)时,遇到吉王中使,知吉王在殡而世子居住在庐山而不得返国,有"故国经年天地荒,逢君百粤泪沾裳"之叹。[2]

陶汝鼐入粤应已到乙酉年春(1645年初)。[3] 陶汝鼐到广州后,拜访了何吾驺,有《甲申哭国步何象冈太师韵》七律六首。揆其诗题,《甲申哭国》为何吾驺在甲申国变后所作,陶汝鼐于乙酉年和作。至是年孟夏,仍在广州。曾在何吾驺家的愚公楼与黎君选、欧嘉可及何吾驺之子等一起饮宴并赋诗五首。[4] 此时陶汝鼐的身份仍然是"奉檄"的身份,具体从事什么活动,已不可知。

很快,五月初九日,清兵渡长江。二十二日,弘光帝在芜湖被执。弘光朝覆灭。隆武帝在福州建立。何吾驺在崇祯朝任文渊阁大学士,后与温体仁争,遂罢归。隆武元年官复原职。[5] 陶汝鼐遂"上书何吾驺,请为联络楚、粤之计",何吾驺听其计,并推荐其到

---

[1] 《荣木堂诗集》卷六,《陶汝鼐集》,第141页。周瑞豹的小传,亦见钱海岳《南明史》第6册,第2096—2097页。唯钱海岳仅云周瑞豹字元叔,未提及其字石虬,故无助于考知陶汝鼐此诗中"石虬"为何人。
[2] 《雄州逢吉藩中使凄然话旧时吉王在殡世子居庐求返国未有日》,《荣木堂诗集》卷六,《陶汝鼐集》,第141页。按吉王朱慈某崇祯十七年六月卒,后葬苍梧五量山。见钱海岳《南明史》第5册,第1489页。
[3] 陶汝鼐"乙酉春"有七律《羊城残腊夜过欧嘉可话旧》二首,《荣木堂诗集》卷七,《陶汝鼐集》第142页。
[4] 《乙酉孟夏谒香山师相何公,授馆异撰堂。廿一夜同黎君选、欧嘉可、叔子旦兼侍饮愚公楼,即席斗韵限七言近体五首》,《荣木堂诗集》卷七,《陶汝鼐集》,第144—145页。
[5] 钱海岳:《南明史》卷一百十九第14册,第5462页。

何腾蛟军中任监军。[1]

陶汝鼐何时入湖南何腾蛟军中,已不可确知。但隆武二年(1646)先后有《七星岩惊逢方密之、徐巢友凄然话国变》、《江门怀陈白沙先生》、《羊城逢方密之夜话》诸诗,可见他在肇庆、江门、广州等地不断地从事联络活动。当时方以智在广东流亡。[2] 陶汝鼐在《羊城逢方密之夜话》一诗中却昂扬地说道:

忍死有为今不恨,对君吾已赋同仇。[3]

永历元年(丁亥,1647),陶汝鼐兵败躲入湖南宁乡的沩山中避祸。[4] 陶汝鼐未曾在南明行在任职,从弘光朝一建立,他就往南奔走,从事传檄、联络的使命。最后奔赴前线,在军中任职。

类似陶汝鼐这样的情形,在当时参加南明诸朝抗清的士人中还有不少。他们奔赴行朝,就是希望在最前线抵抗。比如有不少人是直接奔赴扬州史可法处的。如乙酉年(1645)春天,当时在南京的彭士望便准备去史可法幕府效力。他有《送王乾维归江西有怀欧阳

---

[1] 钱海岳《南明史》:"绍宗立,上书何吾驺,请为联络楚、粤之计。吾驺荐之何腾蛟,升职方主事监五省军;上改简讨。"钱海岳:《南明史》第八册,第2998页。这一说法来自于陶汝鼐本人,他在《奉何督师书》中说:"于是上书于香山相公及制府学宪,请为联络楚、粤大计。"《荣木堂文集》卷十,《陶汝鼐集》,第641页。
[2] 《方以智年谱》卷四《流离岭南》,第131—171页。但未提及与陶汝鼐的多次会面。
[3] 《荣木堂诗集》卷七,《陶汝鼐集》第150页。
[4] 陶汝鼐丁亥三月有《避兵沩山中养公邀方丈为设香伊蒲谈出世法》,《荣木堂诗集》卷七,《陶汝鼐集》第152页。

宪万从督师河上，时余将报聘之维扬》诗：

> 君又南归我北行，伊人河上正从征。
> 三山已觉春将晓，八表空令恨未平。
> 可有人能收朔漠，何须身自立勋名。
> 时平但乞茅茨老，共拥图书当百城。[1]

据诗意可知，彭士望对于史可法还是抱有相当期待的。

是年五月二十日，扬州城破，史可法俘后被杀。六月，彭士望返回江西，在渡盱江时，有《盱江漫述乙酉六月》一诗述怀：

> 何处山川不画成，却怜芳草见闻兵。
> 麻姑有药难医世，缑史无家莫听笙。
> 得此可能兴一旅，问谁先自坏长城。
> 茫茫行道空相感，未必梁园聚客星。[2]

"问谁先自坏长城"显然指史可法，彭士望深知史可法之败缘于内耗，这是令他极感喟的。

同样赴史可法幕府效力的还有归庄之兄归昭。归庄有《送二兄尔德赴史阁部幕府》诗云：

---

[1] 彭士望：《耻躬堂诗钞》卷一，上海图书馆藏清钞本。
[2] 同上。

> 帝京三月事,置之不忍道。
> 金陵王气新,今皇定天保。
> 人心戴中兴,士气奋再造。[1]

昭字尔德。[2]

陈宗之《送卢渭生赴史相国幕时以觐省归里余喜其所从赋诗壮之》:

> 黄河列戍控山东,指画襟喉抵掌中。
> 白笔军书推国士,红旗都统赖裴公。
> 尝参幕府龙韬略,归拜高堂鹤发翁。
> 立马短衫仍独往,从教逢掖勒奇功。[3]

卢渭又名泾材,字渭生,长洲人,弘光元年岁贡生。[4]

二 方以智的逃亡

北京覆灭,有不少人南奔。[5] 方以智即其中之一。弘光朝廷对

---

[1] 《归庄集》,上海古籍出版社2010年版,第32页。
[2] 何龄修:《史可法扬州督师期间的幕府人物》,何龄修:《五库斋清史丛稿》,学苑出版社2004年版,第385页。
[3] 《陈玉立诗》,陈济生辑:《天启崇祯两朝遗诗》卷八,中华书局1958年影印本,第1134页。
[4] 何龄修:《史可法扬州督师期间的幕府人物》,何龄修:《五库斋清史丛稿》,第382页。
[5] 谈迁:《枣林杂俎·仁集·逸典》记载周钟南遁被杀事,谈迁著,罗仲辉、胡明校点校:《枣林杂俎》,中华书局2006年版,第117页。

于他们持一种严苛的态度。弘光帝在其《登极诏》之后所附的二十五条政策中,有一条专门针对当时从北京逃回南京的官员:

> 陷贼各官本当戮串,恐绝其自新,暂开一面。有能返邪归正者,宽其前罪;有能杀贼自效者,准以军功论。[1]

虽然意在宽赦,但在实际执行的过程中,因牵涉党政等诸多复杂因素,实际上极其严苛。

至次年正月十二日,工部上书表彰忠节之士,另将许多人士列为六等,具体有"一等甘心从贼应磔"、"一等身陷虏廷,或甘心事虏,或不忘本朝,别有报效,姑候一二年之后定夺"、"二等应斩拟长系秋决"、"三等应绞拟赎"、"四等应戍拟赎"、"五等应徒拟赎"、"六等拟杖应赎"及"存疑拟另议"等,方以智名列"五等应徒拟赎"之中。[2]此外,据顾炎武记载,方以智曾削发受到两次夹刑。[3]

甲申八月二十七日,下诏逮捕方以智:

> (八月)二十七日,御史王孙蕃论方以智自亏臣节,复撰伪书以乱是非。命逮以智。[4]

---

[1]《明季南略》卷之一,中华书局1984年版,第13页。
[2] 顾炎武:《明季实录》卷之二《工科抄参工部表忠故事犹存疏》,《熹庙谅阴记事(外五种)》本,上海古籍出版社2012年版,第134页。
[3] 顾炎武:《明季实录》卷之三《削发受刑诸臣考》,《熹庙谅阴记事(外五种)》本,上海古籍出版社2012年版,第160页。
[4]《明季南略》卷之二,中华书局1984年版,第130页。

方以智仓皇变化姓名而逃。方以智《灵前告哀文》说:

> 党案又翻,致令大人不安,乃命远游。历台荡、转太姥,泊五羊,遂此九年。[1]

乙酉(1645)腊月廿四夜,正在流亡中的方以智赋有《乙酉腊月廿四夜》一诗,诗云:

> 故乡风俗重今夜,儿女班班列堂下。
> 今当树折巢破时,羽毛零落怜枯枝。
> 旅舍檐前一回首,上有白发下黄口。
> 望空剪纸告坟墓,两眼泪接三杯酒。
> 难道年年坐死苦海中,愿为落叶随飘风。[2]

《戊子元旦》:

> 旅食诚何地,风餐胜五辛。
> 惊闻蛮地曲,留得汉家春。
> 路可供芒屦,天容著幅巾。
> 日中频问影,能作故乡人。[3]

---

[1] 方以智:《浮山文集后编》卷一。
[2] 卓尔堪选辑:《明遗民诗》卷六,中华书局1961年版,第230页。
[3] 同上书,第231页。

张永堂有《方以智与湖湘文化》一文，讨论极详。[1]

三　流亡中的贬谪

金堡被贬谪，钱澄之《为金道隐给谏请改戍得允》[2]：

> 投荒不可去，为叩九重阍：远道亡童仆（道隐仅一仆，溺水死），残躯负杖痕！罪甘烟戍死，帝念直声存；雨露真祈得，同朝并荷恩。

然而金堡是否真的去贵州了呢？应该是没有。钱澄之随后至桂林，恰逢瞿式耜生日，有《留守生日，用诸公韵》诗。第三联上句云："座上称诗同放逐"，钱澄之有自注云："客生、道隐辈皆聚桂林。"可知金堡只是到桂林而已。瞿式耜执掌之下的桂林，实际已成朝廷异议分子的庇护地，朝廷已无能力干涉。刘客生在桂林，也是被贬。钱澄之与刘客生关系极为密切，但其诗中却未曾留下任何刘客生被贬的记载。惟薛始亨有《怀刘客生都宪》，自注云"时刘谪戍桂林"。[3] 可知刘客生确曾被贬。

钱澄之1649（己丑）在肇庆《送别宪幕林树本之桂林》，诗序云"林讳有声，江宁人，隆武乙酉科举人，任都察院经历，以论首

---

[1] 张永堂：《方以智与湖湘文化》，《湖南大学学报》2004年第6期。
[2] 汤华泉校点，马君骅审订：《藏山阁集》之《藏山阁诗存》卷十二，第300页。
[3] 薛始亨：《南枝堂稿》，香港南华社1974年影印本。

辅香山公去"[1]。诗云：

> 薄宦天南幸比邻，送君西去黯伤神。
> 趋朝有诏敦元老，抗疏分班出小臣。
> 政本岂应容失节，幕僚借此欲抽身。
> 桂林留守招贤地，扼腕同心大有人。

可知林有声罢官后投奔瞿式耜而去。后庚寅年（1650）钱澄之赴桂林，曾与林树本游山玩水。[2]

偶一外出便逢战乱无法返回行在，钱澄之庚寅（1650）有《到梧州界闻乱道梗》：

> 咫尺梧州路，孤臣去住愁。烽烟迷日暮，旗帜塞江流。
> 扈从纷相失，乘舆何处求。惊闻鲁司马，无故自焚舟。
> （鲁名可藻，和州人）[3]

只好避乱村中，有《避兵寓曾汝荐孝廉村中即事》六首，开篇即云："虚有芒鞋愿，烽尘塞路赊。"[4] 底下却纯是田园风味，苦中作乐，可见奔波流亡已是家常事。

---

[1]《藏山阁集》之《藏山阁诗存》卷十，第264页。
[2] 钱澄之：《画山歌同林树本作》，《藏山阁集》之《藏山阁诗存》卷十二，第307—308页。
[3]《藏山阁集》之《藏山阁诗存》卷十二，第310页。
[4]《藏山阁集》之《藏山阁诗存》卷十三，第314页。

流寓。不断有人离开、返乡,[1] 在徐孚远看来,无论悲欣,故乡的一切都是美好的:

> 遥见故丘墟,且悲且以喜。所悲伏腊疏,所喜得恭祀。亲戚望其归,斗酒相劳语。田庐望其归,荒芜还秉耜。[2]

他感叹:

> 海栖将十年,天意何时晓。[3]

甚至张煌言也想离辞。徐孚远以诗劝之。[4]

四 中央与地方

行朝所在,即是中央所在。这是千百年来中国政治体制的特色。朝廷到哪里,士人也到哪里。无数士人的奔走、流亡,艰辛、流血,都是为了奔赴中央。

---

[1] 《送友人归》,《钓璜堂存稿》卷四,第 383 页;《送韩申之南归》,《钓璜堂存稿》卷四,第 387 页;《复仲辞归》,《钓璜堂存稿》卷六,第 430 页;《送静斋返粤》,《钓璜堂存稿》卷八,第 466 页;《送人返越》,《钓璜堂存稿》卷十,第 483 页;《送人还故乡》,《钓璜堂存稿》卷十,第 485 页;《送人北归》,《钓璜堂存稿》卷十四,第 546 页;《送辞去者》,《钓璜堂存稿》卷十四,第 553 页;《贺黄臣以亡子归》,《钓璜堂存稿》卷十四,第 553—554 页。
[2] 《石青归故里赋赠》,《钓璜堂存稿》卷四,第 385 页。
[3] 《三月之望,际飞、就闲、申之南发,怅望而作》,《钓璜堂存稿》卷四,第 388 页。
[4] 《钓璜堂存稿》卷十二,《清代诗文集汇编》第 14 册,第 519 页。

溜须拍马有之，如钱澄之1649（己丑）《献玉篇》，记载广东人给永历帝献宝玉。[1]

---

[1]《藏山阁集》之《藏山阁诗存》卷十，第252页。

亡国士大夫的返乡：生还

在南明诸朝流亡播迁的过程中，随时随地都有士人从四面八方满怀热忱投奔而来，与此同时，随时随地都有士人对于现状不满，挂冠失望而去。弘光朝成立不到一个月，就有吏部尚书张慎言、工部尚书程注致仕。[1] 而行朝的覆灭，更使得士人星散。有的人选择投奔下一个行朝，继续抵抗；有的人返乡隐居；有的人选择出仕新朝。不一而足。可惜的是，南明抵抗文人的诗文集今天已经多半不存，即使留存，相关时间的作品也已多半删削，故文人返乡的具体行踪和心迹基本已不得详细考知。幸亏永历朝抵抗时间最久，文献保存较为丰富，尚可钩稽一二。

永历朝在肇庆建立后，一直处于流亡状态。其中有两次比较重要的战败，一次是永历四年（顺治七年，1650）桂林失守，另一次是永历十三年（顺治十六年，1659）退守缅甸。这两次战败均导致了行朝文人的返乡。

1650年11月26日（阴历十一月初四），清军在定南王孔有德（？—1652）的率领下攻占了瞿式耜（1590—1651）守卫的桂林，

---

[1] 徐鼒著，王崇武校：《小腆纪年附考》卷六，中华书局1957年版，第203页。

时在梧州的永历帝弃城逃往南宁。[1] 这次战役使得已在粤桂统治四年的永历朝廷急遽溃败，形势逼迫出仕永历朝的士人们必须在最短暂的时间内做出生与死的抉择：文臣领袖瞿式耜、严起恒（1599—1651）等选择了殉国；[2] 而侥幸生存下来的文臣如方以智（1611—1671）、金堡（1614—1680）、钱澄之（1612—1693）、王夫之（1619—1692）等，都面临何去何从的境遇。在短暂的遁入空门之后，[3] 多数人选择了返回家乡。而方以智、钱澄之、王夫之等人的诗文虽迭经清代政府的禁毁，却仍较为完整地保存了下来，[4] 再加上一些残存的文献，经过勾勒考证之后，可以较为完整地观看到桂林战败后抗清文人返乡的途径和心迹。

一　钱澄之自粤返皖

钱澄之的返乡是1651年士人返乡的一个典型。钱澄之原名秉

---

[1] 这段历史的详细描述，可参顾诚《南明史》，中国青年出版社1997年版，第658—659页。唯该书第658页将时间误为1649年。另可参南炳文《南明史》，南开大学出版社1992年版，第228—229页。

[2] 王夫之：《永历实录》，上海古籍出版社1987年版，卷二《瞿严列传》，第17—29页。

[3] 徐鼒《小腆纪年附考》卷十七云："弃官为僧者，方以智、金堡而外，有严炜、钱秉镫、陈纯来焉。"《小腆纪年附考》，中华书局1957年版，第653页。方以智事，见任道斌编《方以智年谱》，安徽教育出版社1983年版，第169—171页。

[4] 乾隆四十五年（1780）开始禁书，钱澄之《田间文集》《田间诗集》均列入《军机处奏准全毁书目》及《应缴违碍书籍各种书目》中，为重点查禁之书，参清姚觐元编、孙殿元辑《清代禁毁书目（补遗）清代禁书知见录》，上海：商务印书馆1957年版，第47、49、147页。当时如此描述二书："查《田间诗集》，钱澄之撰。澄之本明贡生，其诗乃入国朝所作，词意颇多诋斥，应请销毁。""查《田间文集》，亦钱澄之撰，中有与金堡书及为堡募缘疏，又孙武公传中亦有指斥语，应请销毁。"分见第197、205页。

镫,字饮光,晚号田间,桐城人,是当时知名的文人。先后出仕南明隆武(1645—1646)和永历(1646—1661)两朝,曾任隆武朝延平府推官,后任永历朝礼部精膳司主事、翰林院庶吉士,迁编修,管制诰,一度与闻永历朝的中枢大事。

永历元年(顺治四年,1647)中秋节,时年三十六岁的钱澄之正彷徨于闽北山中。曾经效忠的隆武政权恰如烟花一样短暂,而自己又将何去何从呢?前路茫茫,不免大病一场。[1]病中思念兄弟儿女,遂反复形之于诗:

> 我命宿何官,频年遭祸难。儿女既凋残,兄弟亦零散。
> (《入水口砦病中杂作》)[2]

> 抱疾辄思家,依依念茅屋。我兄两三人,遁迹甘草木。……
> 丧乱寡欢娱,此乐岂犹续?有弟如飘蓬,曾向天南哭。
> (《忆家兄暨诸弟侄》)[3]

更有《忆江村》组诗九首,回忆家乡的山川风土。诗中的钱澄之无

---

[1] 钱扔禄《先公田间府君年谱》"丁亥,年三十六岁"条中说:"至秋大病。"《所知录》,黄山书社2006年版,第192页。钱澄之《舆疾吟》小序云:"秋八月茂溪举兵,予方委顿床蓐间,土人扶予入山避之。"钱澄之撰,汤华泉校点,马君骅审订:《藏山阁集》,黄山书社2004年版,《藏山阁集》之《藏山阁诗存》卷七,第181页。其时又有《入水口砦病中杂作》、《酬剡水禅师出山问疾》、《病起言志》诸诗,可证其病。分见《藏山阁集》之《藏山阁诗存》卷七,第182、184、194页。
[2]《藏山阁集》之《藏山阁诗存》卷七,第182页。
[3] 同上书,第185页。

法摆脱战争的阴影,他叹道:

> 日暮炊烟接,今知几家存?独滞烽火间,怅望伤我魂。(《忆江村》其一)[1]

> 贼火遍江头,大宅焚如扫。(《忆江村》其二)[2]

> 兵烽频岁年,岂无戕伐恐?落日一回首,使我泪如涌。(《忆江村》其七)[3]

然而,总体来说,诗中有"春雨杏花"、"稻花"、"荷叶",也有"渔父"、"行人"、"耕牛"、"鸡豚",更有"平湖"、"远岫"、"别业"、"精庐",记忆中的故乡毕竟有着与残酷现实迥异的桃花源式的温馨。此时,恰有乡人远道来访,钱澄之向其索取家书而未得,遂赋诗感叹:

> 漂泊三年久,乡书一字稀。萍踪谁与悉,旅榇若为归。
> 草泽人犹满,田园主未非。几家还梓里,何处问柴扉。
> 只忆松楸冷,长愁门户微。天空迷鸟道,江折隐渔矶。
> 关山今又阻,从此雁难飞。[4]

---

[1] 《藏山阁集》之《藏山阁诗存》卷七,第185—186页。
[2] 同上书,第186页。
[3] 同上书,第187页。
[4] 同上书,第190页。

此诗愁怀满绪。

至次年（1648）年初，现实环境的绝望已令钱澄之几乎无法回忆起故乡，他写道：

乡梦随时少，吾生只信天。(《山刹人日》)[1]

他随即在寿昌寺皈依出家,[2] 似欲告别纷杂的尘网。但到九月，钱澄之偶然得知永历帝已在广东登基，遂前往勤王。[3] 此后考中进士，任职翰林，全身心投入他的功名事业。数年之间，故乡、兄弟等渐隐入遥远的记忆深处，偶尔在重阳时节闪入脑中,[4] 或作为"家国"的一部分，在提到君王时顺便提及。[5] 其余大多时间，几乎泯于无痕。直至1650年桂林兵败之后，兄友弟恭的故乡才又成为钱澄之的归宿。

桂林溃败后的第二年，也就是顺治八年（1651）春，钱澄之身穿

---

[1]《藏山阁集》之《藏山阁诗存》卷八，第205页。
[2] 钱扨禄《先公田间府君年谱》"戊子，年三十七岁"条中说："投寿昌，皈阒然大师出家。"《所知录》，黄山书社2006年版，第195页。《藏山阁集》之《藏山阁诗存》卷八有《寿昌寺礼阒然禅师》、《看阒然师塔前除竹》、《赠智梦禅人》、《看僧移花》诸诗，可证其礼佛事，第216、217、218页。
[3] 钱扨禄《先公田间府君年谱》"戊子，年三十七岁"，《所知录》，黄山书社2006年版，第195页。
[4]《九日登五层楼望越王台同曹素臣万子荆潘霜鹤分韵》（1649）末联云："遥忆弟兄高处望，天南无雁寄书回"，《藏山阁集》之《藏山阁诗存》卷十一，第278页。
[5]《同曹素臣中翰守岁分韵》（1650年初）云："君王恩重身难报，兄弟情深梦岂无。"《藏山阁集》之《藏山阁诗存》卷十一，第287页。

佛装经粤东逃往闽中，在寿昌得友人劝告，欲往庐山寻隐。[1]但钱澄之当时必须护送长子回家并安葬六年前惨死的妻子[2]，家事羁縻，只能推迟庐山之行，先行折返老家桐城。[3]因赋《将归操》抒慨：

> 维漓江之水兮，清且涟漪。欲涉不涉兮，中心然疑。家既以毁兮，于谁爱止。久留南土兮，抑又何依。天地浩荡兮，莫所知之。归兮归兮，丘垄在目兮，吾不可以久羁。

> 维漓江之水兮，道阻且长。我乘其舟兮，东望茫茫。兄弟虽众兮，不审其在。一雏仅存兮，不离我傍。遥指震泽兮，泣涕浪浪。[4]归兮归兮，宗祀勿坠兮，安能终老于他方。[5]

---

[1] 钱澄之《行路难》其六十云："为指芒鞋更向前，匡庐深处许安禅。前身应是山居客，说着峰头意悯然。"可证。《藏山阁诗存》卷十四，第332页。

[2] 钱澄之妻子方氏死于1645年，当时钱澄之参加钱棅率领的抗清义军，兵败太湖，又遭袭击，方氏投水而死，年仅三十四岁。钱澄之将其殡于普济寺后，就奔赴福建隆武朝，所以未能将其运返家乡安葬。参黄宗羲《桐城方烈妇墓志铭》，《黄宗羲全集》第十册，浙江古籍出版社1993年版，第460—463页。按此次钱澄之返乡，仍未能及时安葬方氏，正式安葬要到1654年（甲午）冬，黄宗羲《桐城方烈妇墓志铭》中说："甲午冬，返葬先陇之右。"《黄宗羲全集》第十册，第462页；另钱扔禄《先公田间府君年谱》"甲午，年四十三岁"条中说："是冬，葬方夫人于祖茔侧。"见钱澄之撰，诸伟奇等辑校《所知录》，黄山书社2006年版，第208页。

[3] 钱扔禄《先公田间府君年谱》中说："过寿昌，值竺庵中兴祖庭，相见谈甚恰，府君已僧服矣。因劝府君往庐山，作字万松坪为主人。府君曰：'须送儿归，葬妻毕，始果此愿。'"见《所知录》，黄山书社2006年版，第206页。

[4] 予妻殉难于此。

[5] 《藏山阁集》之《藏山阁诗存》卷十三，第326页。《将归操》二诗的诗意虽以漓江起兴，但并非作于居粤时。二诗编于《寿昌卓庵师指入匡庐寻隐辄步来韵》诗后，可知作于钱澄之欲往庐山寻隐不得之后。

其一说朝廷西迁致今日居住南土而无所依靠，只能归去。其二则对返乡略有期盼，虽担忧兄弟的存殁，但自己留有一子，返乡后或可保持宗祀不坠，而能终老家乡。

怀着这样的情绪，在历经千辛万苦之后，钱澄之于 1651 年的年底终于抵返故乡。其子钱扨禄（1657—?）所撰的《先公田间府君年谱》中清楚地记载道：

腊尽，抵江干。府君不欲归，望见家山，指路遣役送归。[1]

可见钱澄之一路走来，抵达长江南岸，眼看故乡在望，但一时仍不得归。当此之时，百感交集，遂赋《仿渊明归鸟诗四章》。其一云：

翩翩者鸟，及暮言归。岂无他树，恋此旧枝。
延颈夜鸣，其声孔悲。吁既归矣，曷云悲矣。[2]

钱澄之是带着悲伤回家的。然而，既然回来了，就强颜欢笑，忘记悲伤吧。但心中依然无法忘却那些曾一起战斗的朋友。他说：

百鸟于从，以翱以翔。冲飙骇散，相失一方。（《仿渊明归鸟诗四章》其二）

---

[1]《所知录》，黄山书社 2006 年版，第 206 页。
[2] 钱澄之著，诸伟奇校点：《田间诗集》，黄山书社 1998 年版，第 1 页。

我之独处,念我俦侣。(《仿渊明归鸟诗四章》其三)

言求我友,言构我巢。(《仿渊明归鸟诗四章》其四)[1]

带着彷徨犹豫又不能忘情前尘的心事,钱澄之渐渐靠近故乡。《江程杂感》五首记载其心情甚详。其一云:

不宿汀洲逾十年,水禽烟树各依然。
烽台牓署新军府,汛地旗更旧战船。
估客暮占风脚喜,渔家昼逆浪头眠。
江天事事浑如昨,回首平生独可怜。[2]

钱澄之于1641年10月后避乱至南京,至今已逾十年。[3] 故首句及之,寓感慨也。次句开始写诗人所见的江边景物,一如"水"、"禽"、"烟"、"树"等,如同十年前离家时那样,没有改变。然而真的没有改变吗?也许景物未改,但人事却已变迁。颔联接着就有力地写下了业已发生巨变的事物。两句中如"烽台"、"军府"、"战船"等均表明战争的存在,而"新军府"的设置与"旧战船"上旗帜的变化,直接暗示着新旧朝代的更替。颈联荡开,将紧张的战争情绪舒缓下来,视线回到眼前所见的另一幅亘古如常的江边画面。"渔家昼逆浪头眠"一句,更是安宁平和,抹杀了战争的任何痕迹。

---

[1] 钱澄之著,诸伟奇校点:《田间诗集》,黄山书社1998年版,第1页。
[2] 同上书,第3页。
[3] 钱扔禄:《先公田间府君年谱》,《所知录》,黄山书社2006年版,第182页。

颈联与颔联，两者形成巨大的张力，可见战争对百姓的影响似乎在有无之间。诗人不禁自己也开始迷惘，尾联中想起十年来所作所为，历历如在眼前，然而只可用"可怜"二字来评价，"可怜"自然包含有失败与不幸的意味，诗中"新军府"和"旧战船"都是诗人为何"可怜"的注脚与说明，也是诗人"望见家山"时极度迷惘和失落的见证物。

此时已是顺治八年（1651）的年底，距1645年南京弘光朝的覆灭已有六年，清廷在江南的统治已有根基。然而诗人目光所及，江南仍遍布着战争的痕迹，触目惊心。除"烽台牓署新军府，汛地旗更旧战船"两句外，另如《江程杂感》其三首联云："乱后江城估舶通，千樯泊处一村空。"其四颈联云："老兵卖酒垆难问，瘦马呼群栈不收。"更可见兵戈扰攘，江南农村深受其害。[1]

对刚刚从战争中逃离出来的钱澄之来说，残败的乡村、老兵、瘦马等战争的遗留物，重新引起他内心的凄凉，同时又夹杂着近乡情怯的哀愁：

乡音乍听儿童喜，时事初传父老哀。（《江程杂感》其五）

由于他的返乡，给家乡父老带来了最新的时事，也带来了最新的悲

---

[1] 江南后又经顺治十六年（1659）郑成功之役，更显凋敝，其时诗人多注意及此。如钱谦益顺治十八年（1661）有《丁老行送丁继之还金陵兼简林古度》，陈瑚有《入周市》，吴历《避地水乡》诗云："二年身世谈如萍，两鬓相看白渐生。旧里悲秋惟蟋蟀，异乡愁雨共鹡鸰。南中见说收番马，京口犹闻拔汉旌。安得此时争战息，还家黄叶满溪迎。"章文钦笺注：《吴渔山集笺注》（中华书局2007年版）卷一《写忧集》，第56页。

伤。他反复写下近乡的喜悦：

> 土音渐觉乡关近，客载惟逢米豆多。(《江程杂感》其二)

> 行吟忽有伧童识，犹诧须眉与昔同。(《江程杂感》其三)

熟悉的乡音和被小孩辨认出，使他对家乡产生认同的喜悦。尽管如此，仍无法驱赶内心的哀愁：

> 徒倚关桥相识少，黄昏鼓角迥添愁。(《江程杂感》其四)

> 向晚篷窗眠不着，隔樯愁听健儿歌。(《江程杂感》其二)

就是这样，目睹着饱受战争洗礼的家乡，夹缠着近乡的喜悦和对时事的哀愁，钱澄之回到了桐城。

钱扔禄《先公田间府君年谱》中记载：

> 腊尽，抵江干。……大兄抵家，则榇已为诸伯父移回，而大嫂故在母家守。大兄回，举家甚欢，急遣舆迓回。是时，四伯若士先一年殁，候于门者二伯湘之、三伯幼安，白发憔悴，犹著古衣冠也。相持大哭。为《到家》诗十二首以纪之。[1]

---

[1]《所知录》，黄山书社2006年版，第206—207页。

今考钱澄之《田间诗集》卷一存《到家》诗七律一首及《还家杂感》七律十一首，当即钱㧑禄所说"《到家》诗十二首"。这十二首七律连同《仿渊明归鸟诗四章》、《初返江村作》、《江程杂感》诸诗，是观察钱澄之复明失败后返乡心境的钥匙。

钱澄之甫抵家中，心情激荡，赋《到家》一诗。此诗乃钱澄之返家后的第一首作品，是诸诗的总纲。诗云：

> 辛苦天涯愿已违，江村重返旧柴扉。
> 十年事付游仙梦，万里尘侵学佛衣。
> 门巷改来松桂在，庭阶认去弟兄稀。
> 相逢莫诉沧桑恨，犹胜令威化鹤归。

首二句点题。此次"到家"，即所谓"重返旧柴扉"的行为，并非自愿、愉快的，乃是"愿已违"之后历经艰辛才得以实现的。此"愿"意指复明之愿，但如今却已不能实现，故曰"违"。因为回到了家中，想起了离家的岁月，那是一段如何的岁月啊？颔联两句感慨甚深。1641年因桐城战乱，钱澄之挈家前往南京。屈指算来，离家刚好十年。十年间，身历崇祯、弘光、隆武、永历诸朝，行经江南、东南、岭南诸地，如今一切皆空，好像一场大梦。《江程杂感》其一中就说"不宿汀洲逾十年"，钱澄之在随后的诗歌中有"十年"之慨："夜深醒却十年梦，独对千峰一点灯。"（《石屋》）抵家之后，回首往事，如梦之感更加强烈，如：

> 长恐死道路，永托梦寐间。（《初返江村作》其五）

此生谁料有还期,哭罢相看梦里疑。(《还家杂感》其一)

茅屋经时暂聚欢,梦回未许客心安。(《还家杂感》其十一)

颔联"万里尘侵学佛衣"一句是强调自己已皈依佛门,身着袈裟,仍不远万里返家。"尘侵"二字衬出路途之艰辛。颈联"门巷改来松桂在"句转写归家后的所见,故乡的门巷已改变,所幸树木犹存,真有"树犹如此"之感。"庭阶认去弟兄稀"则指亲人凋零。钱澄之离家多年,四兄钱秉镐(字若士)在其返乡前一年业已过世,年四十六。[1] 这一事情无疑对甫回家门的钱澄之有着沉重的打击。钱扔禄《先公田间府君年谱》中记载:"是时,四伯若士先一年殁,候于门者二伯湘之、三伯幼安,白发憔悴,犹著古衣冠也。相持大哭。"钱澄之在《初返江村作》其一中写道:

门边二老叟,双鬓交垂丝。云是我两昆,熟视乃不疑。傍屋设灵位,倚帷哭者谁?答言同胞兄,殁去已多时。拊几一长号,塌焉裂肝脾。(四家兄若士望我不至而卒。)[2]

活着的二位兄长已老迈,几乎当面不相识。更有甚者,四兄竟已殁去,从此阴阳两隔。《到家》颈联用一"稀"字形容兄弟凋零,可见伤痛。尾联转而劝慰家人说,我之归来,比之丁令威化鹤归辽幸

---

[1] 钱澄之后撰有《四兄若士行略》,以资纪念,文见《田间文集》卷二十九,第563页。
[2] 钱澄之著,诸伟奇校点:《田间诗集》,黄山书社1998年版,第2页。

运太多,所以就不要诉说什么国家沧桑了,姑且享受亲情吧。

钱澄之另赋有《还家杂感》十一首,诸诗延续、深化着这种骨肉亲情之感。其一云:

> 此生谁料有还期,哭罢相看梦里疑。
> 同产仅余三子在,一门犹仗两兄持。
> 箧中泪渍游人信,壁上蜗残忆弟诗。
> 不是天涯归意懒,懒归原怕到家时。[1]

此诗一开始就是内心情绪的强烈迸发,"此生谁料有还期"一句就是哭出来的心声。颔联一来叹息四兄钱若士的早逝,二来珍惜现有的兄弟情深。《还家杂感》其二亦云:

> 近家才听丧吾兄,望见柴门百感并。
> 得病只闻思弟剧,远归虚拟出村迎。[2]

仍是这两层意思,而往生的逝者更加可以衬托存者之间的情谊。钱秉镐(字若士)辞世时,钱澄之二兄钱秉锜(字湘之)有《哭四弟若士四首》,其一、三曰:

> 夜深独坐一长吁,老泪灯前湿白须。

---

[1] 钱澄之著,诸伟奇校点:《田间诗集》,黄山书社1998年版,第5页。
[2] 同上。

次第雁行原有五，一人远去（时五弟在广）两人无。

梦回池草十年春，刻刻常怀万里人。
万里人归应有日，何如汝别即终身。[1]

对钱秉镫来说，四弟过世，而五弟钱澄之又不在身边，真乃人生的大悲痛。不久，他又有《一夜两梦五弟》诗：

阻隔鸿书已十年，夜来不觉梦绵绵。
莫因池草无佳句，万里神驰到阿边。[2]

对远方的钱澄之可谓牵肠挂肚之极。

三兄钱秉镡（字幼安）亦长年思念钱澄之，钱澄之滞留岭南时，钱秉镡曾赋《山中看桂喜友人见顾时舍弟滞岭外》一诗：

山中无故友，丛桂足相知。人老兵戈里，花残杯酒时。
淮南消息好，岭南雁鸿稀。明月犹堪赏，还期一叩扉。[3]

颇见深情。永历元年（1647年丁亥），钱秉镡有《丁亥元日》思念钱澄之：

---

[1] 潘江辑：《龙眠风雅》卷三十，康熙十七年潘氏石经斋刊本，《四库禁毁书丛刊》集部第98册，第381页。
[2]《龙眠风雅》卷三十，第382页。
[3]《龙眠风雅》卷三十二，第408页。

> 门鹊喧天早，山农揖岁华。几年双屐废，万里一书遐。
> 独酌杯中物，遥怜岭外花。朝来风景好，高宴在谁家。[1]

寂寞思念之意可知。1651年（辛卯）元旦，钱秉镡梦见钱澄之返乡，醒后赋《辛卯元旦梦幼光归》：

> 天南有客未归来，传说梅花遍岭开。
> 今夜分明君入梦，手中折得一枝回。[2]

钱澄之果然于是年年底返乡。钱秉镡遂有《辛卯腊月幼光归喜赋》一诗志喜，诗曰：

> 江村腊月草堂闲，恰喜游人逼岁还。
> 万卷诗书烟瘴外，十年功业啸歌间。
> 风尘未觉须眉改，老病惊看步履艰。
> 最喜岭头无一物，携来春信满青山。[3]

诗歌洋溢着欢乐的气氛，提到钱澄之外出十年的所作所为，颇见豪气。结语充满希望，更显十足生机。但此诗实际上是钱氏兄弟在除夕之夜的唱酬之作。是夜兄弟围炉，庆祝钱澄之全身而返，共用"还"字赋诗。二兄钱秉锜之诗似已不可见，钱澄之则有《辛卯除

---

[1]《龙眠风雅》卷三十二，第408页。
[2] 同上书，第409页。
[3] 同上。

夕家兄弟共用还字》一诗,诗云:

> 柏酒交酬兴未悭,举家相庆远人还。
> 老兄愤世眉常锁,诸弟忧贫鬓有斑。
> 槲柮炉边悲独坐,牂牁江畔梦难攀。
> 十年回首真无赖,永夜联吟一破颜。[1]

该诗亦先道庆贺之意,所谓"远人还"也。颔联描摹兄弟情状颇生动,《龙眠风雅》云钱秉镫"忧愁赍志以殁"[2],可与诗中所云"老兄愤世眉常锁"相印证。颈联上句回忆岭外生活,下句则挂念永历帝在西南的流浪。但位于黔西南的牂牁江路途遥远,不可企及,所以追随无望,即所谓"梦难攀"。末联所谓"无赖",即无奈之意,意谓往事不值一提;而今日兄弟共同联诗,值得开怀。钱澄之的诗歌与其兄长不同的是:在喜庆之中仍多寂寥。钱澄之从一开始返乡,就沉浸在家园带给他的强烈的人伦上的忧伤与幸福之中,但这种功业上的寂寥感,却依然无法排遣。

钱澄之的返乡不仅让家人为之欢欣鼓舞,友人左国棅亦赋《喜钱饮光还里》二首以志感,诗曰:

> 南渡君臣雁党锢,逃亡别后到如今。
> 只知灞上真儿戏,岂料神州竟陆沉。

---

[1] 钱澄之著,诸伟奇校点:《田间诗集》,黄山书社1998年版,第4页。
[2] 《龙眠风雅》卷三十二,第408页。

> 赖尔数年家国意，系子万里岁寒心。
> 可怜生死传疑信，徒听还山泪满襟。

> 每恨不如南去鸟，惊闻犹有北归人。
> 风波致使捐妻子，瓢笠萧然历水滨。
> 定拟诗篇寻老伴，还将婚嫁了闲身。
> 沧桑未敢高声哭，怅望江村独怆神。[1]

左国棅字子直，为名臣左光斗次子，与钱澄之为旧交。[2] 故二诗情感充沛，将钱澄之从弘光朝开始流离坎坷的个人经历置于不可收拾的神州"陆沉"的大的时代悲剧之中，"可怜生死传疑信，徒听还山泪满襟"、"每恨不如南去鸟，惊闻犹有北归人"诸句深刻地表现了左国棅对于钱澄之的关心，"南去鸟"尚有北归的一天，因担心钱澄之无法北返，故言其"不如南去鸟"，如今钱澄之真的成了"南去鸟"而北归了，却因南去的时间过久，以至于没有喜悦，而只剩下惊讶了。这种悲哀几乎无法言说，只能低声地哭泣（"泪满襟"、"未敢高声哭"）。

然而，亲情、友谊终究无法抚平钱澄之内心的伤痕，钱澄之还是试图离开家乡。《还家杂感》其十一云：

---

[1] 《龙眠风雅续集》卷十二，《四库禁毁书丛刊》集部第99册，第496页。
[2] 左国棅曾有《同方还青访饮光途中作》一诗，似年轻时与友人结伴访问钱澄之而作。诗见《龙眠风雅续集》卷十二，《四库禁毁书丛刊》集部第99册，第495页。

> 茅屋经时暂聚欢,梦回未许客心安。
> 长贪鱼蟹濒江贱,却恨围庐遍处残。
> 远别林花宜饱看,久忘乡味勉加餐。
> 开春又策江南杖,敢诉频年行路难。[1]

首联"茅屋经时暂聚欢,梦回未许客心安"中,"茅屋"指自己的贫困的居所,"聚欢"是说自己居家的快乐,然而下一断语"暂",则反映诗人并无在家长久居住与安老的想法。下一句更妙,诗人回到故乡,心里平安喜乐,但用一"客"字,说明他心里从来没有真正的安稳过。其中缘由,盖因他"梦回"过去的战争与逃亡生活,那才是他的天地,相较之下,家乡宁静的家庭生活只能让他产生一种作客的幻觉。

颔联云"长贪鱼蟹濒江贱,却恨围庐遍处残",上句言诗人酷爱食鱼蟹,因家乡靠近长江,所以鱼蟹较为便宜,这自然是家乡的好处。下句则悲痛,如此好的家乡却因为战争四处凋敝,放眼看去,只有"遍处残"。《还家杂感》其七首联云"百年旧宅已成烽,子姓蕃盈何处容",也是提及宅院的荒芜,致子孙无处居住。

颈联"远别林花宜饱看,久忘乡味勉加餐"应与尾联合读。尾联云"开春又策江南杖,敢诉频年行路难",可见钱澄之已有打算重返江南,所以饱看林花与饱餐乡味,均是一种告别的姿态。

次年(1652)春,钱澄之仍欲赴庐山,不知是何原因,最终未

---

〔1〕钱澄之著,诸伟奇校点:《田间诗集》,黄山书社1998年版,第6页。

能成行,遂"往来江上为行脚僧",[1] 至芜湖访友,途中写下《行脚诗》三十首,描写抗清失败后面对河山易帜的激烈的痛苦。[2] 稍后于五月间返回桐城。在其后的数年间,故乡成为他抗清运动中稍事休憩的场所。这一年的七夕,钱澄之与钱秉镫共度佳节,钱秉镫赋《壬辰七夕同幼光作》诗:

> 竟夕看凉月,秋风忆昔年。河明今夜里,星聚旧庭前。
> 不定栖枝鹊,时惊咽露蝉。悄然候牛女,开着北窗眠。[3]

心境平和。而钱澄之《七夕同家兄作时久旱祈雨》却云:

> 共候双星聚,十年今夜看。雨坛严酒禁,子舍簇蔬盘。
> 吾道悲秋惯,痴心乞巧难。填河无用鹊,银汉恐应干。[4]

语多牢骚,看来,钱澄之是再也无法享受家乡的宁静与温馨了。对钱澄之来说,他的生命永远是迁徙的,是流动的,皖、浙、苏、闽、粤、赣,都是他为理想奋斗的地方。家乡不是限制前行的界限。钱澄之在抗清失败后返回故乡,虽被骨肉亲情包围和打动,

---

[1] 钱澄之《行脚诗上下平韵三十首》小引,《藏山阁集》之《藏山阁诗存》卷十四《附行脚诗》,第337页。
[2] 《先公田间府君年谱》:"府君遂下芜湖,访诸故人。为《行脚诗》,芜湖故人梓以传。五月回。"《所知录》,黄山书社2006年版,第207页。后五年,陈璧有《和西顽行脚诗三十首》,见《陈璧诗文残稿笺证》,第91—101页。
[3] 潘江辑:《龙眠风雅》卷三十二,第408页。
[4] 钱澄之著,诸伟奇校点:《田间诗集》,黄山书社1998年版,第15页。

但家庭的残破,乡村的破败,都使得他无法安于现状。而潜伏心中的用世之心激励他重新走出故乡,投入到新的抗清运动中。对钱澄之而言,返回桐城只是回到一个过去的空间,一个虽然有人伦道义,但却残败且没有希望和未来的空间,他只能离开,重新出发。

二　方以智自桂返皖

稍晚于钱澄之,方以智亦返回故乡桐城。然而两人返乡的路线却截然不同。钱澄之取道广东、福建、浙江至安徽渡江而返,方以智自广西至江西庐山,顺江而下返回桐城。

桂林兵败时,正在永历朝担任史官的方以智虽已及时变服为僧,但仍为孔有德擒俘,后被执系于梧州云盖寺。永历五年(1651)冬,方以智作《自祭文》,言自甲申之变后,心如死灰,所眷眷者,唯故乡老亲而已。他说:

> 生死一昼夜,昼夜一古今。此汝之所知也,汝以今日乃死耶?……此年来感天地之大恩,痛自洗刮者也。独卷卷者,白发望之久矣,尚未得一伏膝下。……歌曰:风飘飘兮云溱溱,地之下兮天之上。香烟指故乡兮安所往,未能免俗兮呜呼尚飨。[1]

---

[1] 方以智:《辛卯梧州自祭文》,方以智:《浮山文集后编》卷一,《续修四库全书》第1398册,第359—360页。

此时方以智还有写下了著名的《和陶饮酒九首辛卯梧州冰舍作》，其中有云：

安得如潮头，朝夕自言归。（其二）

途穷亦常事，何用恸哭回。（其四）

独以老亲故，凄然念乡里。（其八）[1]

次年（永历六年、顺治九年，1652）夏，已任清刑部湖广司主事的施闰章（1618—1683）出使粤西，过梧州访方以智。[2] 方以智以和陶诸诗示之。[3] 后经施闰章斡旋，方以智得以获准北返，遂跟随施闰章，经韶州北上，八月抵达庐山。[4] 施闰章曾说：

---

[1]《龙眠风雅》卷六十四，《四库禁毁书丛刊》集部第 99 册，第 253 页。
[2] 何庆善、杨应芹：《施愚山年谱简编》，《施愚山集》，黄山书社 1992 年版，第四册，第 297 页。施闰章有《苍梧云盖诗访无可上人即旧太史方密之寺有冰井泉甘冽元次山作漫泉铭》诗，见《施愚山集》第四册，第 178 页。方以智有《冰井和施尚白怀元次山》诗，见《龙眠风雅》卷六十四 "释弘智" 名下，释弘智即方以智法名，《四库禁毁书丛刊》集部第 99 册，第 258 页。方以智此诗亦见《浮山后集》卷一，据《方以智年谱》引，第 175 页。《浮山后集》藏安徽博物馆，密不示人，关于此书的介绍，参任道斌《方以智茅元仪著述知见录》，书目文献出版社 1985 年版，第 11 页。
[3]《龙眠风雅》所引诗题自注为 "辛卯梧州冰舍作，尚白倡之"，"尚白" 为施闰章号，如此一来，则方以智与施闰章见面提前到辛卯年，但这与施闰章行迹不合。或疑误钞。但最有可能的是，施闰章来访时，方以智以和陶诸诗相示，故钞本有 "尚白倡之" 四字。
[4] 方以智《书周思皇纸》说 "壬辰八月止匡庐"，《浮山文集后编》卷一，《续修四库全书》第 1398 册，第 371 页。《方以智年谱》云九月初，误。

余昔奉使经苍梧，与师定交云盖寺，已而抢攘，烽火相随，间关北归。至匡庐，同游五老、三叠间，旬日始别。[1]

说的便是这段他与方以智共同北上，且在庐山共游名胜的经历。施闰章随即继续北上，而方以智却没有马上返回桐城，而是驻足庐山，医治眼病。此前，友人周思皇已提前代为报知桐城家中，[2]方以智父方孔炤（1590—1655）急命方以智长子方中德（1632—?）、次子方中通（1634—1698）至庐山五老峰相迎。

此番父子相见之情状，方以智有《五老峰上将、中两儿来迎，将改名中德、中改名中通》一诗记载：

天崩与汝封刀决，潜窜阳瘖成死刑。十年黑夜践荆棘，双胫磨尽千层铁。五老峰头两不识，父一瞪目儿泪血。鹿湖堂上病哽咽，念此悬崖嚼冰雪。我在虎窟臂三折，只望匡子子骥辙。痛当穷岁严霜节。此骨但凭千百劫，且跪南浮草中说。[3]

此诗道尽父子相见的百感交集。"十年黑夜践荆棘，双胫磨尽千层铁"云自己十年来在南方抗清的艰难，而岁月流逝，父子不相见已十年，导致"五老峰头两不识，父一瞪目儿泪血"。父已变老，子已成人，故父子见面不相识也。看到长大成人的儿子，方以智自然

---

[1]《施愚山文集》卷九，《施愚山集》第一册，第167页。引文标点，据《方以智年谱》改，第176页。

[2] 方以智《书周思皇纸》："思皇为余先报白鹿，明年元正，余归省子舍。"《浮山文集后编》卷一，《续修四库全书》第1398册，第371页。

[3]《浮山后集》卷二。

想起在家生病的老父亲,遂言"鹿湖堂上病哽咽,念此悬崖嚼冰雪","冰雪"以下均言自己气节。在骨肉相见之时突然大谈自己的气节,应当为自己十年来未能侍奉高堂、未对子女尽责做一辩解。

当时方中通年仅18岁,他写下了一批诗歌记录他到庐山迎接父亲的事情,后取名《迎亲集》,收入诗集《陪诗》。其《壬辰冬,老父以世外度岭北还,大父遣中通与伯兄迎至匡山》诗曰:

> 帝京死别到如今,万里生还只树林。每对白云常屈指,一看黄面即伤心。字传大父书中泪,梦断慈亲岭外音。(时老母三弟尚滞岭南。)五老峰头瞻日近,苍天默默雨沉沉。[1]

道尽父子分离之情状。"每对白云常屈指",言自己看到白云,即能想起万里之外的父亲,屈指计算别离的时间。"一看黄面即伤心"。如今父亲"万里生还",喜何如之。惟母亲和弟弟尚未归来,令人挂念。

实际上,方以智夫人潘氏及幼子中履(1637—1689)取道福建、浙江至江西。暮冬,方以智偕二子离开庐山返乡,鄱阳湖中青山与妻及幼子相逢,一家得以团圆。方中通有一诗《母大人携三弟亦至,相遇于青山舟中》记云:

> 蛮烟瘴雨走风雷,下拜先惊海国来。(时闻粤中复乱。)母子放声同一哭,弟兄携手看千回。眼前白浪翻天地,意外青山聚草莱。此去皖城三百里,行囊应到故乡开。(吾母携弟由浙、

---

[1] 方中通:《陪诗》卷一《迎亲集》,康熙继声堂刻本。

闽至两粤,始遇老父。祖姑清芬阁为作《万里寻夫》文。〕[1]

方中通在庐山看到父亲时,情绪尚能控制。然而看到慈母及幼弟(时年十五),不免情绪激荡,母子放声同哭。方以智在一旁,一定怅触万端。此诗尾联,《龙眠风雅续集》作"留得故乡茔垅在,乌啼鹤唳有余哀"。[2]

除夕,方以智携妻儿返回桐城,拜老父方孔炤于白鹿山庄,三代始得团聚。方孔炤为万历进士,崇祯朝任湖广巡抚,明亡后归隐桐城。其《冰舍子得放还》:

白头余独子,万里一瓢回。历尽刀头路,亲翻池底灰。
普天皆北向,抱膝乃西来。哭罢还呜咽,难吞饱叶杯。[3]

方孔炤有二子方以智、方其义,方其义(1619—1649)年三十一而卒于桐城老家。1646年曾有《忆兄》七言古一首,沉痛哀伤。诗末云:

吁嗟乎伤哉!日月清明浮翳开,杀人异域已成灰。老亲日日登高台,呼我极天望消息。兄胡为乎不归来?[4]

---

[1] 方中通:《陪诗》卷一《迎亲集》。
[2] 潘江辑:《龙眠风雅续集》卷十七,《四库禁毁书丛刊》集部第99册,第607页。方以智为潘江"从姑丈",《龙眠风雅续集》所钞方中通必有所本。
[3] 《环中堂诗集》,《桐城方氏诗辑》卷二。
[4] 方其义:《时术堂遗诗》,《四库禁毁书丛刊》集部第144册,第416页。此诗开篇云:"山崩地裂慈母死,至今二十四年矣。"方以智、方其义一母同胞,母吴令仪卒于天启二年(1622),可知此诗作于1646年。

又有同名二律怀念方以智，其二有云："亡国亡家要恨谁"、"只苦庭闱未可离"，结句更是询问"平定还乡是几时"？[1]可见方其义一心挂念兄长何时返家，情真意切。如今兄长归来，弟弟却墓木已拱，情何以堪。这就是方孔炤首联"白头余独子，万里一瓢回"的悲痛所在。"历尽刀头路"言方以智十年艰辛，"池底灰"典出《高僧传》，言汉代修昆明池，挖池出黑灰，连东方朔都不知道是什么东西，西域僧人法兰说"世界终尽，劫火洞烧，此灰是也"。[2]"昆明池灰"象征着毁灭性浩劫，本是诗家常用之典故。[3]此处特殊之处则在"亲翻池底灰"的"亲"字，言方以智今日的困境、劫难均因自己的选择而造成。颈联"北向"应指永历朝廷流亡西南后，人心渐趋新朝，"西来"应指方以智已入佛门。全诗以"哭罢还呜咽，难吞鲍叶杯"一联结尾，将无限的伤心收束到眼泪和酒杯之中。

方孔炤对方以智的返乡，除首联"白头余独子，万里一瓢回"表欣慰之意外，并无欢欣喜悦之情。这一层，与钱澄之返乡后家人惊喜交加的心情有较大不同。试看方以智此刻的心情如何。其《壬辰除夕归省白鹿度岁于海门江口》诗云：

---

[1] 方其义：《忆兄》，《时术堂遗诗》，第435页。
[2] 梁释慧皎《高僧传》卷一《竺法兰传》："昔汉武穿昆明池底得黑灰，以问东方朔，朔云：'不委，可问西域人。'后法兰既至，众人追以问之，兰云：'世界终尽，劫火洞烧，此灰是也。'朔言有征，信者甚众。"汤用彤校注：《高僧传》，中华书局1992年版，第3页。
[3] 如徐开任《赠王太常烟客》云："曾侍先皇太乙坛，昆明复见劫灰寒。"卓尔堪选辑：《明遗民诗》卷二，中华书局1961年版，第90页。

此回蓬径果桑田，窃比遗民入社缘。（遗民即骥之，从远公事佛，而养其父。）久望里中如塞北，得依膝下即西天。诗题且记庐山腊，雪浪从过海口年。长跪南浮荒草地，伽黎两袖雨淋然。[1]

骥之即著名的刘遗民，曾从慧远学佛。方以智以刘遗民自比，欲学佛以养父。颔联上句"久望里中如塞北"云思乡，底下却说"得依膝下即西天"，此语老父方孔炤亦未必爱听。这种心境，如与方以智青春得意之时所写的返乡诗相比，尤显沉重。[2]

对于方以智的归家，子女是最为喜悦的。方中通《老父归省白鹿度岁》一诗云：

鹑衲芒鞵为省亲，十年重聚鹿湖宾。
新春不见山中历，旧腊应怜世外人。
觌面乡关如异域，到门野老是遗民。
只看衰白啼犹笑，三代同将俎豆陈。[3]

对于全家能够"重聚"团圆，祖孙三代一起家祭，方中通十分

---

[1] 《浮山后集》卷二。
[2] 方以智《从冶父道中还家》诗记载他在寒冷的冬至节回家，一路所见的雨雪、荒田。诗末云"驰驱百里始还家，入门夜暗灯将灭。道路风尘阻且长，相逢气结不能说。亲戚家人皆笑余，年年岁岁常离别。"见《龙眠风雅》卷四十三，《四库禁毁书丛刊》影印国家图书馆藏康熙十七年潘氏石经斋刊本，集部第98册，第568—569页。
[3] 方中通：《陪诗》卷一《迎亲集》。

满足。

方以智返乡,同乡马敬思赋《喜无可大师归里门》一诗:

> 雨花台畔送春归,久客还家丁令威。
> 天地不能容白发,君王已许著缁衣。
> 几回莲社空兼色,一任桑田是与非。
> 乌鹊别来寻旧树,绕枝三匝欲何依。[1]

马敬思是方以智的外甥,[2] 此诗并无新意,所发感慨亦较寻常。惟诗中喜悦之情跃然纸上,可以想见当时情状。

方以智返乡,左国棅赋《奉讯无可师自庐山归省》一诗以志感:

> 十年尘土化缁衣,回首干戈甘息机。
> 天上谪仙皆欲杀,海滨遗老竟何归。
> 去时月骨犹存否,此日家山果是非。
> 空尽难空真种子,蒲团坐下不能违。[3]

当钱澄之去岁返乡时,左国棅曾悲喜交加,赋诗痛哭。面对方以智

---

[1] 《龙眠风雅》卷六十一,《四库禁毁书丛刊》集部第99册,第180页。
[2] 据马其昶《桐城耆旧传》云,马敬思之弟教思"尝雪夜侍外舅药地老人建初寺",马其昶著,毛伯舟点注:《桐城耆旧传》,黄山书社1990年版,第279页。可知两人之间的舅甥关系。马敬思著有《虎岑集》十二卷,今似不存,《桐城耆旧传》,第279页。
[3] 《龙眠风雅续集》卷十二,《四库禁毁书丛刊》集部第99册,第496页。

的返乡，他的态度与早先知悉钱澄之返乡有着很大的分别。诗题即已点出方以智如今的身份已是僧无可，首句云"十年尘土化缁衣"，则方以智十年的流离换来的不过是一身缁衣。次联用李白的典故，当年李白因永王获罪，以至于"世人皆欲杀"，只有杜甫"怜其才"，如今方以智因入仕永历朝而犯忌。末联与首句首尾呼应，更是点题，仍强调方以智已遁入空门。左国棅此诗表面上无喜无悲，似乎在客观地陈述。然而杜甫怜惜李白，左国棅亦怜惜方以智，对方以智抱有极大的同情。

早前钱澄之虽然也是身着僧服返家，但家人友朋均知道他不过避乱而已，并非真正遁入空门，故可纵情悲喜。方以智虽然同样以僧人身份返乡，从他的父亲、友人等遮遮掩掩的暧昧态度可以看出他触犯时忌之深。毕竟，作为前明进士、明末四公子之一的方以智，有着一般人无法具有的知名度。他的行踪和政治态度受到清廷的高度关注。作为僧人无可的方以智返回家乡没有多久，就被地方官吏注意及之。当地官吏遂两度逼迫方以智出仕，无奈之下，方以智在次年即顺治十年（1653），前往南京天界寺闭关。此事令刚刚团圆喜悦的方以智家庭充满悲伤。方中通《癸巳春省亲竹关》一诗说：

> 可怜富贵豪华之才子，一旦变作枯槁寂寞之禅士。掩关高座看竹轩，人子何心忍见此。……但得正学祠前拨云雾，何愁钟山陵下闻风雷。[1]

---

[1] 方中通：《陪诗》卷一《迎亲集》。

首句诗意虽浅白直露,却给人极强烈的反差。在方中通看来,父亲方以智无疑陷入了极度不幸的境遇。次年,方中通再到南京探亲,赋诗《秋日又省竹关即辞游楚》:

一拜一椎心,难禁涕泗淫。可怜归佛后,憔悴到如今。
不问家园事,惟知苦行深。逢秋偏入楚,索性赋秋吟。[1]

对老父的苦行仍抱有无助的彷徨悲哀。

对于方以智的返乡以及随后到南京天界寺闭关,侯方域却有另一番看法:

顷自毗陵闻密之已还,即欲奔走一晤,犹以为未果乃止。归雪苑,遇何三次德,具为述密之还里月日甚详,今已为僧,止于高坐寺。仆乃大喜故人相见之有期,密之虽还而得其所也。往在毗陵,陈子定生私以问仆曰:"密之之还,何也。"曰:"密之无兄无弟,老父六十余在堂,虽有二子皆幼,未必任侍养,密之之还,宜也。不然,密之读书有道人也,南山之南,北山之北,岂患无沟壑足了此身,而必恋恋故土哉!"今密之既还而止于高坐寺,固无异于南山之南、北山之北也,密之之事毕矣。敬贺敬贺。[2]

---

[1] 方中通:《陪诗》卷一《迎亲集》。
[2] 侯方域:《与方密之书》,何法周主编,王树林校笺:《侯方域集校笺》(上),中州古籍出版社1992年版,第508页。

侯方域"虽还而得其所也"的意思可以分为几层：一、方以智本不该返乡；二、然而老父在堂，还乡也是情有可原的；三、返乡之后再去南京闭关，则又回到了本该去的地方。是故，方以智在南京闭关是值得庆贺之事，所谓"敬贺敬贺"也。此时的侯方域尚未出仕新朝，[1]他仍以纯粹的遗民志节来要求方以智，当然更加没有设身处地地了解到方以智是在返乡之后受到了当地政府的诸多压力之后才到南京闭关的。侯方域甚至还说：

> 密之或他日念仆，而以僧服相过，仆有方外室三楹，中种闽兰粤竹，上悬郑思肖画无根梅一轴，至今大有生气，并所藏陶元亮入宋以后诗篇，当共评玩之。[2]

闽、粤之地，当然是南明隆武朝、永历朝行朝所在，所谓郑思肖的无根梅、陶元亮入宋以后诗篇，均象征着高洁的遗民情怀。方以智以僧人身份返乡，但被迫迅速离乡去南京闭关避祸，其间的险恶又岂是单纯强调所谓遗民气节的侯方域所能想象的。

三　汪启龄自粤返皖、王夫之自粤返湘等

除钱澄之、方以智之外，1651年返乡的永历朝士人仍有很多。著名文人金堡（1614—1680）曾返回杭州，但其抗清时的诗文今已不存，无法考知其详情。另如陈璧（1605—?）曾与钱澄之结伴从

---

[1] 李婵娟：《清初古文三家年谱》，世界图书出版社公司2012年版。
[2] 侯方域：《与方密之书》，中州古籍出版社1992年版，第509页。

广东返回江南,惜其著作仅存二卷残书,[1] 已无法深悉其返乡过程及前后的所思所想。

有一位寄籍广东的桐城人李雅(1608—1689),[2] 字士雅,1650年即已从广东返乡。李雅曾担任江西崇义教谕,[3] 这或许便是他在永历朝担任的职位。方文有《李士雅江上见访谈粤中事甚详感而有作》诗,首联云:"离人归自苍梧北,顾我茅斋牛渚西。"尾联云:"怪尔艰辛还故国,不争鹏举慕鸡栖。"[4] 从末句来看,李雅是主动从永历朝脱身出来的,在他返乡之际尚未发生桂林兵败。方文此时对李雅的选择觉得奇怪,他没有想到,很快,他的侄子方以智和旧友钱澄之都将返乡。

另一位桐城人汪启龄字大年,号西厓。他在永历朝任职时,一度与同乡吴德操、钱澄之等人交恶,[5] 但他在家乡早有好义之名,在广东任地方官时,也有官声。[6] 与钱澄之抵家时间接近,汪氏在顺治八年(辛卯,1651)也抵达故乡桐城,惟其返乡的具体路线不

---

[1] 江村、瞿冕良笺证:《陈璧诗文残稿笺证》,上海古籍出版社1984年版。
[2] 李雅生卒年的考订,见李圣华《方文年谱》,第229页。
[3] 马其昶:《桐城耆旧传》卷七,第270页。
[4] 方文撰,胡金望、张则桐校点:《方嵞山诗集》,黄山书社2010年版,第291页。
[5] 据钱澄之幼子钱扐禄云,汪启龄因对吴德操不满而迁怒钱澄之。"吴人恶府君者思有以中之。会同里有汪启龄,无赖小人也。在粤西鉴于不礼,逢府君大骂,府君为解免,乃并怒府君。吴人问府君生平款迹,无以对,则他曰:'不过乡里住的人耳。'府君因自号为'乡住翁'。"钱扐禄《钱公饮光府君年谱》"庚寅,年三十九岁"条,收入《所知录》,第201—202页。
[6] 汪启龄之小传云其"宰海康、开建两县,皆有声迹……崇祯末曾破产脱兄于难,又设粥饘于路,活饥民里人,以好义归之"。《续龙眠风雅》卷五十二,《四库禁毁书丛刊》集部第99册,第38页。

知。汪氏在返乡前曾赋《归来辞》，似已不存。[1] 今存《抵家》五律一首云：

> 邻叟惊相见，离家已十霜。荐瓜当稔岁，怀橘奉高堂。
> 儿女看来长，田园别后荒。生还有今日，亲故半凋亡。[2]

与钱澄之一样，汪启龄亦已离家十年。但汪氏笔调间虽然颇多感触，如谈到儿女已长大、故园已恍惚、亲友多亡故等事实，但整首诗的情绪平缓而冷静，哪里有钱澄之、方以智等人诗中到处存在的"悲"、"哭"、"哀"、"泪"等字眼？刻骨铭心之疼痛在汪启龄笔下，只剩下感慨。

在此三年前，汪氏有《献岁》一诗，主题是思乡。诗曰：

> 献岁方三日，离家已七年。丹崖思皖狱，绿水梦枞川。
> 又发庭前柳，应荒郭外田。侯门怜稚子，镇日望归船。[3]

此诗的主题虽然与《抵家》诗略有不同（一为抵家，一为思乡），但两首诗的构思（包括诗的结构、意象等）却几乎相同：首联言离家之时日有多少，颔联描写具体的外物，颈联言家园荒芜，尾联抒发感慨。用雷同的构思表述相近的主题，可见汪氏的诗艺并不高明。同时，

---

[1] 汪启龄小传云其"顺治辛卯，挂冠归里……去粤，有《归来辞》"，《龙眠风雅》卷五十二《四库禁毁书丛刊》集部第99册，第38页。
[2] 《龙眠风雅》卷五十二，《四库禁毁书丛刊》集部第99册，第39页。
[3] 同上。

他的诗中更多地表现出对于外在世界的关注，而缺乏对于人的内心的刻画。所以汪启龄的诗歌缺乏一种动人的力量，也就可以理解了。

与上文所谈钱澄之、方以智、汪启龄等人千里迢迢返乡的江南士人相比，王夫之从桂林返回湘西的行程可以说是近在咫尺，但其中亦存在不少波折。[1]

1650年冬，在桂林陷落之后，曾有大雨持续六十日。时年32岁的王夫之无法追随永历帝南行，遂与郑孺人商量返家。王夫之赋《桂山哀雨》七律四首述说当时的困境，四诗今佚。当时的情形，只能从他顺治十八年辛丑（1661）所赋的《续哀雨诗》中略可考见。王夫之在《续哀雨诗序》中回顾庚寅年（1650）的困境，说：

> 庚寅冬，余作《桂山哀雨》四诗。其时幽困永福水砦，不得南奔，卧而绝食者四日，亡室乃与予谋间道归楚。顾自桂城溃陷，淫雨六十日，不能取道，已旦夕作同死计矣。因苦吟以将南枝之恋，诵示亡室，破涕相勉。今兹病中搜读旧稿，又值秋杪，寒雨无极，益增感悼，重赋四章。[2]

《续哀雨诗》四首实为悼亡诗，诗中所说多与1650年返乡事无关，惟第一首首二联云：

---

[1] 王夫之1651年有《游子怨哭刘母》、《来时路悼亡》、《落日遣愁》、《偶闷自遣》诸诗，并无道及返乡的经历。分见王夫之《王船山诗文集》，中华书局1962年版，第138、140、151、176页。王夫之自定诗集以诗体分卷，所以不少诗歌无法编年，给相关问题的探讨带来了困难。加之文献残缺，此处无法详尽地探究王夫之的心曲，只能略窥大概。

[2] 王夫之：《薑斋诗集》，《王船山诗文集》，第168页。

寒烟扑地湿云飞,犹记余生雪窖归。

泥浊水深天险道,北罗南鸟地危机。[1]

王夫之在诗序和诗中都提到了当年返乡时曾与夫人被困于一个山洞中不得而出的困境,当时他们已作好"同死"的计划。此外,王夫之在《砚铭》的小序中亦曾提及有一方砚台在"庚寅冬,桂林覆败,为叛吏挟家人夺去"。[2] 可知当年逃难中曾有官吏挟持家人并掠夺财物。再者,据《王夫之年谱》记载1651年(顺治八年辛卯)王夫之"偕郑孺人挈牧公归抵家"。[3] 可见,当年王夫之从桂林返乡时,既拖家带口,又逢大雨,且遭劫持掠财。则艰难困苦可知矣。

这段痛苦的经历一直留在王夫之的记忆中。对于自己的返乡,王夫之不止一次地反思、悔恨。1661年,王夫之赋《初度口占》七绝六首,其三说:

十一年前一死迟,臣忠妇节两参差。

北枝落尽南枝老,辜负催归有子规。[4]

此诗显然是指十年前自行脱离行朝返回故乡之事。又其五云:

---

[1]《薑斋诗集》,《王船山诗文集》,中华书局1962年版,第168页。
[2]《薑斋文集》卷九,《王船山诗文集》,中华书局1962年版,第99页。
[3] 王之春撰,汪茂和点校:《王夫之年谱》,中华书局1989年版,第48页。"牧公"为王夫之侄王牧。
[4]《薑斋诗集》,《王船山诗文集》,中华书局1962年版,第180页。

十载每添新鬼哭,泪如江水亦干流。[1]

自己脱离行朝已有十年,十年来永历朝廷流离西南,多少人为之尽忠战死,故所谓"每添新鬼哭",而自己的伤心之泪无论有多少(如江水),都能尽情地流淌,直到干涸,可见伤心之至。而蕴藏之间的无穷无尽的懊恼和悔恨,恰是当年因偷生而径自返乡的后遗症,王夫之个人的心结也正在于此。

四 屈士燝、屈士煌兄弟自滇返粤

桂林城破时,广东番禺人王邦畿(1618—1668)亦从桂林东归,躲避在顺德龙江。王邦畿为崇祯时副贡生。南明绍武中,以荐官御史。后永历在肇庆称帝,与友人陈恭尹一起同往从之。[2] 他如何从桂林归返顺德之详情已不可考知,但其诗集中有一诗《赠屈贡士仪部暨士职方》,记载了一起当时颇有影响的返乡故事:

吁嗟漠漠步维艰,不敢安居有愧颜。
劳瘁十年双泪尽,飘零万里一生还。
禁承母命论时事,爱着僧衣住旧山。
兄弟壮年怀并美,风流谁复与追攀。[3]

---

[1] 《薑斋诗集》,《王船山诗文集》,中华书局1962年版,第180页。
[2] 温汝能辑,吕永光等整理,李曲斋、陈永正审订:《粤东诗海》卷六十"王邦畿"之小传,中山大学出版社1999年版,第1116页。
[3] 王邦畿:《耳鸣集》,《四库禁毁书丛刊》集部第87册,第83页。

王邦畿于此诗诗题之下有一小注云:"辛丑归自黔中。""辛丑"为顺治十八年(永历十五年,1661),"屈贲士仪部泰士职方"是指屈士爆(字贲士,一字白园,1627—1675)、屈士煌(字泰士,一字铁井,1630—1685)兄弟。[1] 屈氏兄弟俱为番禺人,与屈大均为堂兄弟。[2] 屈士爆是隆武元年(1645)举人,隆武二年广州破,与弟屈士煌破家起义,与陈子壮等互为犄角,后溃败。永历二年(1648)奔梧州朝永历帝,拜中书舍人。桂林溃败后,与弟士煌走匿西樵。后辗转入滇追随永历帝,历官至礼部仪制司主事。士煌则授兵部司务试职方司主事。清军入滇,永历仓皇西逃,士爆、士煌兄弟追之不及,遂东归。[3] 这是目前可以考知的南明文臣返乡的最后记录。

王邦畿此诗所咏即屈氏兄弟东归一事。"万里"一词自杜甫之后就在诗中频频出现,多为虚饰夸张之语,此诗所云"劳瘁十年双泪尽,飘零万里一生还",却是屈氏兄弟的真实写照。王邦畿在结尾说"风流谁复与追攀",表示出了对屈氏兄弟的推崇与礼敬。

但屈氏兄弟何时返乡的时间,学界尚未取得共识。汪宗衍认为是顺治十六年(永历十三年,1659),[4] 邬庆时沿之,[5] 与王邦畿

---

[1] 屈大均:《伯兄白园先生墓表》、《仲兄铁井先生墓表》,《翁山文外》卷七,欧初、王贵忱主编:《屈大均全集》第三册,人民文学出版社1996年版,第139—144页。屈士煌有《铁井文稿》2卷,收入《手抄番禺屈氏家集》,中山大学图书馆藏。

[2] 屈士爆、屈士煌与屈大均同出于六世祖起岩,至屈大均为第十八世。但屈士爆兄弟与屈大均意气相投,且屈大均与屈士煌同龄,同年录为诸生,故来往极密。参邬庆时《屈大均年谱》,广东人民出版社2006年版,第5、27页。

[3] 《粤东诗海》卷五十九"屈士爆""屈士煌"二人小传,第1112、1113页。

[4] 汪宗衍撰:《屈翁山先生年谱》,于今书屋1970年版,第42页。

[5] 邬庆时:《屈大均年谱》,第75页。

记载有所不同。二人所据文献均为屈大均所撰《伯兄白园先生墓表》、《仲兄铁井先生墓表》。然细绎屈大均所撰墓表,则屈氏兄弟应于顺治十八年(永历十五年,1661)返乡无疑。屈大均在《伯兄白园先生墓表》中说屈士燝"知事不可为矣,乃决意东归"。后又听说郑成功将要攻下南京,拟返番禺取道往南京,结果"比抵家,母子相持痛苦,旋闻大行皇帝与皇太子遇难。伯兄愤惋过伤,遂得吞酸翻胃之病,历数月,呕吐颇平,然遇春时辄发,连岁苦之"。[1]郑成功攻打南京在1659年,故汪、邬二位将屈氏兄返乡时间系于是年。但屈大均《仲兄铁井先生墓表》说屈士煌"闻延平王以舟师攻复镇江,已薄南京城下,乃决策东迁,将从大庾关取道以往。比抵家,太宜人相持恸哭。……二兄此时俯仰悲酸,欲行复止。逾岁,为十六年壬寅"。[2]从"闻延平王"攻打长江下游到"决策东迁",再到"从大庾关取道",最后到"抵家",实际上有一个漫长的过程。"逾岁,为十六年壬寅"则可证明屈氏兄弟抵家的时间为"十六年壬寅"的前一年,即永历十五年辛丑(1661)。

既可确定返乡的时间,则可知在屈氏兄弟万里返乡前四年,也就是顺治十四年(永历十一年,1657),屈大均有《怅望为家礼部兄贲士兵部兄泰士作》一诗,诗云:

怅望滇南杀气凝,十年龙血已成冰。

---

[1] 屈大均:《伯兄白园先生墓表》,《翁山文外》卷七,《屈大均全集》第三册,第141页。
[2] 屈大均:《仲兄铁井先生墓表》,《翁山文外》卷七,《屈大均全集》第三册,第143页。邬庆时《屈大均年谱》系顺治十七年(1659),第93页。

> 红霞尚自依行殿，白草无从问义陵。
> 诸葛但教兄弟在，文渊应见帝王兴。
> 艰难六诏归来日，花萼名高世所称。[1]

此诗对屈氏兄弟在云南辅佐永历帝寄予厚望，结尾期待他们在归来时功成名就。此后，屈大均又有数诗先后寄屈士煌、屈士燝，言语殷殷。《赠家泰士兄》七律五首，诗中反复期待屈士煌建功立业。如其一颔联云："遣臣最熟云南事，私史长书大历年。"[2] 朱希祖指出，此处因避讳而将"永历"写为"大历"。[3] 尾联云："高文典册凭君手，更补从龙传几篇。"其二有云："南屈文章当代少，怀王子弟异时封。"其三有云："暇日一尊歌出塞，封侯最羡得阏氏。"均希望屈士煌在永历朝有一番作为。但《寄从兄贲士员外》一诗却截然相反，诗云：

> 万里黄云接楚天，愁君匹马战场边。
> 将归故国无乔木，欲住春山有杜鹃。
> 绝袂空伤慈母意，采薇谁和寡兄篇。
> 金沙江水知难渡，未得从亡入瘴烟。[4]

---

[1]《翁山诗外》卷十，《屈大均全集》第二册，第835页。汪宗衍《屈翁山先生年谱》系于永历九年（顺治十二年，1655），第20页。屈氏兄弟入滇均在此年，屈大均已有《送家舍人》《送铁井子》二诗，似不会于同时再赋《怅望为家礼部兄贲士兵部兄泰士作》。邬庆时系于屈氏兄弟入滇后之两年（1657），似较合情合理，《屈大均年谱》，第47页。

[2]《翁山诗外》卷十，《屈大均全集》第二册，第863页。

[3] 朱希祖：《康熙刻本翁山文外跋》（1933年所撰），朱希祖：《明季史料题跋（外二种）》，中华书局2012年版，第87页。

[4]《翁山诗外》卷十一，《屈大均全集》第二册，第891页。

此诗颇苍凉萧飒，"将归故国无乔木"、"金沙江水知难渡"诸句，均已感觉到复明的无望。据末句"金沙江水知难渡，未得从亡入瘴烟"，此时永历帝应该已退至缅甸之大金沙江，故屈大均此诗应作于永历十三年（顺治十六年，1659）三月以后，[1]恰值屈士燝兄弟准备取道故乡奔赴南京之际。

《广东诗粹》卷九引屈士燝《始安道中始安今广西平乐府》诗云：

> 登山临水意何穷，度索临橦径复通。
> 绝磴烟炊茅屋里，晓舂人语石崖中。
> 听歌渐觉邮亭近，问俗翻疑邑里同。
> 归去正当春欲暮，清溪一路木棉红。
> 远投何地得幽栖，仆马跙蹯日欲西。
> 榆荚烟深连瘴岭，桄榔风起暗蛮溪。
> 梦从游历疑曾到，诗忆经行却寄题。
> 最是客魂凄断处，黄茅疏雨杜鹃啼。（榆，刺榆也，荚曰芜荑，为酱味佳。桄榔树似棕榈，花开成穗，子如青珠，红熟可食。一曰麪木，以其皮中有白粉可为麪，故名。）[2]

从"归去正当春欲暮"句可知，此诗为屈士燝从云南返粤（"归去"）途中经过广西始安时所作。此二诗丝毫没有跋山涉水之苦，却有登山临水之趣。但屈士煌后来所写《羊城秋忆》其九有句云：

---

[1] 永历帝于永历十三年三月抵达缅甸大金沙江之事，见计六奇撰、任道斌、魏得良点校《小腆纪年》，中华书局1957年版，第743页。
[2] 梁善长：《广东诗粹》卷九。

> 衰年落寞悲慈母,远道提携仗阿兄。
> 孤寡莫嗟行路苦,闾阎离散久吞声。[1]

可见屈氏兄弟当年返乡时行路之苦。二人返乡后,屈士煃又有《归自滇中呈故园同社》一诗:

> 乾坤谁遣又生存,禹鼎消沉日月昏。
> 乌鸟岂知还故苑,芳兰今始避当门。
> 浮生孟浪终惭道,未死颠连恐负恩。
> 乱后故人相念否,高歌谁为作招魂。[2]

全诗有强烈的自我否定的意味。首句就质疑自己为何还活着,难道是谁派遣你、要求你活着的吗?此句颇突兀,因为人谁不想活着,为何要自我质疑活着的问题呢?次句则交代理由,即明室已屋,所谓"禹鼎消沉"而导致日月昏暗。次联继续质疑自我。在一般的看法中,乌鸟当然知道回家,陶渊明名句云:"云无心以出岫,鸟倦飞而知还。"就是这一层意思。然而屈士煃却反着说,"岂知",不知也,即乌鸟不知返回。"芳兰今始避当门"一句,芳兰喻君子。《三国志》中记载:"先主将诛张裕,诸葛亮表请其罪。先主答曰:'芳兰生门,不得不锄。'裕遂弃市。"[3] 君子当有不惜被杀头而忤

---

[1]《屈泰士遗诗》,香港何氏至乐楼刊本。
[2]《粤东诗海》卷五十九,第1113页。
[3]《三国志·蜀志·周群传》,中华书局1982年版,第1021页。又《南史·齐江夏王锋传》:"江敩闻其死,流涕曰:'芳兰当门,不得不锄,其《修栢》之赋乎。'"中华书局1975年版,第1090页。

逆上者的勇气。如果芳兰从现在开始"避当门"了,则芳兰还能算是芳兰吗?不过野草而已吧。屈士煌选择返乡,觉得自己连乌鸟都不如,也根本没有"当门芳兰"的气节和勇气。诗歌至此,铺垫已足。颈联开始直抒胸臆,痛骂自己一辈子孟浪,有愧于读书人的"道",而忍死偷生,辜负了君王的恩德。末联言不知旧友是否尚挂念我,不知道有谁可以为我唱一曲《招魂》啊?此句极沉痛。王逸云:"宋玉怜哀屈原,忠而斥弃,愁懑山泽,魂魄放佚,厥命将落。故作《招魂》,欲以复其精神,延其年寿。"[1]朱熹注:"荆楚之俗,乃或以是施之生人,故宋玉哀闵屈原无罪放逐,恐其魂魄离散而不复还。"[2]据此,宋玉是为活着的被放逐的屈原招魂。后来杜甫《乾元中寓居同谷县作歌》中说:"呜呼五歌兮歌正长,魂招不来归故乡。"[3]屈士煌如今已经返乡,但魂魄没有回到,所以还需要友人为之赋《招魂》吧。

此诗在南明文人的返乡诗中十分特别,对于脱离行朝的行为,没有别的人好似屈士煌一样自责之深。屈士煌另有两诗均谈返乡的感受。《滇归寄答方楚卿》:

> 旧游成梦寐,先辈独余君。底事何劳问,天心未忍闻。
> 道情思就正,儒术笑从军。别绪知何似,松窗落叶纷。[4]

---

[1] 洪兴祖撰,白化文等点校:《楚辞补注》,中华书局1983年版,第197页。
[2] 朱熹撰,蒋立甫校点:《楚辞集注》,上海古籍出版社、安徽教育出版社2001年版,第129页。
[3] 仇兆鳌注:《杜诗详注》第二册,中华书局1979年版,第697页。
[4] 《屈泰士遗诗》,香港何氏至乐楼刊本。

此诗甚惆怅。昔日奔赴行在为永历朝廷效命不但已成往事，而且如同梦一场。自己先行返乡，如今在朝廷效力的也只剩下方楚君一人。这是首联，志感慨；颔联有愧疚之意；颈联自嘲；尾联荡开，无限哀伤。另一首《归感》：

> 乱离先废学，孟浪早从军。古道知何似，吾生空见闻。
> 微名浮俗累，小技壮心分。削迹投何处，青霄有片云。[1]

前诗感愧交加，此诗则显得颓唐。

屈士煌返乡之前，在云南永历行在曾有一诗《滇南元夕》：

> 一气回阳万井烟，红衫宝马迸如泉。
> 春街烂漫清平跋，月地嘈吰大小弦。
> 度曲千门翻白纻，悬灯百戏选青钱。
> 繁华好梦频消歇，粉饰怜看半壁天。[2]

此诗必是追随永历朝廷时在云南所作，元宵佳节本是乐事，全诗前面都在描摹佳节的繁华，尾联却以哀叹收束，说眼前的"繁华好梦"不过是仅余半壁江山的永历朝廷在粉饰而已。其实哪里还有"半壁天"，西南一隅都眼看不保。

屈士燝有《客中九日同泰弟赋》一诗，也记载与屈士煌两人在

---

[1]《屈泰士遗诗》，香港何氏至乐楼刊本。
[2]《粤东诗海》卷五十九，第1113页。

客中的情况：

> 去国多同苦，穷秋滞异乡。客情今两度，佳节又重阳。
> 爱汝年俱壮，思亲鬓已霜。故园携酒处，梦到菊花傍。[1]

此诗虽是应时应景之作，却情真意切。诗中言两年来滞留异乡之苦，思及家人及故园赏菊饮酒之乐。屈士煃返乡后，曾赋一诗《过访云溪诸昆玉》，说的是返乡后的感慨：

> 十年湖海已蹉跎，百里乡园始一过。
> 先代衣冠遗泽在，同时生聚乱离多。
> 舟行树里围烟渚，水到门前绕薜萝。
> 尚有诸君当朋好，买邻真欲结云窝。[2]

此诗虽工整，但情绪较为平缓，与屈士煃的返乡诗相比，不免显得辞浅情浮。当然屈士煃存诗无几，表现其返乡后情绪的又仅此一首。故已无法详细探知其较为详细真切的情感。

结　论

　　南明文人万里返乡，当时就在早已隐逸山林的遗民群体中引起

---

[1]《粤东诗海》卷五十九，第 1112 页。
[2] 同上。

很大的震动。如曾灿说钱澄之"万里惊亡命,孤踪返故园"。[1]

南明文人的大规模返乡,意味着他们心目中复明事业的宣告失败。他们写下的返乡诗,遂集中展现了南明文人抵抗失败后潦倒、悔恨、归隐、休憩、潜伏等心境。当时很多人欲返故乡而不得[2]或不能返[3]。与他们相比,能够返乡似乎已是幸运。不可否认,返乡的经历和返乡诗的写作,在这些南明文人各自的生命历程中有着十分重要的意义。如1651年的返乡诗恰好是钱澄之处于从"诗史"向田园诗风转变的关键时期,值得重视。[4]

在中国的文化系统中,故乡是一个极为特殊的场所,是一个归

---

[1] 曾灿:《初冬访钱幼光不值,令嗣孝则留宿迟之》,《六松堂集》卷四,《豫章丛书》集部第十册,江西教育出版社2007年版,第238页。
[2] 瞿式耜任职永历时,一直想辞官返回常熟老家。他在家书中说"吾初意直欲告归,念家乡陷于腥膻,即归亦无生路,且目前江西一重限,浙江又一重限,如何得行?"《丙戌九月二十日书寄》,《瞿式耜集》,第253页。后瞿式耜在桂林被捕而戮。
[3] 永历十五年(顺治十八年,1661),郭之奇长子天祯劝归,郭之奇责之曰:"予以眇躬为纲常谋,虽有家,义不得顾。非不念子弟侄,而愁然兴怀,瞻故都,眺邱陇,而怆然志伤以悲也。光复则归,扫垄有日,陆泛则望乡无期。"郭天祯:《家传》,饶宗颐《郭之奇年谱》引《榕东郭氏族谱》所载,《饶宗颐二十世纪学术文集》卷九《潮学下》,中国人民大学出版社2009年版,第1043页。郭之奇次年在交趾被捕而戮。
[4] 清水茂曾两次著文探讨钱澄之诗风的转变。他在1998年发表《钱澄之的诗》一文,认为抗清时的《藏山阁集》是"诗史",归乡后的《田间诗集》是田园诗,参清水茂《钱澄之的诗》,清水茂:《清水茂汉学论集》,蔡毅译,中华书局2003年版,第100—112页。朱则杰在《清诗史》中亦持同样分类,见朱则杰《清诗史》,江苏古籍出版社2000年版,第117—124页。后清水茂进一步细化了自己的论点,认为钱澄之诗风有三次变化:《藏山阁集》是"诗史",《江上集》(即《田间诗集》前十卷)是田园诗,《客隐集》(即《田间诗集》第十一至二十八卷)主要是应酬诗。见清水茂《论钱澄之诗风三变》,《东方文化》1999年第37卷第1期。

宿的符号。故乡一直就是古典文学中最主要的主题之一,[1]是文人面对岁月流逝或仕途坎坷等境遇时的精神寄托,是文人退隐或失意时的歇脚点。[2]如杜甫一生流浪,在诗中曾以"开门野鼠走,散帙壁鱼干"[3]来描述家中的破败,却也同时发出"乘兴即为家"[4]的豁达之言,来表示他胸怀天下、不安于小家的志向。战争时期飘零在外的文人,故乡有着更为特殊的意义。杜甫在《春望》要说"烽火连三月,家书抵万金"。在《闻官军收河南河北》更高歌"白日放歌须纵酒,青春作伴好还乡"。而南明文人的这批返乡诗在对返乡复杂心境的描述上,无疑达到了过去少有的细致和深度,极大地丰富了我们对于中国文学中返乡主题的认识。他们的返乡诗,更形成了一种悲怆的美学,与习见的温馨感伤的田园式返乡形成了鲜明对比。

---

[1] 廖蔚卿《论中国古典文学中的两大主题》指出怀古和望归是中国古典文学中最普遍的两大主题,见廖蔚卿《汉魏六朝文学论集》,大安出版社1997年版,第47—97页。

[2] 以唐诗为例,返乡诗中的名篇如贺知章《回乡偶书》等,后者如韦应物《出还》、杜牧《归家》、于邺《岁暮还家》、刘禹锡《罢郡归洛阳寄友人》等,大多如此。参见明人张之象编,中岛敏夫整理:《唐诗类苑》,上海古籍出版社2006年版,卷一百十七至一百十八《人部(还乡)》第四册,第197—223页。

[3] 杜甫:《归来》,仇兆鳌注:《杜诗详注》,中华书局1979年版,第1112页。

[4] 杜甫:《春归》,《杜诗详注》,第1111页。

下编 | 流亡中的诗歌

士大夫的绝命诗

关于明季士人的殉国情况,一直是史家长期关注的焦点之一。崇祯十七年(1644)三月北京城破时,就有不少士人殉国[1]。随着清军南下,南明弘光、隆武、永历诸朝的陆续覆灭,殉国士人的规模也在不断地增加。有感于他们的气节,当时的文人便为他们撰写各类纪念文字,更有不少有识之士将他们的殉国视为明清易代之际的重要现象而为他们系统地树碑立传,如查继佐《国寿录》[2]、高宇泰《雪交亭正气录》[3]、徐秉义《明末忠烈纪实》[4]、屈大均

---

[1] 屈大均:《皇明四朝成仁录》卷五有《北都殉难诸臣传》,列42人之多。欧初、王贵忱主编:《屈大均全集》第三册,人民文学出版社1996年版,第667—678页。

[2] 《国寿录》有吴骞校本、陈乃乾题识本等,撰写时间约在顺治六年(1649)至顺治十四年(1657)之间,见《前言》,中华书局上海编辑所编:《国寿录》,中华书局1959年版,第1—2页。

[3] 据全祖望言,高宇泰卒于戊午(康熙十七年,1678),《雪交亭正气录》撰于高氏晚年。全祖望:《高武部宇泰》,《续甬上耆旧诗》卷四十二,第256—261页。《雪交亭正气录》今有《四明丛书》本、《台湾文献丛刊》本等多种。

[4] 《明末忠烈纪实》有嘉业堂钞本,此书始撰于康熙二十一年(1682),康熙三十三年(1694)杀青,参《前言》,张金庄校点:《明末忠烈纪实》,浙江古籍出版社1987年版,第1—2页。

《皇明四朝成仁录》[1]、陆翼王《争光集》[2]等，到后来乾隆皇帝敕编《胜朝殉节诸臣录》，对这批殉国士人给予盖棺定论式的高度褒扬。[3]

当代学者对明清之际大规模的殉国现象已有极精彩的研究。[4]但相关的讨论或以考证钩沉殉国士人的生平事迹、探究殉国的原因为主，或以辨析殉国行为背后的儒家义理、价值取向为主，其取径主要在历史和思想两端，在文献史料上则侧重运用正史、野史、笔记以及诗歌、各类文章中较易敲定具体史实和意义的部分。对于当时与殉国相关的大批诗歌，尚未充分注意及之。对于殉国士人如何在诗歌中铺展、呈现他们的痛苦与情感，怎样在一字一句、形式格律之间表露其思想、情感等层面，缺乏细致深入的研究。至于大量诗歌中蕴藏着的整个明清易代之际的"情感结构"和道德震荡，似乎尚未引起研究者的兴趣。有鉴于此，本文以绝命诗为中心，对南明殉国士大夫的情感加以初步探讨。

在与死亡殉国相关的诸多诗歌中，绝命诗无疑是比较特殊的一

---

[1]《皇明四朝成仁录》为崇祯、弘光、隆武、永历四朝的殉国人物立传，长期以钞本方式流传，无序、无跋、无体例，故其具体撰写时间不详，邬庆时《屈大均年谱》在康熙二十六年（1687）下附录所撰《初校皇明四朝成仁录补编序》及《跋》，大概认为屈大均撰写《皇明四朝成仁录》应在1687年前后。参邬庆时《屈大均年谱》，广东人民出版社2006年版，第223—231页。

[2] 此书似已佚，今存有钱澄之《争光集序》，《田间文集》卷十二，第214—215页。

[3] 舒赫德、于敏中等：《钦定胜朝殉节诸臣录》，《景印文渊阁四库全书》，第456册。

[4] 如何冠彪有专著《生与死：明季士大夫的抉择》讨论士大夫殉国之心理，联经出版事业公司1997年版。赵园在《明清之际士大夫研究》中也有《生死》一节专门讨论明清易代的死亡现象，并以陈确为例分析了士人如何看待节义的问题，《明清之际士大夫研究》，北京大学出版社1999年版，第23—57页。

部分。凡临终赋诗均可称为绝命诗（或绝笔诗），但这里所谓的绝命诗是特指士人殉国前的临终赋诗，一般为主动求死或抱万死之心而战死、被执后求死等情况下所赋之诗，而不是一般意义上所谓的临终述怀或感慨。当时亲历死事的人多已注意到殉国士人临死前是否有"求死"之志是衡量他是否真的殉国的标准。如黄宗羲认为，只有"志在于死"和有"欲死之心"的人，才可以说是死节之士。〔1〕钱澄之也有类似的看法，他对当时将"烈烈而死"与"求生不得而死"两种不同的死亡混为一谈而一律称为"忠义"表示不满。〔2〕在他们看来，若无求死之心、必死之心，则所谓殉国只能称为遇难。本文着重分析的便是部分殉国士人在自杀或临刑前的绝命诗。

然而，殉国士人在自杀或临刑前刻意赋诗的行为究竟意义何在？有学者认为绝命诗是"明代士人好辩，热衷于立言"的一种表现。〔3〕毋庸讳言，相当多的绝命诗体现了这一旨趣。且诗中的自我往往伟岸崇高，承担着劝说自我的功能。另有学者认为"以一首慷慨的诗作为结束（对于殉义之人是必要的）"。〔4〕实际上，许多绝命诗的内涵比较复杂，无论以立言或以慷慨视之，均失之简单。此外，相对于明季大规模的殉国而言，士人在殉国前赋诗的只占有极少的比例，可见诗对于殉义之人来说绝非必要。但，诗在死亡的过

〔1〕 黄宗羲：《赠刑部侍郎振华郑公神道碑》，《黄宗羲全集》第十册，浙江古籍出版社2005年版，第257页。
〔2〕 钱澄之：《争光集序》，《田间文集》卷十二，第215页。
〔3〕 赵园：《明清之际士大夫研究》，北京大学出版社1999年版，第40页。
〔4〕 司徒琳（Lynn A. Struve）：《儒者的创伤》，《台湾师范大学历史学报》2008年第39期。

程中，有时却能发挥其独特的作用。作者可以借助诗歌来完整展现他们死亡的过程，以及表述他们对于死亡的恐惧、焦虑和紧张，又可以通过诗歌来表述围绕死亡的诸多情感、道德和欲望。在众多的死亡之中，弘光朝左都御史、大儒刘宗周，永历朝文渊阁大学士、吏兵两部尚书瞿式耜，东阁大学士兼兵部尚书张煌言等三位名臣之死尤广为人知，在当时即产生了深远的社会影响，而在他们死亡的过程中，诗分别扮演着不同的重要作用。

一 南明绝命诗概说

在进入具体的个案分析之前，有必要对当时众多的绝命诗做一个初步的综述。只有这样，才能在比较的视野中更加深刻地理解刘宗周、瞿式耜、张煌言等人的绝命诗。

弘光元年（1645）五月，南京城破，弘光朝覆灭。当时自杀、被杀的大臣甚多，临终赋诗者初步可考者有黄端伯、无名乞丐、凌骃、顾所、张锡眉、侯峒曾、徐守质、夏允彝、左懋第、陈用极、朱集璜、许琰、麻三衡等十三人。

黄端伯为当时礼部主事，以不朝新政府被杀。临终"北向叩头，口呼高皇帝、烈皇帝就死"，又口偈《绝命词》云：

> 对面绝商量，独露金刚王。割截无嗔恨，刀山是道场。[1]

---

[1] 据林时对《南都之难诸公·新城黄公端伯》记载，全祖望辑选《续甬上耆旧诗》卷三十四，杭州出版社2004年版，第88页。《明季南略》卷之四《南京遇变诸臣》引后两句云"问我安身处，刀山是道场"。《南京遇变诸臣》，《明季南略》卷之四，第182条，中华书局1984年版，第227—228页。

又当时南京城破，殉节者较少。故流传某乞丐投百川桥下而死，题诗桥上云：

三百年来养士朝，如何文武尽皆逃。
纲常留在卑田院，乞丐羞存命一条。[1]

此诗如今看来，当系文人伪托暗讽之作。

当时在外抗清不屈而死赋诗者还有凌䮤（1612—1645），福王时授监察御史，巡抚河南，守归德，清兵渡黄河南下，城破自缢死。凌䮤原名云翔，字龙翰，歙县（今属安徽）人，崇祯十六年（1643）进士，有《绝命诗》。[2]

战火延至苏州。六月，徐汧[3]、文震亨、顾所受死。顾是长洲诸生，赋诗自缢学宫，遇救，乃赴水死。诗云：

身是明朝老布衣，眼前世界不胜悲。
从容死向宫墙地，免使忠魂弃浊渠。[4]

---

[1] 张怡撰，魏连科点校：《玉光剑气集》卷六《忠节》，中华书局2006年版，第297页；《南京遇变诸臣》，《明季南略》卷之四，第182条，中华书局1984年版，第227—228页。谈迁据沈石城说，引作："三百年来盛治朝，两班文武尽皆降逃。刚肠暂寄卑田院，乞丐羞存命一条。"谈迁著，罗仲辉、胡明校点校：《枣林杂俎》，中华书局2006年版，第144页。

[2] 《天启崇祯两朝遗诗》卷七，第889页。凌䮤传见《天启崇祯两朝遗诗》，第1961—1962页。

[3] 徐氏传见《天启崇祯两朝遗诗》所附"徐文靖公"，第1935—1936页。

[4] 《小腆纪年附考》卷十，第376页。

嘉定一战,死者极多。张锡眉(?—1645)先世本是松江人,徙居嘉定。弘光元年(1645)闰六月十七日,清军兵围嘉定,张锡眉率众守南门,坚持十余日,徐守质战死。城破后张锡眉解带自缢于南门城楼上,有绝命词云:"我生不辰,与城存亡,死亦为义!"黄淳耀[1]、董用圆、马元调、夏云蛟、唐全昌、侯峒曾等人皆同死。侯峒曾临终赋诗[2]。徐守质有《绝笔》诗[3]。夏允彝有《绝命词》[4]。

闰六月二十日,左懋第在北京被杀[5]。左懋第是弘光朝出使清廷的大臣,不愿意被多尔衮招降而主动请死。史载左懋第"至宣武门外,神气自若,南向四拜,端坐受刑"[6]。在羁押期间,先后有《捧先帝御笔哭诗》、《哭海上山旧诗》、《赋感》及《绝命诗》诸诗[7],一同遇难的陈用极有和诗[8]。左懋第之死及其《绝命诗》流传到南方,影响较大[9]。

七月六日,昆山陷。贡生朱集璜助知县王佐才守城,投河死,

---

[1] 黄淳耀传见《天启崇祯两朝遗诗》,第1959—1960页。
[2] 《明末忠烈纪实》卷十六,第318页。
[3] 《天启崇祯两朝遗诗》卷九,第1358页。徐守质传见《天启崇祯两朝遗诗》,第2021页。
[4] 《明末忠烈纪实》卷十八,第382页。
[5] 《小腆纪年附考》卷十,中华书局1957年版,第395—396页。
[6] 《使臣左懋第》,《明季南略》卷之四,第238条,中华书局1984年版,第276—277页。
[7] 《绝命诗》,见左懋第《左忠贞公剩稿》卷四,乾隆五十八年左彤九刻本,《四库未收书辑刊》第6辑第26册,第719页。诸诗亦见《天启崇祯两朝遗诗》卷七。
[8] 《天启崇祯两朝遗诗》卷七,第697—698页。
[9] 如林时对有《北使之难·莱阳左公懋第》,全祖望辑选《续甬上耆旧诗》卷三十四,杭州出版社2004年版,第85页。

书《绝命词》于衣带。[1] 长洲有诸生许琰绝食而死,似亦在此时。有《临终绝笔》,言辞激烈。[2]

七月,在稽亭山寨举兵,麻三衡被擒至南京而死,有《绝命诗》。[3]

弘光朝覆灭后,随即清兵南下至杭州,鲁监国仓皇流窜海上。其时自杀赋诗者有祁彪佳、刘宗周、王毓蓍、祝渊、周卜年、陆培、张国维、陈函辉、陈潜夫、何弘仁十人。

祁彪佳乃当时名臣,严格来说,他在投水自尽前并未完整地赋诗,仅留两句云:"含笑入九泉,浩气留天地。"但他的死亡影响极大,当时文人亦颇多和者。[4]

祁彪佳生前曾与刘宗周约定共同举兵抗清,后不果。祁彪佳死后,刘宗周绝食二十日而卒。刘宗周临终前有《示秦婿嗣瞻》、《示汋儿》、《绝命辞》等诗。其门人王毓蓍自沉前有《致命篇》[5],祝渊自缢前有《口示诸弟》、《绝笔》。[6]

---

[1]《明末忠烈纪实》卷十六,第 320 页。

[2]《天启崇祯两朝遗诗》卷三,第 240 页。

[3] 麻三衡事迹见《皇明四朝成仁录》,第 759 页。《小腆纪年附考》卷十一,中华书局 1957 年版,第 413 页。殷以巽有《哭麻孟璿》,《天启崇祯两朝遗诗》卷九,第 1331 页。其《绝命诗》见《天启崇祯两朝遗诗》卷九,第 1294 页。钱光绣《次韵答麻孟璿三衡》,《续甬上耆旧诗》中册,第 556 页。刘城有《哭麻孟璿用原韵》,《峄桐诗集》卷七,《四库禁毁书丛刊》集部第 121 册,第 613 页。

[4] 张岱有《和祁世培绝命词》,张岱《张岱诗文集》之《补编》,上海古籍出版社 1991 年版,第 393 页。林时对有《浙东之难诸公·山阴祁忠敏公彪佳》,全祖望辑选《续甬上耆旧诗》卷三十四,第 91 页。

[5]《天启崇祯两朝遗诗》卷九,第 1299 页。周卜年有《挽义士王玄趾》五首,《天启崇祯两朝遗诗》卷九,第 1301 页。

[6] 祝渊:《月隐先生遗集》卷四,《适园丛书》本。

闰六月八日，布衣周卜年入海死。有《五歌》及绝句一首。[1]

陆培（1617—1645）在杭州失守后自经，有《绝命诗》[2]。清军继续南下，六月二十五日，义乌城破，二十六日，清兵至七里寺，大学士张国维具衣冠南向再拜曰："臣力竭矣！"作《绝命诗》，分《自述》、《念母》、《训子》三章，从容赴园池死。[3]

其后越州城破，鲁监国吏部侍郎陈函辉死。有《绝命词》，又自作《祭文》一、《埋骨记》一，扃户自经死。[4] 其后陈潜夫自尽，有《绝笔》诗。[5] 御史何弘仁有殉难诗。[6]

南明隆武、永历两朝的节节败退，导致更多的名臣良相以自杀的方式离开世界。初步计有王士和、林化熙、彭期生、黄道周、杨廷枢、陈邦彦、夏完淳、黄毓祺、姜曰广、张肯堂、吴钟峦、瞿式

---

[1] 谈迁著，罗仲辉、胡明校点校：《枣林杂俎》，中华书局2006年版，第149—150页。
[2] 朱彝尊著，姚祖恩编，黄君坦校点：《静志居诗话》卷二十，人民文学出版社1990年版，第623页。陆培事迹见《皇明四朝成仁录》卷七《弘光朝·杭州死节传》。
[3] 张国维：《张忠敏公遗集》，《四库未收书辑刊》第6辑第29册，第707页；《张国维赴园池》，《明季南略》卷之六，第264条，中华书局1984年版，第293—294页。《玉光剑气集》卷六《忠节》，第303页。《天启崇祯两朝遗诗》作《自诀》、《念母》、《戒子》，卷六，第560页。
[4] 陈函辉：《孤忠遗稿》（一名《小寒山自序年谱》），收入《台州丛书后集》。其诗亦见《天启崇祯两朝遗诗》卷七，第771—778页；《玉光剑气集》卷六，第303—304页；《陈函辉自缢》，《明季南略》卷之六，第266条，中华书局1984年版，第296—297页。《明季南略》亦云其赴水死。陈函辉传，见《天启崇祯两朝遗诗》，第1951—1952页。
[5] 《天启崇祯两朝遗诗》卷九，第1213—1214页。陈潜夫事见《皇明四朝成仁录》"绍兴死事诸臣录"，第797页。《明末忠烈纪实》卷十四，第248—249页。
[6] 谈迁著，罗仲辉、胡明校点校：《枣林杂俎》，中华书局2006年版，第151页。

耜、张同敞、沈士柱、张煌言等十五人。

隆武二年（1646）八月，仙霞关破。延平知府王士和奔汀洲，兵至自缢，有题壁临终诗。[1] 国子监博士林化熙被擒，不降，戮于市，有口占诗。[2] 十月初四，吉安破，彭期生自缢，有《绝命词》五纸，[3] 似失传。

永历元年（1647）二月十二日，隆武朝大学士黄道周押至南京被杀，有《致命词》四首。[4] 又有《授命诗》、《自挽》诸诗。四月，杨廷枢在江南密谋反清被擒，赋《血衣诗》十二首。[5] 九月二十八日，陈邦彦（1603—1647）被杀，"在狱五日，惟慷慨赋咏，或投以纸，辄随笔而满"，[6] 赋《绝命歌》[7]。

夏完淳在金陵就戮，有绝笔诗。[8]

永历二年（1648），黄毓祺（1579—1648）在浙江舟山起师抗清失败后逃亡至泰州一寺庙被捕入狱，死于南京狱中。赋《海陵狱中拈李卓老焚余十则》、《绝命词》。[9]

其后便是姜曰广的自杀。永历三年（1649）正月十九日，南昌城溃，金声桓自杀，姜曰广乃作《绝命歌》，投池而死，一家从死

---

[1]《明末忠烈纪实》卷十三，第 225 页。
[2] 同上书，第 241 页。
[3] 同上书，第 234 页。
[4]《黄道周志传》附，《明季南略》卷之八，第 291 条，中华书局 1984 年版，第 321 页。
[5]《杨廷枢血书并诗》，《明季南略》卷之四，第 208 条，中华书局 1984 年版，第 256—257 页。杨廷枢事，见《明末忠烈纪实》卷十六，第 355 页。
[6]《明末忠烈纪实》卷十五，第 276 页。
[7]《陈岩野先生全集》卷四，嘉庆乙丑刻本。
[8] 谈迁著，罗仲辉、胡明校点校：《枣林杂俎》，中华书局 2006 年版，第 145 页。
[9]《天启崇祯两朝遗诗》卷九，第 1280 页。

者三十余人。《绝命歌》为古风六章，又有《绝句》两首。[1]

继姜曰广之后，张肯堂也是全家殉难。顺治八年（1651），清兵攻舟山，城破，鲁王东阁大学士张肯堂（？—1651）阖门老小二十余口自缢尽节。肯堂乃从容赋《绝命词》，有关张肯堂之死，当时浙东一带哀叹者极多，其孙张茂滋有《余生录》一书记其事。[2] 舟山破时，还有吴钟峦自焚而死，有绝命词。[3]

与张肯堂之死同时，广西巡抚瞿式耜在桂林城破被捕后求死。他于永历四年（1650）被捕，1651年被杀。赋《绝命诗》，又有《浩气吟》、《临难遗表》。[4] 与瞿式耜一起求死的，还有张居正的曾孙张同敞，有《自诀诗》。[5] 这在当时是一极重要的事件，很多人赋诗、写文。[6]

其后，永历政权进入西南，复明事业陷于低谷。顺治十四年（1657），复社成员沈士柱（？—1659）因秘密从事反清活动而被捕，1659年清明在南京被杀，其一妻二妾同时在芜湖自殉。临终有

---

[1] 《临难绝命辞》，《天启崇祯两朝遗诗》卷五，第439页；《姜曰广临难赋诗》，《明季南略》卷之十二，第379条，中华书局1984年版，第393—396页。
[2] 张肯堂事迹见《明末忠烈纪实》卷十四，第261—262页。全祖望祖父全吾骐《步张太保绝命词韵》，全祖望辑选《续甬上耆旧诗》卷六十三，杭州出版社2004年版，第906页。《余生录》收入赵之谦《仰视千七百二十九鹤斋丛书》第三集，民国十八年绍兴墨润堂书苑据光绪间赵氏刻本影印。
[3] 《张煌言集》，第356页。
[4] 《瞿式耜殉节》，《明季南略》卷之十三，第391条，中华书局1984年版，第428页。
[5] 《张同敞自诀诗》，《明季南略》卷之十三，第395条，中华书局1984年版，第434页。
[6] 钱澄之：《书瞿张唱和诗后》，《田间文集》卷十五，第394页。钱谦益：《哭稼轩留守一百十韵》，《牧斋有学集》卷四，第138—157页；又《浩气吟序》，《牧斋有学集》卷十六，第742—743页。

《绝笔》三首。[1]

最后的绝命诗是由张煌言完成的。康熙二年（1663），张煌言被捕，后被杀。整个过程张煌言都有诗记录。有《甲辰七月十七日被执进定海关》、《甲辰八月辞故里》、《答赵廷臣》、《甲辰九月狱中感怀》、《放歌》、《绝命诗》等。[2] 当时悼念张煌言之诗极多。[3]

通过上面的历时性的描述，可以对南明诸朝的绝命诗有一个初步的认识。这里需要强调的是，这些绝命诗均有较强烈的说理和议论的倾向，可以说是明代复古诗论家极力反对的说理诗，[4] 也与陈献章、王阳明思想影响下的性灵诗的宗旨不符。[5] 所以说，绝命诗的写作与诗歌风尚、流派、宗旨均无关涉，而是出自于作者最真切的生命的需求，他们需要大声的说理、激烈的议论以说服自己义无反顾地走向死亡。诗中既有格言式的表态，也有情感的犹豫反复。这种在求生与欲死之间徘徊游移的状态、情感

---

[1] 《天启崇祯两朝遗诗》卷十，第1652页。
[2] 诸诗均收入《张煌言集》，上海古籍出版社1985年版。张煌言《甲辰七月十七日被执进定海关》、《甲辰八月辞故里》其一、《答赵廷臣》其二、其一，被计六奇误认为乃张煌言罹难前所赋之组诗。计六奇云："张煌言赋此殉难。……作绝命诗四章，众竞传之。"见《明季南略》卷之十六，中华书局1984年版，第426条《张煌言临难赋诗》，《明季南略》，中华书局1984年版，第504、505页。又，张煌言卒于康熙三年（甲辰，1664），即这批诗的作年，非计六奇认为康熙二年（癸卯，1663）。
[3] 如黄宗羲、徐凤垣、林时对、高斗权、高宇泰、全吾骐、傅攀龙等。
[4] 陈国球：《明代复古派反宋诗的原因——"宋人主理不主调"》，《明代复古派唐诗论研究》第一章，北京大学出版社2007年版，第22—64页。
[5] 参左东岭主编《中国诗歌通史·明代卷》，人民文学出版社2012年版，第2页。

和理智的激烈冲突，在在反映了南明殉国士人走向死亡的复杂过程。

二 刘宗周的绝食

弘光元年（1645）五月，清军下南京，随即兵逼杭州，鲁王潜逃海上。身在绍兴的刘宗周绝食而亡。刘宗周是当时的大儒，负天下之声望。他的死，是经过精心安排的；而诗歌，恰好是他在死亡过程中的心声的展示。

有关刘宗周死亡的过程，他的学生黄宗羲在《子刘子行状》有所记载。弘光元年六月十五日，刘宗周在吃饭的时候听说鲁王政权崩溃的消息，"推案恸哭曰：'此余正命之时也。'遂不食"[1]。至戊寅日，想到"始吾不食数日，渴甚，饮茶觉如甘露，因知茶亦能续命也。今后勺水不入口矣"[2]。至闰六月八日卒，前后绝食共二十日。然而据何冠彪考证，刘宗周在此期间曾两次喝粥，亦曾动摇过死亡的信念。[3]

六月二十二日，在绝食七天之后，有《示秦婿嗣瞻》诗：

> 信国不可为，偷生岂能久。止水与叠山，只争死先后。
> 若云袁夏甫，时地皆非偶。得正而毙矣，庶几全所受。

---

[1] 黄宗羲：《子刘子行状》卷下，《黄宗羲全集》第一册，浙江古籍出版社 2005 年版，第 245 页。
[2] 同上书，第 247 页。
[3] 何冠彪：《生与死：明季士大夫的抉择》第三章《明季士大夫殉国的原因》，台北联经出版事业公司 1997 年版，第 51—56 页。

(时嗣瞻遗书以数子见商,故答诗云云。)[1]

首联"不可为"言其不能效法文天祥(信国)挺身而出,也有不必效法的意思,但文天祥被俘后殉国,反衬自己今日之偷生是不能长久的。次联谈及两位先贤:宋末大学士江万里(止水)及著名的南宋遗民谢枋得(叠山),德祐元年(1275)二月,饶州被元军攻破后,江万里投水而死;[2] 谢枋得则因不肯出仕元朝而被杀。[3] 此所谓"只争死先后"。刘宗周的意思是说,无论自己选择江万里抑或谢枋得的方式(殉国或遗民),其实最终仍是一个死,其区别只在于有先有后而已。颔联又提及袁闳(夏甫),袁闳可以躲避党祸,筑土室不见人。而其后黄巾军起,乡人多赖袁闳得以避难。[4] 但如今时间、地点皆不对,故无法仿效。如何不对,并未细说。四位前贤均不可效法,只能死矣。尾联中,刘宗周强调他的死是得乎"正"的。

然而此诗的写作有其特定的背景。此前刘宗周曾与学生王毓蓍相约共死,而王毓蓍以自沉的激烈方式死在刘宗周之前,死前并留书促刘宗周死。[5] 王自沉前,留下《致命篇》,其二云:

---

[1] "止水与叠山",《明季南略》作"文山与叠山";"得正而毙矣"作"得政而毙矣"。《刘宗周不食死》,《明季南略》卷之五,第245条,中华书局1984年版,第282—283页。

[2] 《宋史》卷418《江万里传》,第12525页。

[3] 陈邦瞻:《宋史纪事本末》卷109《文谢之死》,中华书局1977年版,第1189—1190页。

[4] 《后汉书》卷45《袁张韩周列传》,第1526页。

[5] 《皇明四朝成仁录》,第930页。《玉光剑气集》卷六《忠节》,第302页。

抉目东门看弄潛,报仇大事付清波。
胡氛羞染山阴道,且涤耶溪当汨罗〔1〕

此诗极为绝望,报仇已无望,只剩一死。刘宗周得知此消息恰好在六月二十二日,给予他很大的压力。"先生闻之曰:'王生死,吾尚何濡滞哉!'"〔2〕秦祖轼以江万里(疑为"袁闳")等人事迹加以劝解,然后刘宗周有此诗之作。据此,《示秦婿嗣瞻》不是简单地要从古代先贤那里寻找为何要死的理由,而是现实(学生的自杀)逼迫他必须回答为什么选择死亡的理由,而他的理由又必须要解释他之前为何不死(他直接承认他"偷生"),而现在又为何必须要死。

六月二十四日,刘宗周又有《示汋儿》:

子职未伸,君恩未报。当死而死,死有余悼。〔3〕

这首诗在没有交代理由的前提下强调"我一定要死"。诗的前两句是对是否马上死的质疑:因为父亲和臣子的责任都还没有尽到,有什么理由死呢?然后"当死而死"四字极其决绝果断,不容他人怀疑和质问。考诸史实,可知六月二十四日当日,刘宗周接到清廷的任命书,形势已逼迫他必须马上做出抉择。〔4〕史家对于刘宗周迟至今日才决定自杀均表示不满,认为刘宗周在崇祯帝死时未死,弘光

---

〔1〕《天启崇祯两朝遗诗》卷九,第1299页。周卜年有《挽义士王玄趾》五首,《天启崇祯两朝遗诗》卷九,第1301页。
〔2〕 黄宗羲:《子刘子行状》卷下,《黄宗羲全集》第一册,第246页。
〔3〕《文编十一》,《刘宗周全集》第4册,第590页。
〔4〕 黄宗羲:《子刘子行状》卷下,《黄宗羲全集》第一册,第247页。

朝亡时未死，直到清廷逼上来才决定死。这与当时殉国的人物相比，实在逊色太多。刘宗周自己也对此十分惶恐，无法"心中泰然"，曾反复加以辩解。[1] 不过，在《示汛儿》诗中却用"当死而死"四字表现出一种决然凛然的态度，作为誓言和宣言。

六月二十九日，有《绝命辞》：

> 留此旬日死，少存匡济志。决此一朝死，了我平生事。慷慨与从容，何难亦何易。[2]

此诗是刘宗周的最后作品，颇耐琢磨。何冠彪云此诗"洋溢着'个人主义'"，刘宗周"始终把'匡济'大业卸给别人承担，他所专注的还是个人的忠节而已"。[3] 此处所谓"个人主义"即狄百瑞所谓的"新儒家个人主义"，他们"只关注自己，不再以服务百姓或阐扬真道为职志"，"自我牺牲的殉难行为"，不过是"英雄事迹"，从而"自得其乐"。[4] 此说自然有理。但细读刘宗周《绝命辞》，却不似展现其"自得其乐"，而有一种如释重负的解脱之感。刘宗周明显知道，世事有"难""易"之分。死亡虽难，有时也是易事。

黄宗羲说："先生口吟《绝命辞》曰……祖轼欲书之。先生曰：

---

[1] 何冠彪：《生与死：明季士大夫的抉择》第三章《明季士大夫殉国的原因》，第51—56页。
[2] 《文编十一》，《刘宗周全集》第4册，第590页。"留此旬日死"，《明季南略》作"留此旬日生"。
[3] 何冠彪：《生与死：明季士大夫的抉择》第三章《明季士大夫殉国的原因》，第56页。
[4] 狄百瑞：《中国的自由传统》，李弘祺译，香港中文大学出版社1983年版，第82—83页。

'偶然尔。吾感熊雨殷而赋此。'初，先生招雨殷入越，雨殷上书陈方略，继而寂然故也。"[1] 熊雨殷即熊汝霖，其生平事迹似已不能详细获知。[2] 六月十六日刘宗周曾催促熊汝霖入城试图对清兵有所行动，而十九日守城官员"渡江输降"，熊汝霖亦躲入山中。[3] 黄宗羲此处所说，应当指此事而言，则刘宗周《绝命辞》显然有一个非常具体的语境（context）：是抵抗失败之后的感喟，又是生命终结时的解脱，整首诗充满了无力感，也有解脱的喜悦。

刘宗周门下主动求死者还有祝渊（字开美，1614—1645）。祝渊自缢在刘宗周卒前两日，[4] 自缢前有两首诗，其一《口示诸弟》云：

死忠死孝寻常事，吃饭穿衣人共繇。
莫向编年问知否？心安理得更何求。[5]

另一首《绝笔》云：

夜既央兮灯火微，魂摇摇兮魄将离。
去兄弟兮父母依，乐逍遥兮长不归。[6]

---

[1] 黄宗羲：《子刘子行状》卷下，《黄宗羲全集》第一册，第247—248页。
[2] 屈大均在《皇明四朝成仁录》卷八《绍兴死事诸臣传》中有《熊汝霖传》，然仅两行而已，第800页。
[3] 刘汋：《刘宗周年谱》，《刘宗周全集》第6册。
[4] 陈确《哭祝子开美》诗序云："盖初六日之子刻也。越二日而山阴先生亦绝食死。"《陈确集》，中华书局1979年版，第744页。
[5] 祝渊：《月隐先生遗集》卷四，《适园丛书》本。陈确《哭祝子开美》其一注引，《陈确集》，第745页。
[6] 祝渊：《月隐先生遗集》卷四，《适园丛书》本。

这两首诗强调的"心安理得"、"逍遥"等面对死亡的状态,非常符合狄百瑞所说的"新儒家个人主义"。

刘宗周为一代大儒,绝食而死又有二十天的过程,故在当时影响极大,消息很快传播开来。叶绍袁在当年(1645)九月三十日的日记中就记载了他得知这些消息的反应:

> 客有谈王孝廉昭平(名道焜)、陆大行鲲庭(名培),俱殉节死。陆郎北府之年,尤为难耳。山阴刘、祁二中丞,则先于七月间一谢孤竹之粟(刘公宗周念台),一捐沅江之袂矣(祁公彪佳世培)。[1]

可见,在外界看来,刘宗周的绝食而死颇具垂范意义。不仅如此,祝开美的自缢也有激励作用。陆钰的自杀便被受到祝开美的刺激:

> 陆钰,字真如,海宁人。万历戊午举人,改名荩谊,字仲夫,晚号退庵。九上春官不第,键户著书,足不入城市。甲申遭变,隐居贡师泰之小桃源。曰:"吾乃不及祝开美乎?"未几,绝食十二日卒。[2]

---

[1] 叶绍袁:《甲行日注》卷二,乙酉(1645)九月三十日,陈文新注释:《日记四种》,崇文书局2004年版,第314—315页。
[2] 况周颐:《蕙风词话》卷五《明季二陆词》,唐圭璋《词话丛编》第5册,中华书局1986年版,第4515页。

因祝开美亦是举人身份，却毅然自缢，其行为对于同是举人身份的陆钰来说，便有榜样的作用。

刘宗周与学生王毓蓍相约而死，在当时的文人学士看来，是体现他们人格崇高的事情。钱澄之曾赋诗感叹：

> 天下刘夫子，节义岂所论。……王生本高足（王生毓蓍，公门人，闻变，先公死，留书促公），振袖赴清源。上书促夫子，先期于九原。三叹亦殒命，无愧知己言。王生义诚烈，夫子道益尊。[1]

钱澄之赞赏的是刘宗周师生的道和义。诚然，刘宗周师生之死的社会意义大约就在于此。然而通过对刘宗周这些诗歌的阅读，可以感受到一个与过去论述并不尽同的临终的形象：一个不断被外在环境逼迫而一步一步走上死亡最终获得解脱的刘宗周。这自然与他的理学背景有关。对理学群体而言，死亡既是一个外在的要求，更是一个内在的要求。他们认为，他们有义务也有需要用死亡来证明自己的道德。刘宗周、王毓蓍、祝渊等莫不如此。

三　瞿式耜的狱中诗

永历四年（顺治七年，1650）十一月初四（公元11月26日），清军在定南王孔有德（？—1652）的率领之下，攻占瞿式

---

[1] 钱澄之：《哀江南》其二，汤华泉校点，马君骅审订：《藏山阁集》之《藏山阁诗存》卷六，黄山书社2004年版，第164页。

耜守卫的桂林；时在梧州的永历帝则弃城逃往南宁。[1] 这次战役让已在粤桂统治四年的永历朝廷急遽溃败，封疆大臣瞿式耜与张同敞坐于空城之中等待被俘、被杀。瞿、张二人在狱中，留下诗歌共54篇（均收入《浩气吟》，瞿作39首，张同敞和诗及己作共15首）。瞿式耜的死是刘宗周绝食而死之后影响最大的事件。这不仅仅因为瞿式耜位高权重，他的死象征着桂林城的彻底沦陷，而永历朝也从此毫无恢复的希望；而且还因为瞿式耜在人生最后一段时间中在面对死亡时曾经有过大量的思考与情感，而这些思考和情感通过诗歌完整地呈现在世人面前，其细节足以令当时人及后人动容。

有关瞿、张临终唱和诗的讨论已极多，[2] 学者注意到的自然是其中的忠义气节，这当然是这批诗歌的核心主题。然而，倘若细心揣摩，当可发现瞿式耜在诗中表现出来的心理状态一波三折。试释如下。

狱中诗的发端，起于瞿式耜的《庚寅十一月初五日，闻警，诸将弃城而去。城亡与亡，余自誓一死。别山张司马自江东来城，与余同死，被刑不屈。累月幽囚，漫赋数章，以明厥志。别山从而和之》八首，其后张同敞有和诗八首。这组唱和诗最为有名，流传之

---

[1] 这段历史的详细描述，可参顾诚《南明史》，中国青年出版社1997年版，第658—659页。唯该书第658页将时间误为1649年版。另可参南炳文《南明史》，南开大学出版社1992年版，第228—229页。
[2] 最重要的探讨是黄海章《明末广东抗清诗人评传》中的附录二《瞿式耜》，对瞿式耜及张同敞的诗歌做了细致的阅读和分析，广东人民出版社1987年版，第223—234页。

后，当时就有人次韵唱和。[1] 今人称之为瞿式耜"明志"的代表作。[2] 其一有云"九死如饴遑惜苦"、"残灯一室群魔绕,宁识孤臣梦坦然"。其二有云"已拼薄命付危疆,生死关头岂待商"、"剩取忠魂落异乡"。其三有云"莫笑老夫轻一死,汗青留取姓名香"。其四有云"孤存留守自捐身"。其五有云:"边臣死节亦寻常,恨死犹衔负国殇"、"魂兮早赴祖宗旁"。其六有云"拘幽土室岂偷生,求死无门虑转清"、"英魂到底护皇明"。其七有云"严疆数载尽臣心,坐看神州已陆沉"、"衰病余生刀俎寄,还欣短鬓尚萧森"。均是不断地在表明心迹,同时以超然洒脱的态度面对他所期待的死亡（被清军砍头）。其八作为整组诗的结尾,更是总结性的陈述:

> 年逾六十复奚求,多难频经浑不愁。
> 劫运千年弹指到,纲常万古一身留。
> 欲坚道力凭魔力,何事俘囚学楚囚。
> 了却人间生死事,黄冠莫拟故乡游。[3]

其时瞿式耜一方面抱必死之心入狱,亟需表明心迹;另一方面孔有德仍期盼说服他投降,故对他十分优待。所以,这组诗在大谈忠孝节义之余,更显得从容不迫,气度非凡。相较之下,张同敞的和诗

---

[1] 如归庄有《大学士临桂伯瞿公之殉难也,祚明既作长律三十韵吊之,已而得公与张别山司马临难唱和之作八首,复次韵如其章数,亦不尽同前诗之旨,或不嫌言之重辞之复也》,《归庄集》卷一,上海古籍出版社2010年版,第148—149页。
[2] 瞿果行:《瞿式耜年谱》,齐鲁书社1987年版,第170页。
[3] 《瞿式耜集》,上海古籍出版社1981年版,第234页。

则显得十分慷慨激烈。若其一云"蹈镬撩衣谈笑里,何须血泪更潸然",其二云:"幽魂应变天边月,照见孤臣铁石肠。"其三云:"白刃临头唯一笑,青天在上任人狂。"其四云:"伤心烈祖当年志,寸磔应存九死身。"其五云:"胡马夜嘶过百粤,老臣痛哭守残疆。千秋正气凭谁鉴,一死中原讵忍忘。"其六云:"亡家骨肉皆冤鬼,多难师生共哭声。"其七云:"日日刀锥攒我心,岂真天意有升沉?"其八云:"已拼魂作他乡鬼,博得人称亡国囚。"〔1〕则慷慨激昂,甚至于声嘶力竭了。〔2〕

瞿式耜的从容是有原因的。他对于南明诸朝的局势一直有非常冷静的判断,早在隆武二年(丙戌,1646),他就在家信《丙戌九月二十日书寄》中说:

> 人生功名,自有定数,命不应饿死、劫死,少不得尚有一日风光。吾命交寅,尚有好处,若使天下果不得太平,朝廷果不得反正,何云命好、运好?亦是愁闷之中转自宽也。〔3〕

其时唐王已死而瞿式耜等正在策划永明王十月登基事。〔4〕瞿式耜已清楚看到朝廷有"不得反正"之忧。

---

〔1〕《瞿式耜集》,上海古籍出版社1981年版,第235—236页。
〔2〕最早注意到瞿、张二人在面对死亡时态度有所不同的是他们的友人钱澄之,钱澄之认为瞿式耜从容而张同敞激烈,见钱澄之《书瞿张唱和诗后》,《田间文集》卷二十,第394—396页。但钱澄之这一观点似从未得到他人的注意。这里受到钱澄之的启发而将其观点进一步落实到瞿、张二人的诗篇之中。
〔3〕瞿式耜:《丙戌九月二十日书寄》,《瞿式耜集》,上海古籍出版社1981年版,第254页。
〔4〕瞿果行:《瞿式耜年谱》,第64—65页。

次年(永历元年,1647)正月,瞿式耜在《丁亥正月初十再书寄》的家信中谈到他为何坚持拥立桂王,而桂王次子永明王登基之后,反而陷入一种退无可退的尴尬局面:

> 永明既立,吾念已尽,吾身可隐,吾实不愿受职,无奈一时乏人,上意苦不肯放,只得又入缰锁之中;而时势适值其难,仅仅一隅,岌岌不保,若既立之为君,而遂弃之以图自全,岂不得罪天下万世?因是勉强支持者两月余,而究不免于西迁,西迁以后局面未知何如,亦惟力是视,以尽吾拥立之初心耳。[1]

在《丁亥正月初十再书寄》中则说:

> 其实自崇祯而后,成甚朝廷?成何天下?以一隅之正统而亦位置多官,其宰相不过抵一庶僚,其部堂不过抵一杂职耳。所谓存礼之忾羊也,争得世界转,则此官虽小亦尊;争不转时,官越大罪越重,拼一死以酬国恩,以报祖宗在天之灵,余何计焉![2]

这是对时势的铭心刻骨的冷静认识。也是瞿式耜首次明确提到要以死报国。然而,瞿式耜的"拼一死以酬国恩"只是在家信中提到,在任何公开的唱和,瞿式耜从来不提及死亡。他一贯以从容的态度

---

[1] 瞿式耜:《丁亥正月初十再书寄》,《瞿式耜集》,上海古籍出版社1981年版,第260页。
[2] 同上。

面对所有的困难。钱澄之回忆瞿式耜在桂林城破前一直觞咏不辍：

> 留守之在桂林，大敌在前，闭门火彻，终日召客，觞咏不辍，以是镇静人心，败将之气竭而再鼓，孤危之城破而复全。……公在军中，惟与客赋诗，不谈兵事，亦绝口不言死。[1]

除钱澄之的这段回忆之外，瞿式耜的这个层面很少有人提及。瞿式耜甚至连为何不自杀而要大庭广众地死于清兵刀下都有设想，他在给永历皇帝的《临难遗表》中说：

> 臣与同敞复语定南："吾两人昨日已办一死，其不死于兵未至之前，正以死于一室，不若死于大庭耳。"[2]

大家都强调瞿式耜的忠烈，似乎遗忘了瞿式耜是如何通过从容来平静地面对即将到来的死亡。他的这八首诗之所以在当时广为人知并为人仰慕，除了他的英烈之外，这因为他拥有面对死亡时那种罕见的从容气概。[3]

然而，瞿式耜的这种从容是有限度的。他自十一月初五日被擒，至闰十一月十七日被害，共在狱中四十二日。在此期间，面对死亡的压力，他在诗歌中不断试图说服自己坦诚地面对。他在赋八首组

---

[1] 钱澄之：《书瞿张唱和诗后》，《田间文集》卷二十，第395页。
[2] 瞿式耜：《临难遗表》，《瞿式耜集》，上海古籍出版社1981年版，第154页。
[3] 如刘湘客《临桂伯瞿公传》云："日赋诗……其忠厚和平，忠君爱国，绝无愤怨愁绝之色。公所谓'看得分明，不生恐怖'，学问气识，究竟得力哉。"瞿果行《瞿式耜年谱》，第169—170页。

诗之后，于初六日有诗《初六日纪事》二首、《初六日寄别山》二首。情绪已不如组诗中平静。如《初六日纪事》其二说：

> 料此刀头鬼，从何伎俩施。防闲嗟太密，了断恨偏迟。
> 白日幽明路，俘臣涕泪时。眼前都死趣，加意又相持。[1]

涕泪交加，哪里有先前的从容？随后又有《自艾》诗批评自我：

> 书生原不任封疆，堪笑当年漫主张。
> 共道北门留锁钥，宁知西土失金汤？
> 一筹未展防边计，四载空贻丧国殃。
> 七尺不随城共殉，羞颜何以见中湘？[2]

首句先是自我解嘲，犹见洒脱。中间两联便是埋怨、抱怨了。尾联则想到若不殉节，则无颜在地下见已在长沙殉难的何腾蛟（死后封中湘王）。瞿式耜先前展现出来的是对于死亡的内在的需求，即所谓"已拼薄命付危疆，生死关头岂待商"、"莫笑老夫轻一死，汗青留取姓名香"等，而绝非无颜见同僚于地下等庸俗的想法。

瞿式耜随后又有《自警》四首，依次讨论到了名、功、忠、节、朝闻道、成仁及悟、空、缘、梦等佛家观念。随后，他在诗中依次写到了父亲、君王、老师（钱谦益）、亡妻，对于忠孝节义也

---

〔1〕《瞿式耜集》，上海古籍出版社1981年版，第237页。
〔2〕 同上书，第238页。

想的越来越多,如:

> 扶舆非大身非小,留得纲常宇宙宽。[1]

> 无逃大义昭千古,敢望文山节并垂。[2]

> 平生志节徵今日,顾盼衣冠恋本朝。[3]

> 啮雪自甘难号节,题裙何日早成仁。[4]

可见,瞿式耜在不断地用名节等来劝说自己完成殉节。在《和别山韵》(其一)中,瞿式耜较为完整地表达了这方面的焦虑:

> 志节无同异,形骸岂合离?余生今已尽,诀死亦何悲?
> 正气遥相接,忠魂刻相随。诗篇留血泪,千载有人知。[5]

志节、正气、忠魂等都是他和张同敞完成殉节的信仰,他们在狱中反复唱和的诗篇,也会给他们留下身后之名。至此,瞿式耜完全想

---

[1]《自叹示别山》,《瞿式耜集》,上海古籍出版社1981年版,第241页。
[2]《闰十一月初一夜放言》其一,《瞿式耜集》,上海古籍出版社1981年版,第241页。
[3]《闻同事诸公俱以招至感而有述》,《瞿式耜集》,上海古籍出版社1981年版,第242页。
[4]《闰十一月初六》,《瞿式耜集》,上海古籍出版社1981年版,第241页。
[5]《和别山韵》,《瞿式耜集》,上海古籍出版社1981年版,第242页。

清楚了殉节的意义,一旦想清楚之后,当他正是面临死亡的时候,便又成为最初入狱时那般坦然了。

不过,瞿式耜并非束手等死之人。十一月十四日晚,瞿式耜与张同敞遣老兵一名通知部下焦琏"城中满兵无几,若劲旅直入,孔有德之头可立致也"。老兵去八十里后被擒。至十七日消息返回,瞿式耜、张同敞遂被杀。[1]

临刑前,瞿式耜写了最后两首七绝,一首给自己,一首赠张同敞。写给自己的诗说:

> 从容待死与城亡,千古忠臣自主张。
> 三百年来恩泽久,头丝犹带满天香。[2]

此诗以平淡从容的口气讨论死亡,将自己定位为"忠臣",而不是如前面那样纠缠于节义纲常,纯用虚写,显得余音袅袅,令人回味无穷。瞿式耜用这首诗给自己下了最后一个定义。

通过对瞿式耜临难诸诗的分析,可以窥到瞿式耜面对死亡的过程:从一开始的从容到随后的紧张焦虑再到最后的平静。瞿式耜用诗歌展现了他在长达42天的时间中如何纠结、思考死亡的价值和意义。死是不易之事,决定结束自己的生命,有时需要深入的思考。过去论述往往强调他们的大义凛然,而大义凛然的背后,实际上有

---

[1] 钱澄之《所知录》、瞿共美《东明闻见录》、瞿玄锡《显考明柱国特进光禄大夫少师兼太子太师兵部尚书武英殿大学士临桂伯稼轩瞿府君暨显妣诰封一品夫人邵氏合葬行实》均持此说,后人对此没有怀疑,唯细节上如旧部是否为焦琏等问题有所出入。参《瞿式耜年谱》,第174—176页。
[2] 《瞿式耜集》,上海古籍出版社1981年版,第245页。

着我们容易忽略的极为认真的思考什么是死的过程。瞿、张二人的临难诗,恰好提供了我们认识这一痛苦过程的可能。

四 死亡的公共性:张煌言的死

在瞿式耜死后十一年,即永历十六年(康熙元年,1662)四月,永历帝在昆明被杀,五月郑成功逝于台湾,十一月,鲁监国卒。复明力量彻底瓦解,时在浙东海上的张煌言亦解散军卒,独居海上孤岛。两年后的康熙三年(1664),张煌言被杀于杭州。张煌言从突然被捕到押解至杭州被杀,一路上广受关注。这是一个暴露在公众面前的公开的死亡过程。所有参与、围观张煌言之死的人,都无可逃避地触及了死亡的意义。诗在其中扮演了重要的角色,赋予死亡更多的意义。

张煌言的被捕及遇害,黄宗羲在《有明兵部左侍郎苍水张公墓志铭》中有详细记载:

> 明年,滇上蒙尘。延平师既不出,公复归浙海。甲辰,散兵居于悬嶴。悬嶴在海中,荒瘠无居人。……议者急公愈甚,系累其妻子族属以俟。公之小校降,欲生致公以为功。与其徒数十人,走补陀,伪为行脚僧。会公告籴之舟至,籴人谓其僧也,眤之。小校出刀以胁籴人,令言公处,击杀数人,而后肯言,曰:"虽然,公不可得也。公畜双猿,以候动静,船在十里之外,则猿鸣木杪,公得为备矣。"小校乃以夜半出山之背,缘藤逾岭而入,暗中执公,并及子木、冠玉、舟子三人。七月十七日也。

十九日，公至宁波。方巾葛衣，轿而入。观者如堵墙，皆叹息以为昼锦。张帅举酒属公曰："迟公久矣。"公曰："父死不能葬、国亡不能救，死有余罪。今日之事，速死而已。"

后数日，送公至省，供帐如上宾。公南面坐，故时部曲，皆来庭谒。司道郡县至者，公但拱手不起，列坐于侧，皆视公为天神。省中人赂守者，得睹公面为幸。翰墨流传，视为至宝。每日求书者堆积几案，公亦称情落笔。

九月七日，幕府请公诣市。公赋绝命诗："我年适五九，复逢九月七。大厦已不支，成仁万事毕。"遂遇害。[1]

黄宗羲此文记载张煌言的死亡过程极为清晰，从文中"省中人赂守者，得睹公面为幸。翰墨流传，视为至宝。每日求书者堆积几案，公亦称情落笔"一段可见，张煌言在当时就已经是一个英雄式的人物，所以不少普通士人和民众纷纷来求字，对于他人的求字，张煌言则"称情落笔"。史载张煌言于被捕后频繁赋诗，[2] 而张煌言为他人所写的，正是他自己所赋之诗。

不过，关于张煌言为他人写字一事，黄宗羲称为"称情落笔"，到姜宸英笔下，便具有了"随手挥洒应之"的姿态：

> 既被羁会城，远近人士，下及市井屠贩卖饼之儿，无不持纸素至羁所，争求翰墨。守卒利其金钱，喜为请乞。公随手挥

---

[1]《黄宗羲全集》第十册，第293—294页。
[2]《兵部左侍郎张公传》说张煌言"自被执，即不食，日赋诗自娱。"《张煌言集》附录，第260页。

洒应之,皆正气歌也,读之鲜不泣下者。独士大夫家,或颇畏藏其书,以为不祥。不知君臣父子之性,根于人心,而征于事业,发于文章,虽历变患,逾不可磨灭。[1]

在姜宸英这里,"随手挥洒应之"不但是一份置生死于身外的洒脱态度,而且所书写的诗歌"皆正气歌也,读之鲜不泣下者",强调张煌言的诗歌具有感动人心的力量和教化人心的作用。全祖望收罗张煌言遗事最勤,但仅称:

杭人争赂守者入见,或求书,公亦应之。[2]

后来沈冰壶撰写《张公苍水传》,则熔黄宗羲、姜宸英两人的言论为一炉,称张煌言:

公称情挥洒,应之无倦色。[3]

无论如何,张煌言在当时确曾多次为他人书写自己的诗作,其诗深具感染力,读者悲焉。

先是,张煌言被捕后,先是押往宁波,有《甲辰七月十七日被执进定海关》一诗:

---

[1] 《姜序》,《张煌言集》附录,第331页。
[2] 全祖望:《明故权兵部尚书兼翰林院学士侍讲鄞张公神道碑铭》,《张煌言集》附录,第320页。
[3] 沈冰壶:《张公苍水传》,《张煌言集》附录,第268页。

何事孤臣竟息机？鲁戈不复挽斜晖。

到来晚节同松柏，此去清风笑翠微。

双鹖难容五岳住，一帆仍向十州归。

叠山迟死文山早，青史他年任是非。[1]

此诗为张煌言失败后的自陈。首联云自己已一无心志、二无力量可挽救时局。"息机"即息灭机心。杜甫《将赴成都草堂途中有作先寄严郑公》其五云："侧身天地更怀古，回首风尘甘息机。"[2] "鲁戈"即"鲁阳戈"，谓力挽危局的手段或力量。《淮南子·览冥训》云："鲁阳公与韩构难，战酣日暮，援戈而挥之，日为之反三舍。"[3] 颔联以坚贞的松柏自喻，清风、翠微，都是说自己洒脱。颈联说自己恢复中原之心事依然未泯。尾联以文天祥、谢枋得为榜样，说无论是文天祥的早死还是谢枋得的晚死，最终都是以身殉国。这与前文所讨论的刘宗周在《示秦婿嗣瞻》诗中所说的"止水与叠山，只争死先后"并无多大的差别，在刘宗周绝食的时候，他面对的舆论环境已经让他觉得自己死得太晚了，故以谢枋得之死自比。而张煌言此日被捕距离崇祯帝自缢已过去整整二十年，以谢枋得自比是为了更好地向大家表明如下的态度：自己多年来未曾偷生，而是从未放弃复明，如今被擒，当然也不惜一死。于此可见，张煌言在刚刚被捕时，便已怀有必死之心。

史载张煌言在宁波只求速死，于是被押往省城杭州。离开宁波

---

[1] 《张煌言集》第三编，第175页。
[2] 仇兆鳌注：《杜诗详注》，中华书局1979年版，第1109页。
[3] 何宁：《淮南子集释》，中华书局1998年版，第447页。

时，为张煌言送行的达到数千人，而张煌言的行为极具表演性：

> 次日，送之赴省。前此投诚诸将卒，送者几千人，齐声号恸。煌言神色自若，出西门，曰："姑缓。"望北四拜，辞阙也。望郭门四拜，辞乡也。随与岸上送者拱手而别。[1]
>
> 公至城门，令驻舆，北向稽首曰："臣志毕矣。"复向城拜曰："某不肖，徒苦故乡父老二十余年，有辜属望。"又再拜曰："自此不复见张氏家庙矣。"道旁数千人，无不流涕。[2]

张煌言的行为和言词颇具煽动性，愧对君王、桑梓、家族，于是有《甲辰八月辞故里》二诗：

> 义帜纵横二十年，岂知闰位在于阗。
> 桐江空系严光钓，震泽难回范蠡船。
> 生比鸿毛犹负国，死留碧血欲支天。
> 忠贞自是孤臣事，敢望千秋信史传。
>
> 国亡家破欲何之，西子湖头有我师。
> 日月双悬于氏墓，乾坤半壁岳家祠。
> 渐将素手分三席，拟为丹心借一枝。
> 他日素车东浙路，怒涛岂必属鸱夷。[3]

---

[1] 《兵部左侍郎张公传》，《张煌言集》附录，第260页。
[2] 赵之谦：《张忠烈公年谱》引，《张煌言集》附录，第247页。
[3] 《张煌言集》第三编，第176页。

这两首诗是张煌言的名篇,张煌言这首气势磅礴、壮志凌云的爱国诗,字字句句表露了他对于谦、岳飞两位民族英雄的敬慕,决心像他们那样为国捐躯,葬身于西子湖畔。

到杭州后,浙江总督赵廷臣奉朝廷之命,许以兵部尚书之职劝张煌言"归顺"。可煌言宁为玉碎,不为瓦全,对清廷的劝降,嗤之以鼻。

1664年9月7日早晨,杭州城秋风萧瑟,乌云密布。官巷口一带戒备森严。张煌言昂首稳步,神态自若。他遥望凤凰山叹息道:"大好河山,竟使沾染腥膻。"说罢,便命在旁官吏笔录,口述《绝命诗》一首:

> 我今适五九,复逢九月七。大厦已不支,成仁万事毕。

《放歌》:予生则中华兮死则大明,寸丹为重兮七尺为轻。予之浩气兮化为雷霆,予之精神兮变为日星。尚足留纲常于万祀兮,垂节义于千龄。

高允权说:

> 公之慷慨赴难,天下共见之矣。公之从容就义,天下未必尽知也。兹于去年幸购得公草……以俟后人之采焉。[1]

---

[1] 高允权:《奇零草后序》,《张煌言集》附录,第335页。

与前面分析的刘宗周、瞿式耜等人不同，张煌言对于死亡没有丝毫的犹豫，刘宗周挣扎过、瞿式耜反抗过，最主要的原因是他们的内心深处对于时势并没有完全绝望，仍觉得有一线恢复的可能，那么，死亡就未必是忠臣的唯一出路。到张煌言这里，任何复明的希望均已幻灭，只有死亡才能证明自己的忠义。所以张煌言对死有着极为强大的信念，光风霁月，不见一丝犹豫。张煌言有极强大的信心面对死亡，所以，他可以从容地面对公众，在公众面前展现他对于忠贞的信念以及对于死亡的理解。

五　绝命诗的价值和意义

绝命诗本来是极个人的写作，表露的是个人在生命即将结束之际的情感和思考。但明清易代之际的绝命诗既是个人的，又是时代的，反映的不仅是一个个个体生命在死亡前的犹豫、恐惧和坚定，更是所有殉国士人在易代之际的集体价值和情感趋向。在忠君、不仕新朝、华夷之辨等价值观念之下，在抵抗无效、节节败退之下，士人最终走向了生命的终结。这些绝命诗没有复杂的诗艺和华丽的文辞，只有尽情地倾诉，但却是"诗言志"的最好见证。没有这些绝命诗，我们绝无可能如此深入地感受到殉国士人死亡之前的心灵挣扎与灵魂痛苦，更无法真正地体察到他们在最后死亡之际的解脱和快乐。

悲伤的诗学

刘宗周和瞿式耜的临终诸诗都展现了他们在面对死亡的过程中的犹豫和挣扎,而最终却能达到平和宁静的境界。这是他们个人思想的高度决定的。

过去我们谈到这些诗,往往贴上忠烈节义之类的标签,无视于这些诗歌在作者的思想和情感的形成过程中曾产生的作用。而我们一旦将这些诗落实到作者的生命历程和当时具体的历史语境中,则可以发现这些诗可以得到更深的阐释的空间。

此外,重新阅读自杀诗(还要加上前面提及的大量悼诗)等文献,可以帮助我们反思一下明亡之后诗歌理论上出现的积极提倡"悲"的情况。

当时谈诗者往往拈出一个"悲"字,作为诗学的重要主题来大加阐发。钱澄之在《田间集自序》说:

> 左子子直、子厚见之,谓钱子曰:"子游十年归,其十年诗既不肯传矣,今《田间》诸什,大半播人口耳间,子乌能终藏乎?是不可以不传。"钱子曰:"不可,吾诗悲,非世所乐闻,其声往往激楚也。"二左子曰:"删之,删其过悲者可矣。"

钱子曰:"嗟乎,夫诗言志,子谓我遭遇如此,欲不悲,得乎?吾学《易》者也,尝谓诗通于《易》,《易》无体,以感为体,诗有音,感而成音,彼无所感而吟者,无情之音,不足听也。是以论诗者,当论其世也,论其地也,亦曰观其所感而已。吾不知世所为温厚和平者,何情也。悲从中来,郁而不摅,必遘奇疾,何则违吾和耳,风也者,所以导和而宣郁也。吾极悲而情始和也。吾宁诗不传耳,其悲者不可删也"[1]

《田间集自序》作于康熙元年(1662)[2],至清开国已近二十年。据此文可知,当时悲伤的诗歌已为人所不喜。钱澄之诗中多悲苦之音,友朋劝其删却,但他仍坚持保留。钱澄之认为,自己的诗歌之所以"悲",是因为"我遭遇如此",并非矫揉造作出来,故意与世对抗。他并且从抒发情感的角度来否定温厚和平,强调自己正是通过"极悲"而达到感情"和"的效果。

次年(1663),钱澄之撰《何紫屏诗序》,[3] 何紫屏与钱澄之曾共同出仕永历朝抗清,钱澄之因述往事,言二人诗歌有"不容不悲"者。他说:

---

[1] 《田间文集》卷十五,第292页。
[2] 今存《田间集》十卷有康熙元年(1662)姚文燮刻本,《田间集自序》提及:"梓成,为卷十,为诗八百五十有奇。"《田间文集》卷十五,第293页。可知该序撰于刻成之后。
[3] 《何紫屏诗序》中说:"今年为庐山之游,乘风到章门,闻紫屏适在此,急造其寓。"《田间文集》卷十五,第286页。钱澄之于康熙二年(1663)至庐山,然后至南昌,遂晤何紫屏。见钱扔禄《钱公饮光府君年谱》"癸卯,年五十二岁"条,收入钱澄之撰,诸伟奇辑校,孙以楷审订《所知录》,黄山书社2006年版,第210页。

悲伤的诗学

> 予诗素悲,今紫屏诗亦且悲矣,其亦有不容不悲者乎?因其悲也,爰述往事,而为之序。[1]

二十一年后的康熙二十三年(1684),钱澄之序友人曾青藜之诗,仍是同一个思路。他从曾青藜先抗清后遗民、老来贫困不堪的经历指出其诗的不得不"悲":

> 君诗久行于世,大抵皆幽忧悱恻之音,予不具论。独叙与君交游之始末,聚散之情事,则知君之诗固有不容不悲者乎?[2]

八年后的康熙三十一年(1692),钱澄之在《白鹿山房诗集序》一文中仍坚持说:

> 夫情有七,而哀、乐尽之。诗之教曰:"乐而不淫、哀而不伤",然而世之淫于乐者多矣,伤于哀者不少概见,然后知变风之谓"发乎情,止乎礼仪",特为乐者言也。若夫《蓼莪》《大东》以下,其哀至矣,亦得以为过哀而禁止之哉?子夏居西河,子死,哭之失明,是其情固深于哀者。或谏之,遽曰:"吾过矣,吾过矣。"此则所谓止于礼义者乎?世无情至之人,不可与言礼,安足与言诗?[3]

---

[1]《田间文集》卷十五,第286页。
[2]《曾青藜壬癸诗序》,《田间文集》卷十五,第277页。
[3] 方中发:《白鹿山房诗集》卷首,《四库禁毁书丛刊》集部第17册,第479—480页。

同样肯定诗歌若出于"情",那么,哀伤又有何关系呢!钱澄之之所以如此强调悲哀的诗歌,是希望能在诗中激烈、畅快地抒发个人悲苦的真实情感。这种真实的情感,来源于他真切的生命感受。在"真"的理论谱系中,李梦阳曾用"真"来辨析雅俗问题,[1]而钱澄之的关注点则在于强调诗歌对自我心灵的抒发,注重描写真实的自我。

黄宗羲在《天岳禅师诗集序》中同样指出赋诗要"自畅其歌哭"。他说:

> 诗自齐、楚分途以后,学诗者以此为先河,不能究宋、元诸大家之论,才晓断章,争唐争宋,特以一时为轻重高下,未尝毫发出于性情,年来遂有乡愿之诗。然则为学者亦惟自验于人禽,为诗者亦惟自畅其歌哭,于世无与也。不然,刺辨纷然,时好之焰,不可向迩。此无他,两者皆以进取声名为计,睥睨庸妄贵人于蹄涔杯杓之间,不得不然也。[2]

既然"出于性情",赋诗就不应当考虑"进取声名"、趋炎附势,而应专注于"自畅其歌哭"。[3]

---

[1] 李梦阳:《诗集自序》,郭绍虞主编《中国历代文论选》,上海古籍出版社2001年新版,第55—56页。
[2] 《黄宗羲全集》第十册,第67页。
[3] 关于当时"悲"的诗学,我曾在以下两篇论文中初步加以讨论:《清初唐宋诗之争与"性情"论》,《北京大学学报》2011年第2期;《真与悲:明遗民钱澄之诗论诠说》《中国社会科学院文学研究所学刊2010》(中国社会科学出版社2012年版)。但系统的论述,尚未完成。

然而对于这种强调悲伤、歌哭的提法一旦产生影响，便开始产生很多流弊。如魏禧《徐祯起诗序》中就批评那些刻意强调真性情而导致虚假的悲伤。[1]又在《诗遁诗》中说：

> 今之为诗，愤世詈俗，多哀怨激楚之音，夷考其行，则与世俗人无几异者。[2]

可见没有多少年，明亡之后开始形成的以悲、哭为尚的诗歌便开始流于形式，失去了它独特的诗学和美学价值。而以悲、哭为尚之所以能产生，应当与明亡之后大量死亡主题的诗歌有着密切关系。只有将这些层面联系起来观看，才能对这些诗歌现象产生更为完整的认识。

---

[1] 魏禧：《徐祯起诗序》，《魏叔子文集》外篇卷之九，中华书局2003年版，第463页。
[2] 魏禧：《诗遁序》，《魏叔子文集》外篇卷之九，第480页。

殉国诗

明清易代之际曾出现过大规模的非正常死亡。每个活着的人都会不断看到或听闻同僚、师友、亲人的战死、被杀、自尽,从一开始的惊慌、恐惧到最后的习惯乃至于麻木,他们的情感和道德受到了持续的激烈冲击。由此,明清之际产生了大批与死亡主题相关的诗歌,比如悼诗、临终诗以及各类追忆、感怀性质的作品。诗歌的标题中充满了"哀"、"悲"、"悼"、"哭"、"吊"、"葬"等字眼,弥漫着悲伤与绝望的气息,同时也显示着诗歌对当时的各种非正常死亡有着大量即时性的记载及情感上的抒发。

大致而言,明清之际有关死亡的诗歌可以作以下三种不同的分疏:就诗歌书写的人物来说,上自帝王、名臣良将,下至普通士大夫、读书人,甚至还有乞丐和娼妓;就诗歌书写的死的方式而言,有自缢、饿死、投水等自杀及砍头、行刑等他杀;就诗歌本身的形式来说,有七律、五律、七绝、五绝、古风、歌行等,可谓"文备众体"。

就书写的人物而言,自缢而死的崇祯皇帝是当时诗歌集中书写的对象。面对山河改色,崇祯是古往今来唯一愤然自尽的皇帝。他的这一举动对于明清之际所有的忠明之士来说,是一个巨大的精神激励，更是一个巨大的象征，掩盖了所有战死和自尽的名臣良将的光芒。对于当时所有的忠明之士而言，他们的背后几乎都有崇祯的身影。如何理解和评说崇祯和他的死亡，是当时有关死亡的诗歌中最为重要的主题之一。[1]

就死亡的方式而言，自杀是最为激烈的一种。前人每每嘲笑明末的士大夫"无事袖手谈心性，临危一死报君王"[2]，实际上，"临危一死"具体到个人而言，是一个十分艰难的决定，后人在讨论时，不宜出之于讥讽的方式。更何况，倘若从更为严格的角度（如从忠义的角度）来审视所谓的"临危一死"，则不同的死法实际上存在着等差。曾亲身见证诸多死事的钱澄之就说："自丧乱以来，死事者多矣，然而其死甚不等：有慷慨誓死百折不回而死者；有从容自尽既贷以不死而必欲死者；亦有求生无路不得已而死者。"[3] 钱澄之的观点显然影响到了撰写《明末忠烈纪实》的徐秉义，徐秉义亦说："死有不同，有逃而后死，如遇乱兵之类；有降而后死，如以他事见杀之类；有玉石俱焚而死，如屠城兵溃之类。"[4]（周亮工悼其弟亦有类似语）钱澄之他们之所以锱铢必较，是因为看不

---

[1] 笔者目前已注意到顾炎武、许德溥、徐汧、左懋第、杨廷枢、刘城、金起士、朱明镐、赵尔玠、赵幻襄、秦堈、袁定、李长科、李沛、叶襄、丘民瞻、王忠孝、杨炤、谈迁、钱谦益、钱澄之、归庄等人都有关于崇祯的作品。
[2] 近人之所以对颜元的这句话非常熟悉，是因为梁启超在《中国近三百年学术史》中曾加以引用，并用嘲笑的口吻说这是明人"最高等的"地方了。梁启超：《中国近三百年学术史》，《饮冰室全集》第10册，中华书局1989年版，第4页。
[3] 钱澄之：《明末忠烈纪实序》，徐秉义撰，张金庄校点：《明末忠烈纪实》，浙江古籍出版社1987年版，第1页；又见钱澄之《田间文集》卷十二，黄山书社1998年版，第212页。
[4] 《明末忠烈纪实凡例》，第1页。

惯当时人不问青红皂白,而将"烈烈而死与求生不得而死者概称忠义"。[1] 在亲历死事的当时人来看,这自然是大节所在,不容不辨。本文所关注的自杀诗、临终诗之类,皆属于"烈烈而死"的人所赋。通过他们留下的这批临终所赋之诗,可以从中窥见选择自裁或慷慨赴死的文臣武将们是究竟如何面对死亡的,还有他们在死亡前夕希望在诗歌中传递给别人的丰富情感和道德关怀。对于即将赴死的作者而言,之所以写作诗歌,一是诗歌可以让他们在短时间内很好地抒发个人的情感和怀抱,即诗歌有宣泄的功能,二来他们更想通过诗歌的写作来使他们的死亡英雄化、经典化。

就文体而言,明清之际悼诗的写作实际上很少随手拈来(极个别的临终口号当然是个例外),作者多半有布置经营的过程。我们很容易看到杜甫的《八哀诗》成了整个明清之际悼诗书写的典范,不同的作者通过对于《八哀诗》的模拟和超越,完成了他们对于殉国英雄的致敬和想象。

有关明清之际死亡诗歌的研究,我希望从以上三个角度切入,试图通过对这批诗歌的研究来丰富对于明清之际非正常死亡及殉国行为等史实的认识,深化对明清之际的死亡意识、死亡与情感、死亡与道德、死亡与伦理等诸多层面错综复杂关系的认识。同时,还希望对中国传统诗歌如何表述死亡的问题有一些新的认识。

---

[1]《争光集序》,《田间文集》卷十二,第215页。

残　稿

亡国士大夫的返乡：死还

读书人对儒家忠孝伦理的最高追求，在自我牺牲与自我价值实现，追求道德上的圆满和释怀、心灵的平静。

不是选择。选择是投降者考虑的话题。抵抗者或遗民觉得死是天经地义的事情，难道要去投降吗？

……遂使今人得以从容玩味其心事，窥探其为何能在闽粤溃败之后，在同志失散之后，在经历数千里的地理大迁徙之后，始终能保持抗清的理想？此一问题，自然也是考察部分坚持抵抗的南明文人时需面对与思考的问题。

南明几个行朝政局动荡，流离播迁之间，并无中央政府的威信与向心力。出仕的文人怀抱有不同的理想和目的，眼见着外有军事压力、内有腐败党争，故随时准备致仕或逃离。一旦行朝覆灭，多数文人都会选择返乡，在休憩调整之后，或从此成为遗民，隐居山野、托身浮屠；或调整心态，再次外出抗清；或洗心革面，出仕新朝。这一特殊历史时刻里的大规模的文人返乡，是检讨家庭观念对于中国人的意义。

诗与血腥

当时人多记载明清鼎革带来的死亡。吴嘉纪《李家娘》小序说"乙酉夏,兵陷郡城",从而带来:

> 城中山白死人骨,城外水赤死人血。杀人一百四十万,新城旧城,内有几人活。[1]

当时惨状可见。然而,在不断参与打仗的复明之士的笔下,这些接近于"诗史"层面的有关死亡与战争的记载固然所在多有,但更为重要的是,他们要在诗中描绘更为深刻的有关死亡的思考。

鬼和坟墓

陈恭尹的《祭幽歌》是南明抵抗之士最后的"鬼哭":

> 天低野黑钟磬冷,高台火炬红无影。招魂竹竿垂至地,万众无声大师睡。林根火际光窅冥,欲动不动如有形。阴风吹沙利如箭,蚱蜢横飞扑人面。鬼王丈六须发丹,金铃召鬼争盘餐。黄香插筵月晶晶,瓦簋不盈纸衣小。倏如闻笑忽而啼,笑何丈夫啼女儿。残骸败血生荒草,有棺无棺安可保。骨肉当前唤不闻,半夜依人思一饱。绿杨丝绕白杨树,魂来作风归作雨。西

---

[1] 吴嘉纪:《陋轩集》,卓尔堪选辑:《明遗民诗》卷八,第301页。

头落日东头来,后人仍为今人哀。[1]

此诗收入陈恭尹《增江后集》,前有《秋日西郊宴集,同岑梵则、张穆之、陈乔生、王说作、高望公、庞祖如、梁药亭、梁颛若、屈泰士、屈翁山,时翁山归自塞上》一诗,屈大均返粤在永历十六年,[2] 如此,此诗当作于永历十六年(康熙元年,1662)[3]。是年四月,永历帝在云南被杀;五月,郑成功卒;十一月,鲁监国卒。这一年无疑是所有复明志士最为绝望的一年。

南明的军中诗

任何时代都有写马革裹尸、慷慨激昂的作品,但南明"军中诗"的特殊之处在于除了绝望、虚无、英雄主义之外,还有绝望、虚无、牺牲的无意义。诗人明知大势已去,还要以自我毁灭的方式(自杀、战争)来结束痛苦。

在"军中诗"一类作品中,文天祥的英雄主义的诗是乐观的,但随着战争的进行,战争的残酷性越来越表现出来,牺牲无意义,胜利幻灭:坟茔、尸骨、白骨、墓、鬼火等意象出现得越来越多。尽管活着的人还在继续战斗,但战争的意义被日渐消解,杀身成仁、舍生取义等都被耗尽了,即便是写妇孺和日常生活的诗也变得不一样了。

因此,南明时代的情感基调被概括为"悲"。

---

[1] 陈恭尹撰,郭培忠校点:《独漉堂集》,中山大学出版社1988年版,第78页。
[2] 邬庆时:《屈大均年谱》,广东人民出版社2006年版,第87页。
[3] 陈荆鸿云此诗以及陈恭尹同时所赋之《耕田歌》等均为陈恭尹与"同俦遣兴之作",陈荆鸿:《独漉诗笺》,广东人民出版社2009年版,第147页。

绝望感的层次

鲁迅的绝望是有希望的，但最终还是绝望，但不甘心坐以待毙，所以要反抗。但反抗也不是为了光明的未来，绝望的背后或许还有一丝希望。

对绝望和希望的认识，特别清醒、特别强大。

女性绝命诗

扬州城陷，自杀赋诗者，有张氏。

乙酉四月，清兵破扬州，豫王部将掠张氏至金陵，以珠玉、锦绣罗设于前。张氏弗顾，悲泣不已。既而部将随王北上，张从之。出观音门，将渡江，密以白绫二方，可二尺许，楷书《绝命诗》五首于上，乘隙投江以死。尸浮于高子港，为守汛者所获。其诗跋云："广陵张氏题。有黄金二两，以作葬身之费。"遍体索之，无有也。已而于鞋内得之，盖密纫于中者。众以此金易银葬焉。康熙四年乙巳六月七日，予在六合，得阅其诗，并闻其事如此。七言绝句：

深闺日日绣鸾凰，忽被干戈出画堂。
弱质难禁罹虎口，只余魂梦绕家乡。

绣鞋脱却换鞾靴，女扮男妆实可嗟。
跨上玉鞍愁不稳，泪痕多似马蹄沙。

江山更局听苍天,粉黛无辜实可怜。
薄命红颜千载恨,一身何惜误芳年。

翠翘惊跌久尘埋,车骑辚辚野塈来。
离却故乡身死后,花枝移向对园栽。

碎环祝发付东流,吩咐河神仔细收。
已将薄命拚流水,身伴狼豺不自由。[1]

死亡的诗学

阅读明清之际的诗歌,可以看到诗题中到处充满着"哀"、"悲"、"悼"、"哭"、"吊"、"葬"等字眼,触目惊心。明清之际的剧烈世变,使得非正常死亡成为那个时代最为常见的情况。

崇祯十七年三月北京城破时,已有一批官员殉节。悼诗已有一些。如钱光绣《挽王忠烈师殉难八十韵》[2]。然而,南明诸朝殉节的人士极多,已经多到无法准确统计。每个活着的人都不断看到身边的同僚、朋友死亡,给人巨大的情感冲击。由此,产生了大批的悼诗。

大量有关自杀的诗歌,是众多围绕自杀这个共同主题的书写。在中国的文化传统中,向来很少直接探讨死亡的问题,正所谓"未知生,焉知死"也。相关的哲学思考并不深入。关注这批诗歌,重

---

[1] 《张氏赋诗投江》,《明季南略》卷之三,第 153 条,中华书局 1984 年版,第 207 页。
[2] 全祖望辑选:《续甬上耆旧诗》卷五十,杭州出版社 2004 年版,第 543—544 页。

点并不是要落实到诗中所展现出来的关于死亡的思考，而是着眼于不同的诗歌、作者如何借助诗歌的形式表达对于死亡的思考，如何通过诗歌来抒发、缓解他们对于死亡的焦虑、紧张，在诗歌中如何不同地表述他们对于死亡的思考，以及借助死亡来抵抗和拒绝接受令人绝望的现实、临终前是否能充分表达隐藏在忠孝节义等大的道德规范之下的欲望和情感。

附录一　原目次

导论
  一　如何通过诗歌来感知历史
  二　如何通过历史来解读诗歌
  三　内容与旨趣

上编　诗歌中的流亡

第一章　奔赴行朝
  一　奔赴弘光
  二　奔赴隆武
  三　奔赴永历
  四　杜甫奔灵武
第二章　从军、逃亡与贬谪
  一　奔赴军中
  二　士人的逃亡
  三　小朝廷的贬谪
  四　行朝的中央与地方
第三章　亡国士大夫的返乡（上）：生还

一　钱澄之自粤返皖

  二　方以智自桂返皖

  三　汪启龄自粤返皖、王夫之自粤返湘等

  四　屈士燝、屈士煌兄弟自滇返粤

  五　故乡于生还者的意义

第四章　亡国士大夫的返乡（下）：死还

下编　流亡中的诗歌

第一章　崇祯殉国

第二章　士大夫的绝笔诗

  一　绝笔诗概说

  二　刘宗周的绝食

  三　瞿式耜的殉国

  四　张煌言的死亡过程

第三章　坟与鬼：南明的军中诗

第四章　漂流海上

悲伤的诗学

结论

附录一　南明诗人诗集考

附录二　南明诗编年稿

参考书目

人名索引

后记

附录二　南明诗人存诗考

说明：

一、凡入仕南明诸朝、在南明时期有诗存留者。

二、凡在南明朝廷辖制下于各地参与复明起义、在南明时期有诗存留者。

三、脱离南明朝廷辖制，或在外起义如徐振芳、孙枝蔚、殷岳、万寿祺、阎尔梅等[1]，或图谋复明如李因笃、成鹫等[2]，均不收入。

四、若出仕南明期间无诗作可考虽有诗集留存者不录。如张慎言《泊水斋诗文钞》。

——作者

曹烨（1603—1655）

曹烨，安徽歙县人。字尔章，号石帆。崇祯四年（1631）进士，永历朝晋参政，备兵苍梧，旋巡抚广西，擢兵部尚书。李成栋

---

[1] 徐振芳、孙枝蔚两人小传，参邓之诚《清诗纪事初编》卷二，台北明文书局1985年版，第156—157、169页。
[2] 成鹫小传，参邓之诚《清诗纪事初编》卷二，第294—295页。

为清兵取梧州，出降。顺治六年（1649）以后流寓佛山。邓之诚《清诗纪事初编》卷五有小传。[1]

著有《曹司马集》六卷，康熙三十二年（1693）刊本，后收入《北京图书馆古籍珍本丛刊》集部第一百一十一册、《四库未收书辑刊》第七辑第十八册、《清代诗文集汇编》第六十六册。

陈璧（1605—1660后）

陈璧，南直肃苏州府常熟（今江苏常熟）人。字昆良，号雪峰。昆山县诸生，曾游学于东林人物李邦华、范景文、徐石麒门下。入张国维门下办事，甲申（1644）春授兵部司务。京师沦陷后返南都，己丑（1650）、辛卯（1651）间入粤，为永历朝廷联络浙、闽复明势力，后归隐乡里。与顾炎武、归庄等交。

其诗多已不存，1956年苏州大学图书馆接收土改中所得残破线装书，发现其残稿两卷。今人江村、瞿冕良有《陈璧诗文残稿笺证》[2]。

陈函辉（1590—1646）

陈函辉，浙江临海人。原名炜，字木叔，号寒椒道人，又号寒山，自署小寒山子。崇祯七年（1634）进士，授靖江知县，为御史左光先劾罢。北都陷，倡义勤王。会福王立，不许草泽勤王，乃已。后归鲁王，擢礼部右侍郎，迁兵部侍郎。从王航海，已而相失，哭

---

[1] 邓之诚：《清诗纪事初编》，第573—574页。
[2] 江村、瞿冕良：《陈璧诗文残稿笺证》，上海古籍出版社1984年版。

入云峰山，自缢而死。《明史》卷二七六有传。另见黄宗羲《思旧录》、张岱《石匮书后集》卷四十五。

著有《选寒光集》八卷、《社选寒枝集》二卷、《选寒江集》三卷，皆崇祯间刊本。南明时期作品似仅有临终前所赋《绝命词》。

陈子龙（1608—1647）

陈子龙，南直隶松江府华亭（今上海松江）人。初名介，字卧子、懋中、人中，号大樽、海士、轶符等。崇祯十年（1637）进士，曾任绍兴推官，后论功擢兵科给事中，命甫下而京师陷，乃事福王于南京。明亡，子龙念祖母年九十，不忍割，遁为僧。寻以受鲁王部院职衔，结太湖兵，欲举事。事露被获，乘间投水死。《明史》卷二七七有传。亦见《静志居诗话》卷二十一。[1]

著有《陈忠裕公全集》三十卷，嘉庆刻本。今人施蛰存、马祖熙有校点本《陈子龙诗集》。[2]

陈邦彦（1603—1647）

陈邦彦，广东顺德人。字令斌，号岩野。创锦岩书院，开馆二十年，授徒逾千人，为当时南粤硕儒名师。清军入关后，福王时，诣阙上政要三十二事，格不用，唐王聿键读而伟之。既自立，即其家授监纪推官。未任，举于乡。以苏观生荐，改职方主事，监广西狼兵，援赣州。顺治三年（1646）冬十二月，大兵破广州，邦彦乃

---

[1] 朱彝尊著，姚祖恩编，黄君坦校点：《静志居诗话》卷二十一，人民文学出版社1990年版，第641—643页。
[2] 施蛰存、马祖熙校点：《陈子龙诗集》，上海古籍出版社1983年版。

谋起兵。四年，邦彦与张家玉、陈子壮等联络密谋攻取广州。事败，转战三水、清远。城破，邦彦率数十人巷战，肩受三刃。旋被执，馈之食，不食，系狱五日，被戮。永明王赠邦彦兵部尚书，谥忠愍，荫子锦衣指挥。《明史》卷二七八有传。亦见《静志居诗话》卷二十一。[1]

著有《陈岩野先生全集》，嘉庆顺德温氏刊本，收入香港何氏至乐楼丛书第十六种。[2]

陈恭尹（1631—1700）

陈恭尹，陈邦彦子。广东顺德人。字元孝，初号半峰，晚号独漉子，又号罗浮布衣。陈邦彦死节，陈恭尹入朝泣陈其父为国殉难情状，永历帝授以世袭锦衣卫指挥佥事之职。顺治八年（1651），郑成功初起海上，思就之。入闽不达。自赣出九江，至苏杭，往返杭州宁国间，密有结连。历四年无成。又四年入海，收合余众，又无成。十六年将入滇从桂王，道阻。寓芜湖。张煌言进取徽宁，恭尹与共谋划。败走，北游汴梁，逾年归。与梁槤、陶窳、何衡、何绛深相接纳，世称北田五子。与屈大均、梁佩兰合称岭南三大家。《清史稿》卷四八四有传，邓之诚《清诗纪事初编》卷二有小传。[3]

尝自刻《独漉堂稿》七卷，载康熙九年（1670）前诗。康熙五十六年，其子刻全集《独漉堂诗集》十四卷附诗余一卷《文集》十五卷。道光五年（1825）其族孙重刊全集，又增文集续编一卷。今

---

[1]《静志居诗话》，人民文学出版社1990年版，第640页。
[2]《陈岩野先生全集》，香港何氏至乐楼1977年版。
[3] 邓之诚：《清诗纪事初编》，第301—302页。

人郭培忠有校点本。[1]

陈子壮（1596—1647）

陈子壮，广东南海人。字集生，号秋涛。神宗万历四十七年（1619）进士，廷对第三，授翰林院编修。明熹宗天启四年（1624），典浙江试，发策刺阉竖，魏忠贤削子壮及其父给事中熙昌籍。明思宗崇祯初，起故官，历官至礼部右侍郎，充经筵讲官。每召见，辄称旨。旋以言宗室事，唐王上疏诋之，下之狱，减死放归。遭国变，于广州修南园，结诗社。后唐王立福建，召为相，竟以宿憾而不行。永明王立于肇庆，隆武二年（1646），汀州城陷，授东阁大学士，总督广东、福建、江西、湖广军务。永历元年（1647）八月起兵南海九江，与陈邦彦、张家玉三人率军呼应，结内应以谋复广州，事泄不克。九月兵败高明，被执至广州，不降，被戮。永历追赠番禺侯，谥文忠，荫子上图锦衣卫指挥使。清朝褒典，追谥忠简。《明史》卷二七八、道光《广东通志》卷二八四等有传。

著有《南宫》、《秋痕》、《云淙》诸集，后刊为《陈文忠公遗集》，有粤十三家集本，收入香港何氏至乐楼丛书第十五种。[2]

陈子升（1614—1692）

陈子升，陈子壮弟。广东南海人。字乔生，号中洲。隆武时，以贡生荐受中书。永历时，擢吏科给事中，转兵科给事中，在广

---

[1] 中山大学出版社1989年版。
[2] 香港何氏至乐楼1976年版。

东九江起兵抗清。事败后,陈子壮被戮,陈子升则携母匿藏深山。入清不仕,晚年贫困,出家庐山。邓之诚《清诗纪事初编》卷二有小传。[1]

康熙元年(1662)尝自刻其诗,钱谦益为序。有《中洲草堂遗集》二十五卷,康熙刻本。又《中洲草堂遗集》二十六卷,有粤十三家集本,收入何氏至乐楼丛书第十五种。[2]

董应遵(生卒年未详)

董应遵,字王路,一字正先,浙江鄞县(今宁波市)人。诸生。乙酉(1645)六月,破家输饷。鲁监国授行人司行人。丙戌(1646)弃去,入大梅山。终身幅巾深衣,未尝一日改也。卒年七十七岁。

有诗八题十首,收入《续甬上耆旧诗》卷六十四。[3]

堵胤锡(1601—1649)

堵胤锡,字锡君,改字仲缄,南直隶常州府武进(今常州市)人,崇祯十年(1637)进士。福王时历湖广参政、摄湖北巡抚事。唐王时任右副都御史、加兵部右侍郎兼右佥都御史。永历时任兵部尚书,封光化伯。永历三年(1649)十一月二十六日吐血病卒,年四十九岁。赠上柱国、中极殿大学士、太傅兼太子太师、浔国公,

---

[1] 邓之诚:《清诗纪事初编》,第299页。
[2] 《中洲草堂诗》,香港何氏至乐楼1977年版。
[3] 全祖望辑选:《续甬上耆旧诗》卷六十四,杭州出版社2004年版,中册,第931页。

谥文忠。《明史》卷二七九有传,亦可参计六奇《明季南略》卷十四"堵胤锡始末"。[1]

著有《堵文忠公集》十卷,光绪十三年(1887)刻本。

方国骅(生卒年未详)

方国骅,成骘父。广东番禺人,字楚卿。明唐王隆武元年(1645)举人。鼎革后,隐居授徒,世称学守先生,卒年六十一。事见清道光《广东通志》卷七六、卷三百二十八,光绪《广州府志》卷一百二十。

著有《学守堂集》。温汝能《粤东诗海》卷五七录其诗二十二首。[2]

方陞(生卒年未详)

方陞,字南仲,一字霞屿,浙江鄞县(今宁波市)人,诸生。累游辽、沈、登、莱等幕府。入鲁监国,以工部郎中掌虞衡事。丙戌(1646)后,行遁以终。

著有《龙威丈人集》四十卷,似已佚。《续甬上耆旧诗》卷六十四存诗二十三题。[3]

方以智(1611—1671)

方以智,南直隶安庆府桐城(今安徽桐城)人。字密之,号曼

---

[1] 计六奇:《明季南略》,中华书局1984年版,第399—410页。
[2] 中山大学出版社1999年版。
[3] 全祖望辑选:《续甬上耆旧诗》卷六十四,中册,第910页。

公,又号鹿起、龙眠愚者等。崇祯十三年(1640)进士,官检讨。北京沦陷时逃亡南京弘光政权,受排挤后流寓岭南。隆武帝以原官庶吉士相召,不应。永历时任右中允、少詹事、翰林院侍讲学士等。后为僧。今人任道斌有《方以智年谱》[1]。

著有《浮山文集》、《博依集》等传世。

傅奇遇（生卒年未详）

傅奇遇,浙江宁波人。字尔光。乙酉以岁贡授工部司务。丙戌(1646)后,杜门不出,教授里中,资馆谷以糊口。晚客舟山。

著有《四书编注》、《易汇元解》、《左氏类断》等。仅存诗一首,收入《续甬上耆旧诗》卷六十四。[2]

傅振铎（生卒年未详）

傅振铎,江西金溪人。字木宣,号度山。崇祯九年(1636)进士,官蒙城知县,后任兵科给事中。北都不守,间道南归,间者以从逆逮问,赖史可法等人辩诬,获免。家居十年。邓之诚《清诗纪事初编》卷二有小传。[3]

有顺治刻本《筑善堂文集》十卷、《二集》二卷存世。

高斗枢（1594—1670）

高斗枢,浙江宁波人。字象先,一字玄若。崇祯元年(1628)

---

[1] 任道斌:《方以智年谱》,安徽教育出版社1983年版。
[2] 全祖望辑选:《续甬上耆旧诗》卷六十四,中册,第924页。
[3] 邓之诚:《清诗纪事初编》,第223页;《明别集版本志》,第807页。

进士。授刑部主事,历任员外郎、荆州知府、长沙兵备副使。崇祯十四年进按察使,移守郧阳。守郧数年不失。福王立,移斗枢巡抚湖广,代何腾蛟。复以道路不通,改用王骥,斗枢皆不闻也。国变,隐居两年,后返乡。因谢三宾告密而被捕,后被捐金救出。《明史》卷二六〇有传。

著有《蚕瓮集》、《官宦漫记》、《三楚旧劳记》《守郧纪略》等。全祖望辑选《续甬上耆旧诗》卷九录其诗三百九十八首。[1]

高宇泰（生卒年未详）

高宇泰,高斗枢长子。字元发,一字隐学。顺治二年（1645）,南都叙高斗枢守郧功,荫一子,未及授官而南都陷。钱肃乐起兵,输家助军,乃以前荫并叙赞义功,超授尚书武部员外郎,参东江军事。丙戌（1646）奉使还里门,而东江又陷。乃思泛海从故王。丁亥（1647）图谋举兵,父子共入狱。后为遗民。康熙初年卒。

著有抄本《雪交亭集》十二卷,有徐时栋题记,藏中国科学院图书馆。《明别集版本志》著录。[2]《续甬上耆旧诗》录其诗二百四十八首。

葛士桢（生卒年未详）

葛士桢,葛仁美次子。浙江宁波人。字维周,一字思皇。诸生。鲁监国时任吏部司务,事去避地响岩。

---

[1] 全祖望辑选:《续甬上耆旧诗》卷九,上册,第 125 页。
[2] 全祖望辑选:《续甬上耆旧诗》卷四十二,中册,第 256 页;《明别集版本志》第 791 页。

著有《息园澹香吟》。全祖望辑选《续甬上耆旧诗》卷六十四录其诗十六首。[1]

顾景星（1621—1687）

顾景星，湖北蕲州人。字赤方，号黄公。贡生。弘光时考授推官。南都之覆，遁于淀湖。入清后屡征不出。康熙戊午（1678）荐举博学鸿词，称病不就。邓之诚《清诗纪事初编》卷二有小传。[2]

著有《白茅堂全集》四十六卷，康熙四十三年（1704）刻本。

顾天逵（1618—647）

顾天逵，字大鸿。南直隶苏州府昆山（今江苏昆山）人，嘉靖朝大学士顾鼎臣玄孙。崇祯十七年（1644）贡生。永历元年（1647）陈子龙举兵事败，辗转藏天逵所，俱被执，与子龙同日殉国。事见同治《苏州府志》卷六十二、卷九十四，近人赵经达《归玄恭先生年谱》。

《天启崇祯两朝遗诗》卷九录其诗。[3]

顾炎武（1613—1682）

顾炎武，南直隶苏州府昆山（今江苏昆山）人。本名继绅，更名绛，字忠清。弘光元年（1645）后更名炎武，字宁人，号亭林，学者称亭林先生。诸生，性耿介绝俗，与同里归庄有"归奇顾怪"之目。明南都亡，奉嗣母王氏避兵常熟。昆山令杨永言起义师，炎武及归庄

---

[1] 全祖望辑选：《续甬上耆旧诗》卷六十四，中册，第915页。
[2] 邓之诚：《清诗纪事初编》，第193页。
[3] 《天启崇祯两朝遗诗》卷九，中华书局1958年版，第1205—1207页。

从之。鲁王授为兵部司务，事不克，幸而得脱，母遂不食卒，诫炎武弗事二姓。唐王以兵部职方郎召，母丧未赴，遂去家不返。明亡后，周游四方，载书自随，所至则垦田度地，以备有事，知其始终不忘恢复。后客淮安，往返河北，最后至华阴，置田五十亩，因定居焉。康熙十七年（1678）诏举博学鸿词科，次年，修明史，大臣争荐之，并力辞不赴，以死自誓。卒以布衣终。《清史稿》卷四八一有传。

今人整理有《顾亭林诗文集》[1]，又有《顾炎武全集》[2]。

郭符甲（1605—1648）

郭符甲，福建晋江县（今晋江市）人。字辅伯，号介庵。郭符甲少年博学，年方弱冠即中举人，然而此后六次会试落第，直到崇祯十六年（1643）方考中明朝末科进士。次年，明朝灭亡，弘光朝授户兵二部主事，唐王立，擢礼科给事中，不久托病回乡。清军入闽，郭符甲举兵应郑成功，兵败殉国。清乾隆年间追谥节愍。[3] 事见李清馥《闽中理学渊源考》卷七十四、温睿临《南疆逸史》卷十五、乾隆《晋江县志》卷四十九。

著有《虎听草》，未见。

郭金台（？—1675）

郭金台，湖南湘潭人。字幼隗。本姓陈，名湜，字子原。崇祯

---

[1]《顾亭林诗文集》，中华书局1959年版。
[2]《顾炎武全集》，上海古籍出版社2012年版。
[3] 朱彝尊：《静志居诗话》卷二十一，人民文学出版社1990年版，第645页。又见《晋江县志》卷四十九《人物志》。

时两中副榜,隆武二年(1646)中举。隆武朝授职方郎中、监司佥事,以母老辞。晚授徒衡山,绝口不谈世事。《清史稿》卷五〇〇有传,另见《碑传集》卷一百二十四。

著有《石村诗集》三卷,《文集》三卷,国家图书馆、上海图书馆藏,《明别集版本志》著录,[1] 收入《四库禁毁书丛刊》集部第八十四册。

郭之奇(1607—1662)

郭之奇,广东潮州府揭阳县人。字仲常,号菽子,一号正夫,又号玉溪。崇祯戊辰进士,选庶吉士,改礼部主事。历郎中,出为福建参议。桂王时,授文渊阁大学士兼礼、兵部尚书。被报废,至广西省城,不屈死。乾隆间,赐谥忠节。徐鼒《小腆纪传》卷三十一有传,另参王夫之《永历实录》卷二十、温睿临《南疆逸史》卷二十二。今人饶宗颐有《郭之奇年谱》[2]。

著有《宛在堂文集》三十四卷,收入《四库未收书辑刊》第六辑第二十七册。

归庄(1613—1673)

归庄,南直隶苏州府昆山(今江苏昆山)人,归有光曾孙。又名祚明,字玄恭,号恒轩。年十四,补诸生。纵览六艺百家之书,尤精司马兵法。既遭家难,遂弃儒冠,浪迹江湖间。与顾炎武齐名,

---

[1] 何龄修:《湖南的抗清复明活动与陶汝鼐案》,《五库斋清史丛稿》,学苑出版社2004年版,第354页;《明别集版本志》,第794页。
[2] 饶宗颐:《饶宗颐潮汕地方史论集》,汕头大学出版社1996年版,第408—467页。

时有"归奇顾怪"之目。参朱彝尊《静志居诗话》卷二十二。[1]近人赵经达有《归玄恭先生年谱》,今人郭锡阳有《归玄恭先生年谱长编》(台湾东海大学硕士论文)。

著有《恒轩诗集》十二卷,《悬弓集》三十卷,《恒轩文集》十二卷。今人有校点本《归庄集》[2]。

韩绎祖(生卒年未详)

韩绎祖,浙江乌程(今湖州)人。字茂贻,号耻庵,早入复社。诸生。后入史可法幕府,与幕府同僚彭士望颇多交游。弘光朝覆灭后,与总兵金有镒起兵复湖州,兵败后弃家外逃,匿僧舍。

著有《咏性堂遗稿》。其诗见陆心源《吴兴诗存》四集卷十七,卓尔堪《明末四百家遗民诗》卷十三;陈田《明诗纪事》辛签卷二十三。[3]

何巩道(1642—1676)

何巩道,广东香山人。字皇图,号樾巢。吾驺第六子,準道弟。明桂王永历十一年(1657)诸生,荫锦衣卫指挥使。值明清鼎革之交,目睹明室覆亡,时怀复国之思。后因永历帝匡复无望,困顿流离十余载,徜徉自废。屡欲逃禅以隐,以母在而未果。方在盛年,族人恐其株连,使人夜杀于道。陈伯陶编《胜朝粤东遗民录》卷二有传。[4]

---

[1] 朱彝尊:《静志居诗话》,人民文学出版社1990年版,第680页。
[2] 中华书局1963年版;又上海古籍出版社2010年版。
[3] 何龄修:《史可法扬州督师期间的幕府人物》,何龄修:《五库斋清史丛稿》,学苑出版社2004年版,第401—404页。陈田:《明诗纪事》第四册,台北明文书局1991年版,第933页。
[4]《胜朝粤东遗民录》,第248页。

著有《樆巢诗稿》二卷，今有中山图书馆藏清钞本。

何绛（1627—1712）

何绛，广东顺德人。字不偕，号孟门。布衣。国变，乃自放废，隐于罗浮、西樵山中，日与高人雅士赋诗赠答。明唐王隆武二年（1646），闻张名振起事抗清，遂疾趋南京，至则事败，乃已。明桂王永历十二年（1658），与同里陈恭尹同渡铜鼓洋，访遗臣于海外。又闻桂王在滇，复与恭尹北上，西济湘沅，不得进，乃东游长江，北过黄河，入太行。尝历游江浙及燕、齐、鲁、赵、魏、秦、楚间，终无所就。晚年归乡，隐迹北田。与其兄衡及陈恭尹、陶璜、梁槤合称"北田五子"。《胜朝粤东遗民录》卷二、清康熙《顺德县志》卷一三有传。[1] 清乾隆间胡方撰《有明高士不偕何先生墓志》，见载于民国二十六年（1937）《书林》第二卷第二期。

著有《不去庐集》。中山大学图书馆藏旧钞本；一九七三年何耀光何氏至乐楼影印汪氏微尚斋钞本。

何吾骐（1581—1651）

何吾骐，广东香山人。字龙友，号象冈。明神宗万历三十四年（1606）举人，四十七年（1619）进士，拟鼎甲，改二甲四名，由庶吉士历官少詹事。明思宗崇祯初，晋左春坊充经筵日讲官。会纂修《神庙实录》成，晋少詹事兼侍讲学士，历官正詹事。明思宗崇祯五年（1632）擢礼部右侍郎。六年十一月加尚书，同王应熊入

---

[1]《胜朝粤东遗民录》，第168页。

阁，温体仁久柄政，欲斥给事中许誉卿，已拟旨，文震孟争之，吾驺亦助为言。体仁讦奏，帝夺震孟官，兼罢吾驺。居久之，唐王自立于福州，召为首辅，与郑芝龙议事，辄相抵牾。闽疆既失，唐王弟聿𨮁嗣，与就事，丙戌（1646）十二月广州陷，降清。永历元年复归，三年入内阁辅政。以乍叛乍臣，为给事中金堡、大理寺少卿赵昱等所攻，引疾去。明年再起，督师三水，兵败被执。永历五年（1651）九月十七日卒。《明史》卷二五三有传，另见《永历实录》卷四、《小腆纪传》卷六十三、《南疆逸史》卷二十。

著有《元气堂诗集》三卷、《元气堂文集》三十卷、《经筵日讲拜稽录》四卷、《周易补注》四卷、《云笈轩稿》二卷和《石刻楷草四种》。

洪穆霁（生卒年未详）

洪穆霁，广东东莞人。字药倩，号雪堂，又号硕果老人。明唐王隆武元年（1645）举人，桂王时官至工部主事。国亡不仕。清陈伯陶编《胜朝粤东遗民录》卷二有传。[1]

张其淦《东莞诗录》卷二二录其诗四首。

侯峒曾（1613—1684）

侯峒曾，南直隶苏州府嘉定（今上海嘉定）人。字豫瞻。天启乙丑年（1625）进士。先后任江西提学副使、广东右参政、顺天府丞等。弘光元年（1645）嘉定民众起义抗清，与黄淳耀被推为首领，于

---

[1]《胜朝粤东遗民录》，第205页。

闰六月十七日起兵守城,至七月四日城破,坚守十余日。嘉定城破,赴水死。《明史》卷二七七有传参见《静志居诗话》卷二十。[1]

其诗见朱彝尊《明诗综》。

华夏（1590—1648）

华夏,浙江定海人。字吉甫,一字过宜,号默农。迁鄞贡生,通乐律。少与同里王家勤同受业于倪元璐、黄道周、刘宗周之门。杭州破,与董志宁等佐钱肃乐起兵。鲁王监国,授职方郎中（《鲒琦亭集》云：授兵部司务,进职方主事）,江干师溃,恸哭归。戊子,复谋翻城之举（按《行朝录》此举在丁亥二月）,乞师翁洲黄斌卿,许之乃归。而其书为侦者所得,降臣谢三宾证之,遂被执。戊子五月殉国。鲁王监国翁洲,赠简讨,门人私谥曰毅烈,清乾隆四十一年入祀忠义祠。事见《石匮书后集》卷三十四、《小腆纪传》卷四十七、李聿求《鲁之春秋》卷十六、《海东逸史》卷十四《忠义》。

著有《过宜言》八卷,清钞本,收入《四库未收书辑刊》第六辑第二十八册。颇多军中诗。

黄淳耀（1605—1645）

黄淳耀,南直隶苏州府嘉定（今属上海）人。初名金耀,字蕴生,一字松厓,号陶庵,又号水镜居士。弘光元年嘉定民众起义抗

---

[1] 朱彝尊著,姚祖恩编,黄君坦校点：《静志居诗话》卷二十,人民文学出版社1990年版,第628页。

清,被推为首领,于闰六月十七日起兵守城,至七月四日城破,坚守十余日。城破,自缢于馆舍。门人私谥曰贞文。《明史》卷二八二有传,清人陈树德有《陶庵年谱》。

著有《陶庵文集》七卷,《诗集》八卷,康熙十五年(1676)刻本。其诗见《天启崇祯两朝遗诗》卷七。[1]

黄宗羲(1610—1695)

黄宗羲,明御史黄尊素长子。浙江余姚人。字太冲,号南雷,别号梨洲老人,学者称梨洲先生。弘光朝立,阮大铖为兵部侍郎,编《蝗蝻录》(东林党为蝗、复社为蝻),据《留都防乱公揭》署名捕杀,黄宗羲等被捕入狱。翌年五月,弘光政权崩离,黄乘乱脱身返回余姚。闰六月,余姚孙嘉绩、熊汝霖起兵抗清。鲁王监国,划江而守。宗羲纠里中子弟数百人从之,号世忠营。授职方郎,寻改御史,作监国鲁元年大统历颁之浙东。后海上倾覆,宗羲无复望,乃奉母返里门,毕力著述,而四方请业之士渐至矣。戊午,诏征博学鸿儒。再辞以免。未几,修明史,将征之备顾问,督抚以礼来聘,又辞之。《清史稿》卷四八〇有传。

今有整理校点本《黄宗羲全集》[2]。

黄周星(1611—1680)

黄周星,江苏南京人。原字景明,改字景虞,号九烟。崇祯十

---

[1]《天启崇祯两朝遗诗》卷七,第861—888页。
[2]《黄宗羲全集》,浙江古籍出版社2012年版。

三年（1640）中庚辰科进士。弘光朝授户部主事。南都覆灭后易名黄人，以遗民自居。入清后不仕，往来吴越间，以授徒为生。《小腆纪传》卷五十八有传。

著有《夏为堂诗略刻》十一卷，顺治十三年（1656）自刻本，南京博物院藏。又《九烟先生遗集》六卷，道光己酉扬州刻本，收入《续修四库全书》集部第一三九九册。今人胡正伟有相关研究。[1]

黄翼圣（1596—1659）

黄翼圣，江苏太仓人。字子羽，号摄六。崇祯八年（1635）以贡生廷试，授新都知县，升吉安知州。弘光时弃官归，筑莲蕊楼，皈心净土，自号莲蕊居士。其集中有《两粤道中诗》，邓之诚疑其曾官于永历朝，易代后，讳莫如深。参《清诗纪事初编》卷一。[2] 钱谦益《牧斋有学集》卷三十一有《黄子羽墓志铭》，卷三十七有《莲蕊居士传》。

著有《黄摄六诗选》二卷，钱谦益选，顺治间自刻本，复旦大学图书馆藏。

纪五昌（1620—1681）

纪五昌，祖籍凤阳，浙江宁波人。字衷文，号九峰静隐。入钱肃乐幕府，授行人，推升监军御史。黄宗羲有《纪九峰墓志铭》。[3]

---

〔1〕胡正伟：《明清之际遗民黄周星生平考略》，《社会科学论坛》2012年第8期。
〔2〕邓之诚：《清诗纪事初编》卷一，第70页。
〔3〕《黄宗羲全集》第十册，第519—521页。

全祖望《续甬上耆旧诗》卷六十四录诗八首。[1]

贾开宗（1595—1661）

贾开宗，河南商丘人。字静子。诸生。南渡初，举室至淮上。从刘泽清军，无所就。后往来徐淮间，自谓壮岁尝北历燕齐，南适吴越。与侯方域相得。邓之诚《清诗纪事初编》卷二有小传。[2]

著有《遡园诗集》一卷、《遡园文集》四卷，有顺治十八年自序。《明别集版本录》著录。[3]

姜垓（1614—1653）

姜垓，给事中姜埰之弟，莱阳人。字如须，号簠簋，与方以智同为崇祯十三年（1640）进士，授行人。鲁监国在浙江立，擢吏部考功司员外郎。后隐居天台雁荡，丁亥（1647）后隐苏州。[4]《明史》卷二五八有姜埰姜垓传。

著有《簠簋集》、《仫石山人稿》，今已不见传本，仅存《流览堂诗稿残编》六卷，收入《山东文献集成》第一辑第三十四册，《明清遗书五种》。

金堡（1614—1680）

金堡，浙江仁和（今杭州市）人。字道隐。崇祯十三年

---

[1] 全祖望辑选：《续甬上耆旧诗》卷六十四，中册，第 922 页。
[2] 邓之诚：《清诗纪事初编》卷二，第 172—173 页。
[3] 《明别集版本志》，第 799 页。
[4] 参见何天宠《姜考功传》，姜垓《流览堂诗稿残编》，《明清遗书五种》，第 61—62 页。

(1640)年考取进士,授临清知县。弘光元年(1645),清军下杭州,金堡与姚志卓起兵抗清。隆武时授兵科给事中。永历元年(1647),金堡任礼科给事中,永历四年被黜戍清浪卫(今贵州省岑巩县境)。削发为僧,取名性因,又投入函是和尚门下,更名澹归。事见《永历实录》卷二十一、查继佐《东山国语·粤语三》。

著有《遍行堂集》四十九卷《续集》十六卷传世。

邝露（1604—1650）

邝露,广东南海人。初名瑞露,字湛若。弘光朝立,邝露北上欲陈光复之策,行至九江,南都已失。永历朝任中书舍人。永历七年(1653)奉使还广州,为清兵所杀。邓之诚《清诗纪事初编》卷二有传。[1]

著有《峤雅》。今人有黄灼耀校点、杨明新注释《峤雅》[2],另有梁鉴江选注《邝露诗选》[3]。

邝日晋（生卒年未详）

邝日晋,广东南海人。字无傲,一字檗庵。官总兵。广州破,张家玉起兵东莞,日晋率部响应,旋隶家玉部曲。战数有功,晋都督同知。明亡,不复仕。礼道独和尚,山名函义,字安老。舍其磊园为禅林。陈伯陶编《胜朝粤东遗民录》卷一有传。[4]

---

[1] 邓之诚:《清诗纪事初编》卷二,第290页。
[2] 黄灼耀校点,杨明新注释:《峤雅》,广东高等教育出版社1990年版。
[3] 梁鉴江选注:《邝露诗选》,广东人民出版社1987年版。
[4]《胜朝粤东遗民录》,第62页。

著有《楚游稿》、《磊园诗集》。徐作霖、黄蠤《海云禅藻集》卷四收其诗。

李标（生卒年未详）

李标，浙江嘉善人。字子建，号霞起。贡生。弘光元年，入史可法扬州幕府，后以亲老辞归。史可法衣冠葬梅花岭，标渡江会葬，赋诗三十章，人比之西台恸哭。归，绕室皆种梅。自此杜门不出，号东山逸民。《静志居诗话》卷二十二。邓之诚《清诗纪事初编》卷二有传[1]。

著有《东山稿》，似已佚。

李长祥（1612—1679）

李长祥，四川达州人。字研斋，亦字子发，自号石井道人。崇祯十六年（1643）进士。鲁监国四年（1649）任兵部左侍郎，移至舟山。1651年清军陷舟山，鲁王浮海。李长祥被俘，羁押于南京。时金陵才女姚淑倾慕李长祥之名，私往其处论诗问艺，于是郎才女貌，一见钟情，形影不离。看守者谓长祥有所恋矣，稍事懈怠，两人即于康熙元年（1662）逃离南京，由吴门渡秦邮，走河北，遍历宣府大同，复南下百粤，与屈大均处者最久。《清史稿》卷五〇〇有传，全祖望《鲒埼亭文集外编》卷九有《前侍郎达州李公研斋行状》。

存诗仅《秋怀》、《五言律》、《野池秋夜》三首[2]。其夫人姚

---

[1] 邓之诚：《清诗纪事初编》卷二，第269页。
[2] 吴德准：《民国达县志》卷末《诗存》，考证见何龄修《李长祥的复明活动（附论清初关于赦除前罪的政策）》，何龄修《五库斋清史丛稿》，学苑出版社2004年版，第316—317页。有关李长祥生平的考证，参马家驹《李长祥遗事钩沉》，《清史论丛》1994年。

淑有《海棠居诗集》，附刻《天问阁文集》后。又有《天问阁文集》，收入《四库禁毁书丛刊》集部第十一册。

李芳泰（生卒年未详）

李芳泰，字天保。浙江宁波人。诸生。与陈良谟交善。乙酉（1645）入钱肃乐幕府，从戎江上。军败，赍志以没。

全祖望《续甬上耆旧诗》卷六十四录其诗一首。[1]

李凯（生卒年未详）

李凯，字仲捷。浙江鄞县（今宁波市）人。少补诸生。鲁监国时进明经，乙酉（1645）入东江幕府。

全祖望辑选《续甬上耆旧诗》卷六十四录其诗一首。[2]

李文缵（1607—?）

李文缵，浙江鄞县（今宁波市）人。字昭武，一字梦公，学者称为礜樵先生。诸生。乙酉（1645）从钱肃乐举兵，授驾部郎。后因五君子之难而入狱。张煌言长江之役，曾以死士护卫之。事败后遨游四方，诗、书、画，时称三绝。全祖望撰《鲒埼亭集》卷十四有《李驾部墓志铭》。

著有《赐隐楼集》，收诗五六千首，此集似亡佚。今存者惟全祖望《续甬上耆旧诗》卷四十七所录二百六十八首。[3]

---

[1] 全祖望辑选：《续甬上耆旧诗》卷六十四，中册，第919页。
[2] 同上书，第933页。
[3] 全祖望辑选：《续甬上耆旧诗》卷四十七，中册，第448页。

李文靖（生卒年未详）

李文靖，浙江宁波人。字在兹，晚字发僧。鲁监国时任职方主事。隆武二年（1646）督军江上，军败居越中，不肯复归，教授村童以自给。

著有《探仍集》（一名《开梧山人集》），似已佚。全祖望《续甬上耆旧诗》卷五十一录诗五十八首。[1]

李邺嗣（1622—1680）

李邺嗣，浙江鄞县（今宁波市）人。本名文胤，号杲堂，邺嗣为其字，后以字行。父李棋，崇祯十年（1637）进士，官礼部仪制司主事。随父奔走抗清，鲁王浮海后，父子均入狱。父死于杭州狱中，杲堂囚系两月有余后幸赖友人营救。旋又被捕，饱受囹圄之苦。后以遗民自居。阴有部署，惜不得当。黄宗羲《南雷文定》卷七有《李杲堂先生墓志铭》。全祖望《鲒埼亭集外编》卷十一有《李杲堂先生轶事状》。邓之诚《清诗纪事初编》卷二有传。[2]

著有《杲堂文钞》六卷、《杲堂诗钞》七卷，收入《四库存目丛书》集部第二百三十五册。今人张道勤校点有《杲堂诗文集》[3]。

李贞（1611—1672）

李贞，广东东莞人。字定夫，号萍庵。年十七，补诸生。弱冠游学国子监，与张采、陈子龙、徐世溥相善。明思宗崇祯十六

---

[1] 全祖望辑选：《续甬上耆旧诗》卷五十一，中册，第589页。
[2] 邓之诚：《清诗纪事初编》卷二，第233页。
[3] 张道勤校点：《杲堂诗文集》，浙江古籍出版社1988年版。

年,有诏荐才,有司以贞荐之。北京陷,感愤激烈。后闻清兵围攻赣州急,贞举兵往,授兵部职方司主事,监督粤东义旅。赣州破,复同张家玉起兵,兵败被执,备受毒刑,后幸得释。旋投奔永历帝,授兵科给事中,转户科。鼎革后,秃发僧服家居,自号大呆和尚,年六十二卒。清陈伯陶《胜朝粤东遗民录》卷二有传。[1]

著有《寄远楼集》。诗见《粤东诗海》卷五十一、张其淦《东莞诗录》卷二三。

李之椿(1603—1658)

李之椿,江苏如皋人。字大生,号徂徕。天启元年(1621)举人,天启二年(1622)进士,与王思任、倪元璐、黄道周、王铎合为"天崇五才子"。弘光初立,任李之椿为尚宝寺卿,迁礼部侍郎,督粮于浙江。清顺治二年(1645),清兵攻下南京,李弃官还乡。顺治四年,如皋县民赵云、李七等举兵反清,自称都督,并奉李之椿为盟主。后兵败,李之椿亦被清军逮捕。审讯中清廷查不出李之椿为盟主的实据,遂以李拒不交出明朝廷的印信为由,将其流放江南。顺治六年获释。遂借远游武夷之际暗中与海上鲁王联系。其子李元旦被鲁王任命为御史,往来江上搜集机密,联络义士,为海上反清力量征集兵饷。顺治十四年家童谢庭兰至京师向清廷告密,父子均被捕。解至江宁,绝食七天而死。顺治十六年(1659)其子李元旦被斩于西市,一同赴死者有四

---

[1]《胜朝粤东遗民录》,第205页。

十八人。

工于诗,著有《霞起楼诗集》八卷,明末刻本,上海图书馆藏。又有《徂徕集》、《指树园集》等。[1]

李子朴(生卒年未详)

李子朴,广东顺德人。字木生。明唐王隆武元年(1645)举人。卒年七十一。清康熙《顺德县志》卷八有传。

康熙《顺德县志》卷一二录其诗一首。

黎国衡(生卒年未详)

黎国衡,广东顺德人。字方侯。明唐王隆武元年(1645)举人。事见《广东通志》卷七六。

清康熙《顺德县志》卷一一录其诗五首、卷一二录其诗八首。

黎遂球(1602—1646)

黎遂球,广东番禺人。字美周。天启七年(1627)举人。甲申后,何吾驺荐之唐王,途出授兵部职方司主事,提督广东兵赴援赣州。城陷,死之。[2]

著有《迦陵集》一卷,《周易爻物当名》,《莲须阁集》二十六卷,有清康熙黎延祖刻本,收入《四库禁毁书丛刊》集部第183册,又见于香港何氏至乐楼丛书第二十一种。又,道光间伍元薇辑

---

[1] 朱彝尊:《静志居诗话》卷二十一,人民文学出版社1990年版,第647页。
[2] 同上书,第639页。

《莲须阁集》二十六卷（道光二十年南海伍氏诗雪轩刊本）。

梁若衡（？—1647）

梁若衡，亭表子。顺德人。字简臣，一字包山。明思宗崇祯十三年（1640）特赐进士。授永福令，以忧归。迁左州知州，不赴。清兵下广州，与陈子壮谋举兵，事泄，被执死。乾隆中赐谥"节愍"。清道光《广东通志》卷二八五有传。

温汝能辑《粤东诗海》卷四九存诗三首。

梁湛然（生卒年未详）

梁湛然，南海人。字醒人。明唐王隆武元年（1645）举人。事见清道光《广东通志》卷七六。

康熙《顺德县志》卷一二录其诗一首。

罗人琮（1621—1683后）

罗人琮，湖南桃源人。字宗玉，号紫萝。曾遵父命为南明守护常澧一带，在桃源组织民团抗清，兵败后被捕入狱。[1]

著有《最古园二编》，收入《四库全书存目丛书》集部二七〇册。

林日宣（生卒年未详）

林日宣，福建闽县人。字君言，一字万庵。尝仕闽中，己丑、

---

[1] 何龄修：《湖南的抗清复明活动与陶汝鼐案》，《五库斋清史丛稿》，学苑出版社2004年版，第350—351页。

庚寅之际仕浙中，曾在云南永历朝任职。晚岁居鄞。黄宗羲曾有赠诗。

全祖望《续甬上耆旧诗》卷四十九录诗一首。[1]

林时对（1615—1705）

林时对，字殿飏，学者称茧庵先生。浙江鄞县（今宁波市）人。崇祯十三年（1640）进士，官行人。乞假归，居忧。南都召为御史，未赴。东江画国，召为兵科，晋掌工科。又以太常寺少卿兼吏科，寻晋太常寺卿兼佥都御史，监军西征，又晋副都御使。后居家。得年九十一岁。

著有《茧庵逸史》、《茧庵诗史》、《冬青集》、《碎筑集》、《表忠录》、《茧庵杂录》，晚年合为《留补堂集》。全祖望《续甬上耆旧诗》卷三十五录诗二百八十一首。[2]

林必达（1616—1708）

林必达，字非闻，一字不岩，浙江鄞县（今宁波市）人。崇祯十六年（1643）进士。官行人。弘光朝任贵州主试，辞不赴。鲁监国任御史，同陈谦出使隆武朝，遂任隆武朝福建学政。后遁归。时与林茧庵、葛确庵并称三逸。年九十三卒。

全祖望《续甬上耆旧诗》卷三十六录诗三十四首。[3]

---

[1] 全祖望辑选：《续甬上耆旧诗》卷四十九，中册，第536页。
[2] 全祖望辑选：《续甬上耆旧诗》卷三十五，中册，第56页。
[3] 全祖望辑选：《续甬上耆旧诗》卷三十六，中册，第115页。

林弘琦（生卒年未详）

林弘琦，侍郎栋隆子。浙江鄞县（今宁波市）人字云书。顺治二年（1645）入鲁监国，进明经。后参与江上之师抗清。雅有诗名，所著甚富，多已散佚。

全祖望《续甬上耆旧诗》卷六十四存诗仅一首。[1]

林皋（生卒年未详）

林皋，新会人，一作新宁人。字笃若，一字筌漪。明唐王隆武元年（1645）举人。清吴道镕《广东文征作者考》有传。

著有《懿文堂诗草》。黄淳《厓山志》卷六存其诗四首，黄登《岭南五朝诗选》卷六录其诗四首。

林垐（1616—1647）

林垐，福建侯官人。字子野，号耻斋。崇祯十六年（1643）进士。授海宁知县。杭州失守，林垐以孤城不能存，引去。唐王立，为御史，改文选员外郎。募兵福宁，闻唐王被杀，大恸，走匿山中。及鲁王航海至长垣，福清乡兵请林垐为主，与林汝翥共攻城，败殁于阵。

著有《居易堂诗集》一卷，收入《四库未收书辑刊》第六辑第二十六册。《天启崇祯两朝遗诗》卷七录其诗十四首。[2]

---

[1] 全祖望辑选：《续甬上耆旧诗》卷六十四，中册，第928页。
[2] 《天启崇祯两朝遗诗》卷七，第937—939页。

刘孔和（1614—1644）

刘孔和，大学士刘鸿训次子。长山人。字节之。京师陷，起兵长白山中。后帅兵南下，以兵属刘泽清。后与刘泽清交恶，被杀。

著有《日损堂初稿》五卷，清初钞本，中国社会科学院文学研究所藏。朱彝尊《明诗综》卷七十录其《伤心吟》一首。[1]

刘城（1598—1650）

刘城，江南贵池人。字伯宗，晚号存宗。诸生。少与同里吴应箕齐名，同为复社眉目。美姿容，好吟诵。崇祯九年（1636），以保举廷试，授知州不就。弘光元年（1645）吴应箕起兵贵池，响应金声，兵败惨死。刘城为之营葬，兼抚其孤。黄宗羲《思旧录》记其事。邓之诚《清诗纪事初编》卷一有传。[2]

著有《峄桐集》文十卷诗十卷，收入刘世珩所编《贵池二妙集》。其诗又见朱彝尊《明诗综》。[3]

刘坊（1658—1713）

刘坊，福建上杭人。原名琅，字季英，又字鳌石。永历十二年（1658）七月七日生于云南永昌县。祖父廷标，明末任云南永昌代理知府，以不降张献忠部将孙可望，于永历元年自尽。父之谦，官至户部主事，永历十三年，清兵攻下云南，因不愿剃发被

---

[1] 朱彝尊辑录：《明诗综》，第七册，中华书局2007年版，第3505页。朱彝尊：《静志居诗话》卷十九，人民文学出版社1990年版，第592页。
[2] 邓之诚：《清诗纪事初编》，第116—117页。
[3] 《明诗综》第七册，中华书局2007年版，第3740页。

炮烙死，其家八十余人殉明，当时刘坊随母外出幸存。此后，母子相依为命，在永昌和腾阳之间辗转度日。不久母亲病逝。由于身世悲凉，幽愤郁结，于是发愤读书，曾作《老女歌》、《哀云南曲》、《续采薇歌》和《李勇士歌》等诗。十九岁时，他慨然立下遨游四方的宏愿，想借此机会饱览名山大川的无限风光，同时也联络各地反清志士。于康熙十六年（1677）春，从永昌出发，由弱水下嘉陵，登峨眉，又下三峡，上衡山，然后入粤，原想假道归上杭故里，到韶关时，因交通阻隔，未能实现。次年，复上衡岳，住上峰寺。22岁时，在老仆王升的护送下，经湖南、广东徒步回上杭，借住伯父家。屋旁有棵百年古榕，因思念大明，故名其住地为"天潮阁"。康熙五十二年（1713），客死李世熊家，终年五十六岁。世熊次子向旻以自备衣衾棺椁将其殓葬在茶果山李世熊墓侧，墓碑题"上杭诗人刘鳌石之墓"。邓之诚《清诗纪事初编》卷二有小传。[1]

著有《天潮阁集》（一名《刘鳌石先生诗文集》）十二卷，可藉以考知永历在云南之史事。有康熙六十年周维庆刊本，收入《四库禁毁书丛刊补编》第八十四册。又有道光年莫树椿重刊本、1916年丘复校核再刊本。

刘曙（1616—1647）

刘曙，南直隶苏州府长洲（今江苏苏州）人。字公旦，号稚圭。崇祯癸未（1643）进士，授南昌知县。未赴而苏州破，避地邓

---

[1] 邓之诚：《清诗纪事初编》，第288页。

尉山，未尝一至城市。南海诸生钦浩通款舟山，疏吴中忠义士二十三人，曙为首；游骑获其书上之，乃逮曙。曙膝不屈；诘曰："反乎？"曰："诚有之；愧事未成耳。"然曙实不识钦也。下狱八旬，与顾咸正、夏完淳从容就义。

其诗见《天启崇祯两朝遗诗》卷七。[1]

刘淑（1620—1654）

刘淑，天启时扬州知府刘铎女。丙戌（1646）吉安城再陷，刘淑起兵抗清，志图入楚，与何腾蛟军汇合。后受沮于张先璧，遣散士卒而归。

著有《个山集》流传。今人王泗原有校注本《刘铎刘淑父女诗文》。[2]

刘宗周（1578—1645）

刘宗周，浙江山阴（今绍兴市）人。字起东，别号念台，因讲学于山阴蕺山，学者称蕺山先生。弘光时诏起复左都御史。弘光元年（1645）五月，清兵攻破南京，福王被俘遇害，潞王监国。六月十三日，杭州失守，潞王降清。十五日午刻，刘宗周开始绝食，至闰六月初八日，刘宗周前后绝食两旬而死。

今人整理有《刘宗周全集》。[3]

---

[1]《天启崇祯两朝遗诗》卷七，第895—901页。
[2] 王泗原校注：《刘铎刘淑父女诗文》，人民教育出版社1999年版。
[3]《刘宗周全集》，浙江古籍出版社2007年版。

刘同升（1587—1646）

刘同升，江西吉水人。字孝则。祭酒应秋字，崇祯丁丑（1637）赐进士第一。授翰林修撰，谪福建按察司知事，寻复官。死赣州。

著有《锦鳞诗集》十八卷，南京图书馆藏。《明诗综》录其诗二首。[1]

陆圻（1614—?）

陆圻，浙江钱塘（今杭州市）人。字丽京，一字景宣，号讲山。少明敏善思，早负诗名。与陈子龙等为登楼社，世号"西泠十子体"。乙酉后走海上，参义军。后依岭南金堡于丹崖精舍，忽易道士服遁去。遂不知所终。陆圻与弟陆培、陆堦皆有文名，时号"陆氏三龙门"。邓之诚《清诗纪事初编》卷二有小传。[2]

著有《威凤堂文集》八卷，康熙刻本。收入《四库未收书辑刊》第七辑第二十册。

陆培（1617—1645）

陆培，陆圻弟。官行人。崇祯十三年（1640）进士，杭州失守后自经。《皇明四朝成仁录》卷七有传。[3] 亦可参《清诗纪事初编》陆圻条。

---

[1]《明诗综》卷七十四，中华书局2007年版，第3683—3684页；《静志居诗话》卷二十一，人民文学出版社1990年版，第638页。
[2] 邓之诚：《清诗纪事初编》，第257页。
[3]《皇明四朝成仁录》卷七《弘光朝·杭州死节传》。

著有《旖凤堂集》一卷，明崇祯刻本，南京图书馆藏。朱彝尊《明诗综》卷七十三选其《绝命诗》一首。又有《青凤轩集》[1]，似佚。

路振飞（1590—1649）

路振飞，广平曲周人。字见白，号皓月。天启乙丑年（1625）进士，授泾阳知县。历任四川道御史、福建巡按、苏松巡按、良牧署丞、太仆寺丞、光禄寺少卿。兵部吏部尚书兼文渊阁大学士。南京陷，率家丁保洞庭山。入闽，兼领阁部之事。后赴广州、顺德，悲愤成疾而卒。传见《天启崇祯两朝遗诗》。[2]

不以诗名，及国变后始作诗，名曰《非诗草》。

骆国挺（生卒年未详）

骆国挺，枫桥人。字天植，学者称寒厓先生。浙江诸暨人。寄籍鄞县为诸生。鲁王监国，以输饷授兵部职方司主事。曾参与东江之役，临江督战，不以为恐。戊子之难，亦下狱，得释。甲辰后，无复燃灰之望。以气节文章大有声于时。因绝嗣，全祖望时其著述业已散佚。可参《枫桥史志》卷十四《人物传》。[3]

全祖望《续甬上耆旧诗》卷六十四录其诗一首。[4]

---

[1] 谈迁：《枣林杂俎·仁集·逸典》，谈迁著，罗仲辉、胡明校点校：《枣林杂俎》，中华书局2006年版，第147页。
[2] 路振飞传，见《天启崇祯两朝遗诗》，第1929—1931页。
[3] 《枫桥史志》，方志出版社1998年版。
[4] 全祖望：《续甬上耆旧诗》卷六十四，第920页。

麻三衡（？—1645）

麻三衡，安徽宣城人。字孟璿，贡生。复社成员。屯兵姑山，兵溃被执，死于市。

朱彝尊《明诗综》录其诗二首。[1]

麦而炫（？—1647）

麦而炫，广东高明人。字章阁。明思宗崇祯四年（1631）进士，历上海、安肃知县。唐王时擢御史。后破高明，迎陈子壮。清兵破高明，与子壮俱执至广州，不降，被杀。《明史》卷二七八、清光绪《高明县志》卷一三有传。

有《康山集》。崇祯《肇庆府志》卷四八存诗两首。

毛聚奎（生卒年未详）

毛聚奎，鄞县人。字文垣、象来，自号吞月子，明末六狂生之一。从钱肃乐起兵，参瓜里幕务，授户部郎中，专司饷事。绍兴破，奔走山海之间，累遭名捕，行遁得免，终老牖下。《海东逸史》卷十四有传。

著有《吞月子集》，有抄本存世，国家图书馆藏，《明别集版本志》著录。[2]

倪元楷（？—1680）

倪元凯，鄞县人。字端木，一字端卿。诸生。从钱肃乐起兵，

---

[1] 朱彝尊：《静志居诗话》卷二十，人民文学出版社1990年版，第630页。
[2] 《明别集版本志》，第804页。

授大理寺评事。国亡后仍留发，杜门不出。遂为仇家所告而下狱，遂逃禅。

全祖望《续甬上耆旧诗》卷四十九录其诗二十六首。[1]

倪元善（生卒年未详）

倪元善，安徽桐城人。字玄度，号资生。甲申（1644）后因阮大铖推荐入弘光朝，乙酉年（1645）归里。

著有《小嬛嬛集》。《龙眠风雅》卷三十七收其诗五首。

区怀瑞（生卒年未详）

区怀瑞，区大相之子。高明县人。字启图。少负大才，赋《秋雁诗》，赵志皋见之，深为器重。尝与陈子壮、陈子升、欧主遇、欧必元、区怀年、黎遂球、黎邦瑊、黄圣年、黄季恒、徐棻、僧通岸重修南园旧社，称十二子。明熹宗天启七年（1627）中举人。历当阳、平山两县知县。明末，与黎遂球、邝露等奔走国事，后遇害。清于学修康熙二十九年（1690）刊本《高明县志》卷一三有传。

著有《琅玕巢稿》四卷、《玉阳稿》八卷，及《趋庭》、《游燕》、《游滁》、《南帆》诸草。

按：区怀瑞诗，《趋庭》、《游燕》、《游滁》诸草，未见存本。存世别集，有《琅玕巢稿》、《玉阳稿》。《琅玕巢稿》四卷，首二卷为诗，后二卷为文；《玉阳稿》八卷，首二卷为诗，后六卷为文。今取台湾中央图书馆藏明天启崇祯间刊《琅玕巢稿》及明崇祯间刊

---

[1] 全祖望：《续甬上耆旧诗》卷四十九，中册，第528页。

《玉阳稿》为底本，仍依原刻本编次分卷。今补辑明陆鏊、陈焜奎纂修崇祯十三年刻本《肇庆府志·艺文志》（区怀瑞任分辑）所录区氏诗，另作一卷。

彭期生（？—1646）

彭期生，御史彭宗孟之子。浙江海盐人。字观民。万历四十四年（1616）中丙辰科三甲进士，授徽州府教授。崇祯初年，任济南府知府。崇祯十六年（1643），张献忠乱江西，彭期生迁任湖西兵备佥事，驻吉安。吉安失守后，转至赣州，偕杨廷麟招降张安等，加太常寺卿，仍管理兵备事宜。隆武二年（1646）十月初四，清军攻破吉安，彭期生冠带自缢殉国。死赣州。[1]《明史》卷二七八有传。

著有《弱水山人诗集》，《千顷堂书目》卷二十六著录。

彭士望（1610—1683）

彭士望，江西南昌人。字达生，号躬庵，又号晦农。少立名节，黄道周被逮，为营解。弘光元年（1645），史可法督军扬州，礼聘之。不能用，遂隐去，结庐翠微山，躬耕以自给。旋赴杨廷麟督师义州之招，为监纪。事败，后讲学易堂。邓之诚《清诗纪事初编》卷二有小传。[2] 又见邓之诚《骨董三记》卷三。[3]

---

[1] 朱彝尊著，姚祖恩编，黄君坦校点：《静志居诗话》卷二十一，人民文学出版社1990年版，第637页。
[2] 邓之诚：《清诗纪事初编》，第209—210页。
[3] 邓之诚：《骨董三记》，第512—525页。

咸丰二年，彭士望七世孙彭玉雯刊刻了《耻躬堂文抄》十卷、《诗抄》十六卷。彭士望的《耻躬堂文抄》十卷、《诗抄》十六卷，清咸丰二年刻本，《清代诗文集汇编》第三十二册影印；《四库禁毁书丛刊》集部第五十二册影印山东图书馆藏咸丰二年刻本，《诗抄》仅六卷，应为残本。

钱邦芑（1602—1673）

钱邦芑，江苏丹徒人，字开少。明诸生。隆武朝御史，永历时擢右佥都御史。后祝发为僧，号大错。

著有《甲申纪变录》一卷、《大错和尚遗集》四卷等。

钱邦寅（1614—1683）

钱邦寅，邦芑弟。江苏丹徒人，字驭少。前人仅谓其入清后为遗老，今考其曾赴永历朝。据钱澄之《寄开少》诗末联云："惠连经岁至，芒屩竟空穿"，自注云："谓驭少"，[1] 可见其芒鞋奔赴永历朝之举。后姜垓有《喜钱二自桂林奉饬还，和留守相公行在扈驾诸公赠别之作，兼怀令兄中丞、方大阁学、吴二大理、钱五郎中、汪皞职方》[2]，可知其曾奉永历帝之饬返江南联络遗民。

著有《历代征信录》、《明诗钞》、《若华堂诗草》、《楚游词》等行世。

---

[1] 钱澄之：《藏山阁诗存》卷十，《藏山阁集》，第262页。
[2] 姜垓：《流览堂诗稿残编》卷六，《明清遗书五种》，第53页。钱澄之排行第五，郎中谓其膳部主事一职。钱二谓钱邦寅（字驭少），令兄钱邦芑。

钱澄之（1612—1693）

钱澄之，安徽桐城人。初名秉镫，字饮光，晚号田间。在南明弘光朝（1644—1645）覆灭之后，先后追随隆武（1645—1646）和永历（1646—1661）二朝。曾任隆武朝延平府推官，后任永历朝礼部精膳司主事、翰林院庶吉士，迁编修，管制诰。作为一介书生，他身涉闽、粤艰险之地，积极从事抗清复明。复明失败后，一度出家为僧，后返回老家安徽桐城居住。晚年穷困潦倒，游历四方，勉力保存遗民气节，以著述终老。《清史》卷五〇〇有传。

著有《田间诗集》、《田间文集》、《藏山阁集》等。今人诸伟奇校点《田间诗集》[1]，汤华泉校点、马君骅审订《藏山阁集》[2]。

钱棅（？—1645）

钱棅，嘉善人，字仲驭，号约庵，性格刚烈，崇祯丁丑（1637）进士，授南都兵部职方主事，升吏部郎中，后改任文选郎，荐黄道周等海内名士，后升广东按察司佥事。乙酉年剃发令下，三吴鼎沸，钱仲驭毁家充饷，兴兵起义，事败杀于湖，鲁王政权追赐为太常寺卿，谥忠贞。

钱仲驭著有《南园唱和集》、《新懦园诗文集》、《文部园诗》，现已不传。

按：钱澄之与钱仲驭系本家，二人志同道合，情同手足，钱澄之谓仲驭"文章灿于奎壁，义气归诸箕尾"，"才既远过应刘，思必

---

[1] 钱澄之著，诸伟奇校点：《田间诗集》，黄山书社1998年版。
[2] 汤华泉校点，马君骅审订：《藏山阁集》，黄山书社2004年版。

求压元白",对其推崇备至。二人多有唱和之作,惜多失于兵火,现仅存《到武塘访仲驭庐居》、《南园杂咏同仲驭作》(见之《藏山阁诗存》)。弘光时,钱澄之遭遇党祸,逃难武水,钱仲驭不畏连累,为其匿藏妻、子。弘光政权败亡后,钱澄之跟随钱仲驭起兵,"以亡命获庇,许身从军,出入相随,生死不避"。钱仲驭兵败震泽身死,钱澄之悲痛欲绝,雨中在湖边号泣求尸,尸始浮而葬之,"夜雨尸沉呼自出,秋山榇返仗谁扶?"即悲叹此事。钱澄之悲悼仲驭的诗文在其集中随处可见,如《藏山阁诗存》中的《悲愤诗》、《八月十七日哭仲驭》、《哀江南》,《田间诗集》中的《哭仲驭墓》,其中"二十七年留我在,一千余里哭君来"遂成当时名句,此外,《田间文集》中的《哭仲驭墓文》。余怀《和仲驭南园十律》。

钱肃乐(1606—1648)

钱肃乐,浙江鄞县人。字希声,一字虞孙,号止亭。崇祯十年(1637)进士,历官太仓知州、刑部员外郎,寻以忧归,清兵下杭州,倡议起兵,应者数万人,遣使请鲁王监国,任右佥都御史、进东阁大学士,卒于舟中。黄宗羲有《钱忠介公传》。[1]

著有《正气堂集》。

钱肃润(1619—1699)

钱肃润,江苏无锡人。字礎日,明末诸生,入清隐居。

著有《十峰诗选》七卷,康熙五年刻本,《二集》七卷,国家

---

[1]《黄宗羲全集》第十册,第570—574页。

图书馆藏,见《明别集版本志》著录。[1]

钱肃图（1617—1692）

钱肃图,钱肃乐四弟,字退山,号东村（《鄞县志》云:字肇一,号退山）。为诸生。随肃乐倡义,授监纪推官。绍兴破,从王泛海入闽,擢御史,召募义勇,联络山海诸寨。肃乐死,与弟简讨肃范同入福安围城中。福安破,肃范死,肃图从王至舟山。又二年,舟山破,乃归,久之,卒于家。钱氏一门忠烈,详见全祖望《续甬上耆旧诗》卷四十三《钱侍御肃图》。

其诗甲辰以前皆不存,晚年手辑《中介遗集》,又著有《东村集》。见《续甬上耆旧诗》卷四十三。[2]

按:生年为1616年,据其诗《让水弟以先叔父遗爱,居宛陵。癸丑予年五十七,至宛陵,始识面,爰赋其事》[3],癸丑乃康熙十二年（1673）,可知。

钱光绣（1614—1678）

钱光绣,浙江鄞县人。字圣月,晚号蛰庵。六世祖钱奂,进士,以侍即管江西布政司使。五世祖钱瓒,进士,广西按察司副使。祖钱若赓,进士,江西临江府知府。父钱敬忠,进士,直隶宁国府知府。丙戌以后,颓然自放。生平师友大半死剑铓,所之有山阳之痛,不堪回首,遂以佞佛之癖,决波倒澜,俨然宗门人物矣。其别署曰

---

[1]《明别集版本志》,第855页。
[2]《甬上耆旧诗续》卷四十三,中册,第305—357页。
[3] 同上书,第313页。

寒灰道人。先生平日风流自喜，蕴藉得之性成，虽遭厄运，不为少减。然感怀家国，渐以憔悴，遂成心疾，竟以愤懑失意自裁。

自十六岁有诗集，其后或隔年一付梓人，或每年有之，曰告情草、漱玉集、香醉轩集、澹鸣集、述祖德诗、秋两删、萍社诗选、停云草、水盐集、独寐寱歌、白门诗 蕢草。三十岁始复位之，日删后诗，以后曰纪年集、曰有声泪、曰归来吟。其文曰学古集。其谈禅曰耳耳目目集。五十一岁又合定之曰从慕堂诗文，内集则乙酉以前，外集则乙酉以后也。其诗见全祖望辑选《续甬上耆旧诗》卷五十。[1]

钱肃采（1633—1674）

钱肃采，钱肃乐十弟。字子亮。乙酉年（1645），方十二，在军中。次年随兄乘桴。己丑（1649），荐以中书舍人，不受。辛卯（1651）得脱。后东西奔走，以村童自给，不归家，不娶妇。甲寅（1674）卒于淮上，年仅四十一。

全祖望辑选《续甬上耆旧诗》卷五十二录其诗一首。[2]

钱栴（1598—1647）

夏完淳岳父。[3]《孤本明代人物小传》有传。

著有《城守筹略》五卷，据自序，为"应变临敌"之资。

---

[1]《甬上耆旧诗续》卷五十，第538页。
[2]《甬上耆旧诗续》卷五十二，第609页。
[3] 朱彝尊著，姚祖恩编，黄君坦校点：《静志居诗话》卷二十一，人民文学出版社1990年版，第649页。

屈大均（1629—1696）

屈大均，广东番禺人。字华夫，原名绍隆，字介子，号翁山。少从陈邦彦学，邦彦殉节死，遂弃诸生。永历初，赴肇庆，将官中秘，父疾，遽归。乙丑年父殁，削发为僧，名今种，字一灵，又字骚余。取永历钱一枚，以黄丝系之，贮以黄锦囊，以示不忘时乱。与同里诸子结西园诗社。中年仍改儒服。《胜朝粤东遗民录》卷一、邓之诚《清诗纪事初编》卷二有小传。[1]

著有《翁山诗外》十八卷。今人王贵忱主编有《屈大均全集》[2]。

容南英（生卒年不详）

容南英，新会人。字明子。明唐王隆武元年（1645）贡生，官工部主事。事见明张乔《莲香集》卷二、清道光《新会县志》卷六。

张乔《莲香集》卷二录其诗一首。

阮旻锡（1627—1714?）

阮旻锡，福建同安人。字畴生。永历初，从曾樱游。永历九年（1655），入郑成功储贤馆。郑经降清后，随郑氏居京十一载，课郑氏子孙为业。康熙二年（1663）清兵破厦门，弃家行遁，奔走四方，留滞燕云一带达二十载。曾削发为僧，名超全，以教授生徒自给。康熙三十三年（1694）返厦门，撰《海上见闻录》。

---

〔1〕《胜朝粤东遗民录》，第82页；《清诗纪事初编》，第291页。
〔2〕王贵忱主编：《屈大均全集》，人民文学出版社1996年版。

其诗仅有钞本留存,今有何丙仲校注《夕阳寮诗稿》[1]。

邵标春（生卒年未详）

邵标春,闽县人。甲申秋,曾从陆岫青勤王。

著有《檐景斋集》一卷,稿本,国家图书馆藏,《明别集版本志》著录。[2]

佘思复（生卒年未详）

著有《吴游集》二卷,康熙刻本,钱澄之订,福建图书馆藏,见《明别集版本志》著录。[3]

佘锦（生卒年不详）

佘锦,广东顺德人。字似龄。明唐王隆武元年（1645）举人。清咸丰《顺德县志》卷二五有传。

康熙《顺德县志》卷一一录其诗四首。

沈士柱（？—1659）

沈士柱,江南芜湖人。字昆铜,一字寄公。南京既失,破家结客,座上言兵者,尝数十人。癸巳（1654）,以通西宁王李定国被执,寻得脱。丁酉（1657）复被执,囚于南京三年,后被杀。

---

[1] 何丙仲校注：《夕阳寮诗稿》,厦门大学出版社2011年版。
[2]《明别集版本志》,第803页。
[3] 同上书,第853页。

著作多散佚。著有《土音集》。[1]

史可法（1601—1645）

史可法，河南祥符人。字宪之，又字道邻，南明谥忠靖，一说忠烈。崇祯元年（1628）进士、东林党人。授西安府推官。历任户部员外郎、郎中。弘光政权建立后，拜礼部尚书兼东阁大学士，时称"史阁部"。自请督师江北，清豫亲王多铎兵围扬州，多尔衮劝降，史可法致《复多尔衮书》拒降。扬州城破，史可法自刎不死，被俘。后壮烈就义。《明史》卷二七四有传。今人编有《史忠正公集》。[2]

舒天福（生卒年不详）

舒天福，字五齐，一字一新，诸生。尝以督饷豫于江东之师。其诗见全祖望辑选《续甬上耆旧诗》卷六十四，录一首。[3]

孙治（？—1682）

孙治，仁和人。字宇台。西泠十子之一。《清史稿》卷四八四有小传。

著有《孙宇台集》四十卷，康熙二十三年刻本，国家图书馆藏。见《明别集版本志》著录。[4]

---

[1] 屈大均：《皇明四朝成仁录》卷十二，《屈大均全集》第3册，第936页。
[2] 《史忠正公集》，中华书局1985年版。
[3] 全祖望辑选：《续甬上耆旧诗》卷六十四，杭州出版社2004年版，中册，第933页。
[4] 《明别集版本志》，第802页。

汤来贺（1607—1688）

汤来贺，江西南丰人。原名汤来肇，字佐平，改字念平，号惕庵，别号主一山人，世皆称其为"南斗先生"。崇祯十三年（1640）中进士。任扬州推官，主管本府司法事务，其在政以廉洁著称。顺治二年（1645）五月清军攻破南京，于芜湖俘获逃亡的弘光皇帝朱由崧送京处斩。汤来贺闻知弘光帝遇害，为图恢复大计，其与明众遗老共推唐王朱聿键于福州登基，改元"隆武"，号召江南诸省抗清。隆武帝初立，因库中无饷银，难于支撑时局，汤来贺早有准备，立即由广东抽调十万两运抵福州以济之。隆武帝赖汤来贺支持暂得以维持，汤来贺亦因功而迁户部郎中。见明廷内乱，诸王相残，大臣相猜，难于成事，则拒绝永历帝之诏，弃职匿隐于山洞之中，后回归故里南丰，秘密筹建反清组织"洪门帮"，为洪门帮主，化名为殷洪盛。

著有《内省斋文集》三十二卷，康熙五车楼刻本，国家图书馆藏。

唐时谟（生卒年不详）

唐时谟，字孟嘉，崇祯初诸生。入史可法幕府为记室。
《龙眠风雅》卷四十七收其诗十首。

陶汝鼐（1601—1683）

陶汝鼐，湖南宁乡人。字仲调，一字燮友，号密庵。崇祯中以贡生廷试授知州，[1] 不就。弘光时为何腾蛟监军，永历时授翰林院

---

[1] 郭都贤：《荣木堂集序》，《陶汝鼐集》，第215页。

检讨。入清不仕。顺治十年，密谋举兵下狱，为当时一大案。[1] 顺治十二年（1655）出狱后祝发山，号忍头陀。《清史稿》卷五〇一有传。邓之诚《清诗纪事初编》卷二有小传。[2]

著有《荣木堂合集》三十五卷，清康熙刻世綵堂汇印本，中国科学院图书馆藏，收入《四库禁毁书丛刊》集部第85册。今人点校有《陶汝鼐集》[3]。其诗亦见《沅湘耆旧集》卷三十一《密庵先生陶汝鼐近体诗一百一十七首》。

屠鼎忠（生卒年不详）

屠鼎忠，字禹铭。乙酉（1645），偕弟在孙嘉绩幕府。官以镇抚。后杜门谢客，穷愁以卒。

其诗见全祖望辑选《续甬上耆旧诗》卷六十四。[4]

王邦畿（生卒年不详）

王邦畿，广东番禺人。明末副贡生，举隆武乙酉（1645）乡荐。广州拥立绍武，荐官御史。明亡后出家为僧，法名今吼，与程可则、方殿元及陈恭尹等称"岭南七子"。《胜朝粤东遗民录》卷一有小传。[5]

著有《耳鸣集》十四卷，国家图书馆藏，见《明别集版本志》

---

[1] 何龄修：《湖南的抗清复明活动与陶汝鼐案》考论最详，《五库斋清史丛稿》，学苑出版社2004年版，第340—358页。
[2] 邓之诚：《清诗纪事初编》，第186—187页。
[3] 《陶汝鼐集》，岳麓书社2008年版。
[4] 《续甬上耆旧诗》，中册，第923页。
[5] 《胜朝粤东遗民录》，第90页。

著录。[1]

王崇简（1602—1678）

王崇简，直隶宛平人。字敬哉。崇祯十六年（1643）进士，选庶吉士。北都之覆，携家南游，金陵不守，栖迟吴越间。顺治二年（1645）入都补官，后授内翰林国史院庶吉士，历任秘书院检讨、国子监祭酒、弘文院侍读学士、詹事府少詹事、吏部侍郎、礼部尚书、太子太保十余年间，洊升礼部尚书。十八年（1661）以疾告休，时人嘉其勇退。邓之诚《清诗纪事初编》卷五有小传。[2]

著有《青箱堂诗集》三十三卷，《文集》十二卷。

王夫之（1619—1692）

王夫之，湖南衡阳人。字而农，号姜斋、又号夕堂。晚年居石船山，故世称其为船山先生。十四岁中秀才，崇祯十五年（1642）与其兄同中举人。十六年八月，张献忠率农民军攻克衡阳，招夫之兄弟往，乃与其兄避匿衡山。翌年，李自成攻克北京，夫之闻变数日不食，作《悲愤诗》一百韵。清顺治三年（1646），清兵南下进逼两湖，夫之只身赴湘阴上书南明监军、巡抚章旷，提出调和南北督军矛盾，并联合农民军共同抗清，未被采纳。五年，与管嗣裘、僧性翰等，在衡山组织武装抗清失败，赴肇庆，任南明永历政权行人司行人。连续三次上疏弹劾东阁大学士王化澄等贪赃枉法，结奸

---

[1]《明别集版本志》，第796页。
[2]《清诗纪事初编》，第610页。

误国,几陷大狱。得高一功仗义营救,方免于难。顺治八年,回原籍,誓不剃发,不容于清朝当局,辗转流徙,四处隐藏,最后定居于衡阳金兰乡高节里。先住茱萸塘败叶庐,继筑观生居,又于湘水西岸建湘西草堂。康熙三十一年(1692)病逝,年七十四岁。《清史稿》卷四八〇有传。

著作于清末汇刊成《船山遗书》,有道光二十二年(1842)刻本、同治金陵刻本、光绪十三年(1881)湖南船山书院刻本等。今人有整理本。[1]

王家亮(生卒年不详)

王家亮,字天枿。鹤山七子之一。以贡生豫于钱肃乐幕府,后抑郁以卒。

全祖望时,其著述已亡佚殆尽。其诗见全祖望辑选《续甬上耆旧诗》卷六十四。[2]

王铎(1592—1652)

王铎,河南孟津人。字觉斯,一字觉之。号十樵、嵩樵。天启二年(1622)中进士,入翰林院庶吉士,累擢礼部尚书。弘光元年封东阁大学士。清朝入关后被授予礼部尚书、官弘文院学士,加太子少保。今人张升有《王铎年谱》[3]。

著有《拟山园初集》七十卷,藏河南图书馆,《拟山园选集》

---

[1]《船山遗书》,岳麓书社1982年版。
[2]《续甬上耆旧诗》,第919页。
[3] 张升有:《王铎年谱》,上海书画出版社2007年版。

八十二卷，藏中科院图书馆、南京图书馆等。见《明别集版本志》著录。[1]

王鸣雷（生卒年未详）

王鸣雷，邦畿从子。番禺人。字震生，号东村。明唐王隆武元年（1645）举人，授中书舍人。清兵陷广州，与罗宾王同下狱。获释后，乃北游燕赵，往来吴楚，归而隐居。清陈伯陶《胜朝粤东遗民录》卷一有传。[2]

著有《王中秘文集》、《空雪楼诗集》等。

王猷定（1598—1662）

王猷定，江西南昌人。字于一，号轸石。史可法闻其贤，征为记事。可法迎立福王，传檄四方，情文动一时，皆于一为之谋也。时袁继咸奉命江楚，亦疏荐于一可大用。于一坚卧，复书累千言，谓无仕进意。既入清，逐绝意尘世，日以诗文自娱。《小腆纪传》第八二一页。钱仪吉纂录《碑传集》第二一六卷第六七八页。

著有《四照堂集》，初为周亮工所刻。凡文五卷，诗二卷。后其子汉卓复广加搜罗，编为四照堂诗文集十六卷，凡文十二卷、诗四卷。诗集部分，卷一为五香古诗三十首、七书古诗九首，卷二为五言律诗八十八首，卷三为七言律诗六十九首，卷四为七书绝句六十一首，统由胡思所校。《四照堂诗文集》十六卷，《豫章丛书》本。

---

[1]《明别集版本志》，第797—798页。
[2]《胜朝粤东遗民录》，第96页。

王雨谦（1599—1688）

王雨谦，浙江山阴人。初名佐一，字延密，号田夫，又号白岳山人。崇祯癸酉年（1633）举人。南都破，入闽，后潜归，不仕。

著有《硕迈集》四卷，国家图书馆藏。见《明别集版本志》著录。[1]

王鏳（？—1647）

王鏳，金坛人。字叔闻。明末诸生。

著有《王叔闻先生诗钞》五卷，乾隆七年刻本，见《明别集版本志》第七九八页著录。[2]

王余佑（生卒年未详）

王余佑，新城人。字介祺。父延善，邑诸生，尚气谊。当明末，散万金产结客。有子三，长余恪，季余严，余佑其仲也。明亡，延善率三子与雄县马鲁建义旗，传檄讨贼。时容城奇逢亦起兵，共恢复雄、新、容三县，斩其伪官。顺治初，延善为仇家所陷，执赴京。余恪挥两弟出，为复仇计，独身赴难，父子死燕市。余严夜率壮士入仇家，歼其老弱三十口。名捕甚急，上官有知其枉者，力解乃免。余佑隐易州之五公山，自号五公山人。尝受业于孙奇逢，学兵法，后更从奇逢讲性命之学。隐居教授，不求闻达。教人以忠孝，务实学。卒，年七十。

---

[1]《明别集版本志》，第795页。
[2] 同上书，第798页。

著有《五公山人集》十六卷,《明别集版本志》著录。[1]

汪蛟（生卒年未详）

汪蛟,字辰初,隆武为琼州推官,永历时补勋司,奔走闽、粤、滇三十余年。

著有《滇南日记》、《心远堂诗》,今不存。《明遗民诗》卷七录其诗三首。

汪启龄（生卒年未详）

汪启龄,安徽桐城人。字大年,号西厓。辛卯年（1651）归里。

著有《田园集》。《龙眠风雅》卷五十二收其诗五十四首。

吴德操（生卒年未详）

吴德操,桐城麻溪人,字鉴在,号凫客,明诸生。明季频与钱仲驭、钱澄之一起吟诗作赋,人称三子。明亡后与钱澄之一道跟随钱仲驭起兵,兵败落水幸不死,入闽隆武行在,与钱澄之同为大学士黄道周举荐,应吏部试,钱澄之得第一,吴鉴在得第七,鉴在授福建长汀知县,永历时再擢监察御史,与永历行在失散后,奔命死于象郡。

著有《西台封事》二卷,作于永历时期,巡按广西西台之时。《龙眠风雅》卷三十八收其诗六十首。

按：钱澄之《藏山阁诗存》中,提及鉴在的诗俯拾皆是,有

---

[1]《明别集版本志》,第798—799页。

《放歌赠吴鉴在》、《延平寄客生鉴在》、《忆龙眠》、《喜闻吴鉴在御史持斧粤西》、《密之与鉴在相依桂林贻书招予书怀二十八韵奉答》、《中秋至桂林喜晤曼公鉴在》等,《田间诗集》里有《哭鉴在》、《吴拙存出示哭鉴在诗属余序之因成一首》,《藏山阁文存》中有《吴廷尉鉴在传》,在鉴在死后十年,钱澄之犹作《在原恸题词》哭之。钱澄之的诗句"艰难千里共,心迹两人知"是二人深厚友情最好的概括。

吴尔壎(1621—1645)

吴尔壎,浙江崇德人。字介子。崇祯癸未进士,改庶吉士。李自成陷京师,以计脱,归依史可法,赞画军事。遇乡人祝孝防渊南还,断一指,裹家书中遗其亲,誓不空返。卒死于兵。有故人殓其尸而寄棺佛寺,寺毁于兵火。参沈季友《檇李诗系》卷二十二《吴庶常尔壎》[1]。

著有《滋兰堂初集》、《聂许堂遗草》。

吴应箕(1594—1645)

吴应箕,安徽贵池人。字风之,后更字次尾,应箕意气横厉,为复社领袖。当崇祯中,预虑燕都之必不能守,闻者皆笑其迂。而应箕持论侃侃不阿也。名虽不登朝籍,而人才之邪正,国事之得失,了如指掌。崇祯壬午(1642)以乡试副榜贡入京,公卿咸加礼异。

---

[1] 何龄修:《史可法扬州督师期间的幕府人物》,何龄修:《五库斋清史丛稿》,学苑出版社2004年版,第388—389页。

时阮大铁以附挡，剑籍南京，联络南北附铛失职诸人，规持当道。应箕与复社诸生为留都"防乱公揭"讨之。后大铁得志，谋杀周镳，应箕独入狱护视。大铁闻，急捕之，应箕亡夜去。后南都不守，应箕起兵应金声，败走被获，慷慨就死。乾隆中追谥忠节。

著有《楼山堂集》二十七卷，清光绪二十五年刘氏唐石廖汇刻本。

吴蕃昌（1622—1656）

吴蕃昌，浙江海盐人。字仲木。崇祯诸生。父明太常寺少卿吴麟徵，明季死难。蕃昌事所后母查孝，居丧，水浆不入口。既殡，啜粥，不茹蔬果。寝苫，不脱衰绖。比葬，呕血数升，逾小祥遂卒。《明史》卷二百八十四有传。

著有《祇欠庵集》八卷，嘉庆二十五年刻本，《明别集版本志》著录。[1]

吴树诚（1611—?）

吴树诚，歙县人。字芋生。

著有《宛鸠居诗》十二卷，康熙松石山房刻本，复旦图书馆藏，见《明别集版本志》著录。[2]

按：集中有《哭孙豹人》诗。孙豹人，即孙枝蔚，卒于康熙三十六年。则吴树诚卒年在此之后。

---

[1]《明别集版本志》，第809页。
[2] 同上。

吴骐（1620—1696）

吴骐，江苏华亭（今上海松江）人。字日千，号铠龙，铁崖，九峰遗黎，培桂桂斋主。明亡，绝意仕进，自号"九峰遗黎"，以遗民终老。清初杜登春《社事本末》云："几、复两社翘楚，而终身高隐者，二十余人，吾邑吴日千先生与焉。"清章有谟《景船斋杂记》云："明季吴日千骐、王玠右光承、计子山南阳三人，并以高行著，今称为三高士云。"

著有《颅颔集》八卷，康熙刻本，《明别集版本志》著录。[1]

吴其沆（1620—1645）

吴其沆，南直隶嘉定县（今上海市嘉定区）人。字同初。嘉定县学生员。清军南下，吴其沆与顾炎武及归庄加入佥都御史王永祚的义军。清顺治二年（1645）七月初六日，清兵攻陷昆山城，城陷殉难，年仅二十六岁。顾炎武撰有《吴同初行状》。

《天启崇祯两朝遗诗》卷九存其诗。[2]

吴伟业（1609—1672）

吴伟业，江苏太仓人。字骏公，号梅村，别署鹿樵生、灌隐主人、大云道人，崇祯进士。与钱谦益、龚鼎孳并称"江左三大家"。授翰林编修，后任东宫讲读官、南京国子监司业等职。南明福王时，拜少詹事，因与马士英、阮大铖不合，仅任职两月便辞官归里。清

---

[1]《明别集版本志》，第810页。
[2]《天启崇祯两朝遗诗》卷九，第1409—1420页。

朝顺治十年（1653），被迫赴京出仕。初授秘书院侍讲，后升国子监祭酒。三年后奔母丧南归，从此隐居故里直至去世。

著作有《梅村家藏稿》，《梅村诗余》。今人整理编有《吴梅村全集》。[1]

温璜（1608—?）

温璜，浙江乌程人。初名以介，字于石，号宝忠。崇祯癸未进士，除徽州府推官。夷然自守，有学行，与东林结契，名列复社中。顺治间起兵与金声相应，以拒清师。城破，手双其妻女，自经昏死，越日苏，复绝粒，越五日，两手自抉其创乃死。谥忠烈。《明史列传》卷二七七有传。又见《小腆纪年》第537页、温能夫撰《宝忠公传》（在《温宝忠先生遗集》附录）、全祖望撰《推官温公传》（在《鲒埼亭集》外编卷十二）。

著有《贞石堂集》。[2] 吴兴刘氏嘉业堂取其遗稿二卷录入《吴兴丛书》，并辑附录一卷附于其后，然未录其诗。《温宝忠先生遗稿》十二卷，永历甲午（1654）吴兴董漠策刊本。第十一卷为诗。

魏耕（1614—1662）

魏耕，浙江慈溪人。初名时珩，又名璧，字楚白。入清，更名耕，字野夫。号雪窦居士。或名甦。甲乙后，弃衣冠。浙东义军起，钱肃乐迎鲁王监国，耕得与其事。尝入海，与张煌言会。遂为煌言

---

[1]《吴梅村全集》，上海古籍出版社1990年版。
[2] 朱彝尊著，姚祖恩编，黄君坦校点：《静志居诗话》卷二十，人民文学出版社1990年版，第625页。

东道主人。力说煌言与郑成功,以舟中入长江,南京唾手可得也。于是有己亥江上之师,不幸而败。耕方在煌言军中,将自焦湖入英霍山寨,不果。乃间道出浙,自后数往来吴越间。康熙元年,狱成。耕瞻百缵曾廷聪论斩。六月朔日,磔于会城观巷口。耕妻凌同日自经死。邓之诚《清诗纪事初编》卷二有小传[1]。

著有《雪耕诗集》十七卷。

伍如璧（生卒年未详）

伍如璧,新宁人。字昆奇。明唐王隆武元年（1645）举人。事见清光绪《新宁县志》卷五。

赵天锡《宁阳诗存》卷一录其诗二首。

谢长文（1588—?）

谢长文,广东番禺人。字伯子,一字雪航,号花城。崇祯四年（1631）贡生。素有文名,曾参与陈子壮所开南园诗社,又和黎遂球《黄牡丹诗》十章,名曰《南园花信诗》。八年（1635）任惠州府训导,历平远县、博罗县教谕。由教职升浈阳知县。广州拥立,授户部主事,历仕户部员外郎。明亡,不复出。晚年事释函昰于雷峰,名今悟,字了闲。清李福泰修同治《番禺县志》卷一一、清陈伯陶《胜朝粤东遗民录》卷一有传[2]。

著有《乙巳诗稿》、《雪航稿》、《秋水稿》、《谢伯子游草》。诗

---

[1] 邓之诚:《清诗纪事初编》,第247—248页。
[2] 《胜朝粤东遗民录》,第113页。

见《海云禅藻集》卷四。

徐孚远（1600—1665）

徐孚远，江苏华亭（今属上海松江）人。字闇公，晚号复斋。崇祯二年（1629）陈子龙、夏允彝、徐孚远、彭宾、杜麟徵、周立勋六人组成文社"几社"，崇祯十五年（1642）壬午举人。顺治二年（1645）和钱仲驭、钱澄之等人毁家兴义兵，兵败后入闽奔唐王。授福州推官，进兵科给事中。永历时除左副都御史，后跟随郑成功联络义师，往返闽广，病卒后归葬故里。邓之诚《清诗纪事初编》卷一有小传[1]。

著有《钓璜堂集》等。今有陈乃乾辑《钓璜堂存稿》二十卷附《交行摘稿》一卷《遗文》一卷，金山姚氏《怀旧楼丛书》本，民国十五年（1926）。国图、上图、南图均入藏。收录于《清代诗文集汇编》第十四册。

徐石麒（1577—1645）

徐石麒，浙江嘉兴人。初名文治，字宝摩，号虞求。天启壬戌（1622）进士，授工部营缮主事，福王时官至吏部尚书。后辞官隐居枫泾。清兵围攻嘉兴，城陷，自缢死。乾隆年间谥"忠懿"。

著有《可经堂集》。[2]

---

[1]《清诗纪事初编》，第94页。
[2] 朱彝尊著，姚祖恩编，黄君坦校点：《静志居诗话》卷二十，人民文学出版社1990年版，第626页。

徐明节（生卒年未详）

徐明节，太常卿应奎孙。字松盟。尝在御史军中。

其诗见全祖望辑选《续甬上耆旧诗》卷六十四。[1]

徐振奇（生卒年未详）

徐振奇，字可贞，一字我庸。与钱中介公善，及起事，訢然从之。以户部郎参军事，迎监国。国亡，遁入青雷山中，居山中二十余年。八十后，自署通介道人。

有诗集八卷。其诗见全祖望辑选《续甬上耆旧诗》卷四十九。[2]

薛始亨（1617—1686）

薛始亨，广东顺德人。字刚生，号剑公，别署甘蔗生、剑道人、二樵山人。工诗书画，兼精琴棋剑艺。明亡后，隐居西樵山，后入罗浮山为道士。

著有《南枝堂集》。

薛熙（生卒年未详）

薛熙，常熟人。字孝穆，号半园。曾与修《江南通志》。

著有《依归集》十卷，康熙刻本，复旦图书馆藏，见《明别集版本志》著录。[3]

---

[1]《续甬上耆旧诗》中册，第926页。
[2] 同上书，第514页。
[3]《明别集版本志》，第831页。

薛敬孟（1615—?）

薛敬孟，福建福清人。字子熙，号勉庵，崇祯年间拔贡。博览群书，凡诗赋文词，援笔立就。明亡时，年甫壮，不求仕进，唯课徒训子吟啸自娱。

著有《击铁集》十卷，有康熙十年刻本，见《明别集版本志》著录。[1]

熊开元（1598—?）

熊开元，湖北嘉鱼人。字玄年，号鱼山。天启五年（1625）进士。天启七年，熊开元被授予崇明知县。后官行人司副。福王召起吏科给事中。丁母艰不赴。唐王立，起工科左给事中。连擢太常卿、左佥都御史，随征东阁大学士。汀州破，弃家为僧，名正志，号檗庵。隐苏州之灵岩以终。《明史》卷一百四十六有传。

著有《鱼山剩稿》八卷存世，清刻本，藏上海图书馆，参《明别集版本志》著录。[2]

夏允彝（1596—1645）

夏允彝，夏完淳之父。松江华亭（今属上海松江）人。字彝仲，号瑗公。万历四十六年（1618）举人，崇祯初年，东林讲席盛，复社立，允彝与同郡陈子龙、徐孚远、王光承等结成几社应和。崇祯十年（1637）进士，授福建长乐县知县，能体恤民情，

---

[1] 《明别集版本志》，第831页。
[2] 同上书，第806页。

革除弊俗，善决疑狱。居五年，邑大治。吏部尚书郑三俊举天下廉能知县七人，以允彝为首。帝召见，大臣方岳贡等力称其贤，将特擢。会丁母忧，未及用。北都变闻，允彝走谒尚书史可法，与谋兴复。闻福王立，乃还。其年五月擢吏部考功司主事。疏请终制，不赴。南都失，彷徨山泽间，欲有所为。闻友人侯峒曾、黄淳耀皆死，乃以八月中赋绝命词，自投深渊以死。《明史》卷二七七有传。

著有《夏文忠公集》、《私制策》、《幸存录》等。[1]

夏完淳（1631—1647）

夏完淳，夏允彝子。原名复，字存古，号小隐、灵首（一作灵胥），乳名端哥。七岁能诗文。十四岁从父及陈子龙参加抗清活动。鲁王监国授中书舍人。事败被捕下狱，赋绝命诗，遗母与妻，临刑神色不变。

著有《南冠草》、《续幸存录》等。

严炜（生卒年未详）

严炜，常熟人。字伯玉，严讷孙。入何云从、瞿式耜幕府。

著有《沧浪集》、《蓢山草》。朱彝尊《静志居诗话》卷十九。[2]

---

[1] 朱彝尊著，姚祖恩编，黄君坦校点：《静志居诗话》卷二十，人民文学出版社1990年版，第630页。

[2] 朱彝尊著，姚祖恩编，黄君坦校点：《静志居诗话》卷十九，人民文学出版社1990年版，第596页。

严首升（1607—1682）

严首升，湖南华容县人。字颐，又字平子、平翁，号确斋，六十四岁时，改字上公，号解人。十二岁时即作《懊春词》，名噪一时。澧州刺史周彝仲见其家境贫寒，给予大力资助，让其读书。督学王澄川、高汇旃等打破科举考试规矩，将他荐为贡生，授明太史，专负修史之任。清顺治元年（1644），马士英等拥立福王于南京，起用阮大诚，与东林党人为敌，不抚政抗清，排斥史可法等。严首升深感前途黯然，次年弃政，后回华容，衲衣髡顶、信仰佛教，成为家僧。十一年，清军进驻华容以后，他赴石门容美土司处避难，为容美土司田既霖、田甘霖撰写《田氏世家》。康熙二十年（1681），湖广总督蔡毓荣追剿吴三桂，路过华容，听说距严首升瀨园很近，派人请来相见，他"携小僮（童），策蹇驴，造行营"。蔡毓荣见后十分喜悦，但严首升长揖不拜。严首升赞同大顺真诚联明抗清。在容美土司避乱时的一些著述中，对大顺将领王光兴、王昌、王有进、郝永忠、刘体纯都冠以荆侯、襄侯、宁国侯、临国公、安国侯、皖国公等。刘体纯还被称为"刘帅"。康熙二十一年，临终前写《夹山纪》，以"隐"的手法，歌颂奉天玉大和尚即李自成，更加充分反映了他联明抗清的思想。[1] 邓之诚《清诗纪事初编》卷二有传。

著有《瀨园诗》，顺治十四年刻增修本，收入《四库禁毁书丛刊》集部一四七册。

---

[1] 何龄修：《湖南的抗清复明活动与陶汝鼐案》，《五库斋清史丛稿》，学苑出版社2004年版，第350页。

杨廷麟（？—1646）

杨廷麟，江西清江人。字伯祥，一字机部，晚年自号兼山，意在效法文天祥（号文山）、谢枋得（号叠山）。崇祯四年（1631）进士，南都陷，唐王加兵部尚书，攻复吉安，旋失，退保赣州，清兵陷城，赴水死。《明史》卷二七八有传。

著有《兼山集》。[1]

姚士晋（1579—1654）

姚士晋，安徽桐城人。字伯康，更名康。万历中诸生。早受知何如宠。如宠如相，奉为上宾。史可法巡抚扬州，单骑诣之问计。遂参草谋。可法奏议书檄多出其手。扬州陷，适先期归，得不与难。顺治十年，悲愤以卒。邓之诚《清诗纪事初编》卷一有小传。[2]

著有《休那遗稿》十七卷。

尹体震（生卒年未详）

尹体震，广东东莞人。字恒复。诸生。与同里张家玉善。明桂王时官中书舍人。国亡，遁迹罗浮。陈伯陶《胜朝粤东遗民录》卷二有传。[3]

张其淦《东莞诗录》卷二三录诗六首。

---

[1]《明诗综》卷七十四，中华书局2007年版，第3684—3686页；《静志居诗话》卷二十一，人民文学出版社1990年版，第639页。
[2]《清诗纪事初编》，第112—113页。
[3]《胜朝粤东遗民录》，第225页。

袁廷宪（生卒年未详）

袁廷宪，字尔章，号笈堂。崇祯末岁贡，乙酉授中城兵马司，国变弃归。

著有《笈山堂文集》。《龙眠风雅》卷四十一收其诗四首。

查继佐（1601—1676）

查继佐，浙江海宁人。初名继佑，应试之日误为佐，后遂依之。字伊璜，一字敬修，又号东山，晚号钓叟。崇祯六年举孝廉，官至职方主事。国变后更名省，或隐姓名为左尹。晚辟"敬修堂"于杭之铁冶岭，著书其中，学者称敬修先生。其弟子沈起撰有《查东山先生年谱》一卷。[1]

著有《敬修堂诗集》不分卷。

翟祖佑（生卒年不详）

翟祖佑，归善人。绍高子。字宪甲。明唐王隆武元年（1645）举人。清雍正《归善县志》卷五有传。

郭寿华《岭东先贤诗抄》第二集录其诗一首。[2]

张煌言（1620—1664）

张煌言，浙江鄞县人。字玄箸，号苍水。明崇祯十五年举人。慷慨好论兵事。清顺治二年，师定江宁，煌言与里人钱肃乐、沈宸

---

[1]《查继佐年谱 查慎行年谱》，中华书局1992年版。
[2] 郭寿华：《岭东先贤诗抄》，台北大亚洲出版社1973年版。

荃、冯元飏等合谋奉鲁王以海。鲁监国授行人，赐进士，加翰林院编修，擢右副都御史，监张名振军，进兵部右侍郎。屡抗清军。舟山破，鲁王入闽依郑成功，苍水劝成功取南京，自崇明入江，所向克捷。苍水先移师上游，已下皖二十余县，成功自镇江败退，事遂不成。后鲁王与成功相继逝世，苍水知事不可为，乃散兵隐居悬奥，以寺僧告密，为清军所获，受刃而亡。《明史》、《明季南略》有传。

著有《奇零草》、《冰槎集》乃永历十六年（1662）手定之诗、文集。全祖望有《明故权兵部尚书兼翰林院学士鄞张公神道碑铭》。《四明丛书》有《张苍水集》九卷。今有《张煌言集》[1]，辑录最为完备。

张家玉（1615—1647）

张家玉，广东东莞人。字玄子，号芷园。崇祯十六年（1643）进士。授翰林院庶吉士。李自成陷京师，被执。贼败南归。后从唐王入福建，擢翰林侍讲，监郑彩军。出杉关，谋复江西，解抚州之围。顺治三年（1646），风闻大兵至，彩即奔入关，家玉走新城。令以右佥都御史巡抚广信。广信已失，请募兵惠、潮，说降山贼数万，将赴赣州急。会大兵克汀州，乃归东莞。四年，家玉与举人韩如璜结乡兵攻东莞城，知县郑霖降，乃籍前尚书李觉斯等赀以犒士。甫三日，大兵至，家玉败走。奉表永明王，进兵部尚书。无何，大兵来击，如璜战死，家玉走西乡。祖母陈、母黎、妹石宝俱赴水死。妻彭被执，不屈死，乡人歼焉。西乡大豪陈文豹奉家玉取新安，袭东莞，战赤冈。未几，大兵大至，攻数日，家玉败走铁冈，文豹等

---

[1]《张煌言集》，上海古籍出版社1984年版。

皆死。道得众数千，取龙门、博罗、连平、长宁，遂攻惠州，克归善，还屯博罗。大兵来攻，家玉走龙门，复募兵万余人。家玉好击剑，任侠，多与草泽豪士游，故所至归附。乃分其众为龙、虎、犀、象四营，攻据增城。十月，大兵步骑万余来击。家玉三分其兵，掎角相救，倚深溪高崖自固。大战十日，力竭而败，被围数重。因遍拜诸将，自投野塘中以死，年三十有三。明年，永明王赠为太子少保、东阁大学士、吏部尚书。又加赠太保兼太子太保、武英殿大学士、增城侯，谥文烈。《明史》卷二七八有传。

后人辑有《张文烈公军中遗稿》和《张文烈公遗集》。《张文烈公遗集》六卷，《沧海丛书》本。

张穆（1607—1683）

张穆，广东东莞人。字尔启，号穆之，又号铁桥。崇祯六年（1634），往岭北游，思立功边塞，不得用。唐王立，穆入闽，谒苏观生，观生以御史王化澄疏，叙穆为靖江王党人，摈不录。后又经举荐，着御营兵部试用，旋诏与张家玉募兵惠州、潮州。会汀州变，张穆见诸臣不以恢复为念，遂不复出，隐居东安，一日无病而卒。陈伯陶编《胜朝粤东遗民录》卷二有传。今人汪宗衍、黄莎莉著有《张穆年谱》[1]。

其稿有钞本流传，1974年香港何氏至乐楼刊有《铁桥集》。

张尚甒（生卒年不详）

张尚甒，字世调，一字盲隐，居槎湖。豫于东江之师，有功。

---

[1] 汪宗衍、黄莎莉：《张穆年谱》，香港中文大学文物馆1991年版。

晚年双目皆盲，而啸歌不辍。

诗见全祖望辑选《续甬上耆旧诗》卷六十四。[1]

张缙彦（1599—1660）

张缙彦，河南省新乡人。字濂源，号坦公，又号外方子，别号大隐。天启元年（1621）乡试举人；明崇祯四年（1631）进士，授清涧知县，调三原县知县。历任户部主事、编修、兵科都给事中。曾降李自成，福王时授兵部尚书，又降清，官工部右侍郎。

著有《菉居诗集》一卷，有王铎、方拱干序，国家图书馆藏；另有《菉居文集》二卷，均崇祯时作。《依水园文集前集二卷后集二卷》，顺治刊本，有钱谦益序。见《明别集版本志》著录。[2]

张次仲（1589—1676）

张次仲，浙江海宁人。字元岵，号云岊。天启辛酉年（1621）举人。

著有《张待轩先生遗集》十二卷，国家图书馆、南京图书馆藏，《明别集版本志》著录。[3]

张养重（1620—1680）

张养重，淮安府山阳县（今淮安）人。字斗瞻，号虞山，又号虞山逸民，晚号椰冠道人。崇祯十六年诸生，入清不仕，与乡人阎修龄、靳应升共同发起并主持具有复明意蕴的诗社"望社"，先后

---

[1]《续甬上耆旧诗》中册，第920页。
[2]《明别集版本志》，第800页。
[3] 同上书，第801页。

长达二十余年。晚年家境日窘,遂云游客居。

著有《古调堂集》,清康熙刻本,国家图书馆、南京图书馆藏,《明别集版本志》著录。[1]

赵庚（1603—1651）

赵庚,江南吴江人。字涣之,号大庾。崇祯三年举人,崇祯十六年进士。授瓯宁知县。入隆武朝任仪制司主事、文选司主事。后削发为僧。

《天启崇祯两朝遗诗》卷七录其诗三十四首。[2]

郑赓唐（？—1677）

郑赓唐,浙江缙云人。字而名,号宝水。明天启丁卯年举人,官至福建按察使佥事。唐王时官文选司员外郎、福宁兵备道。入清隐居。

著有《空斋遗集》十二卷,国家图书馆藏,《明别集版本志》著录。[3]

曾灿（1625—1688）

曾灿,侍郎应遴子。宁都人。本名传灿,字青藜,号止山。唐王死于汀州,应遴亦死,灿改僧服行游,后归山中自耕以养祖母及母。晚岁以笔舌糊口四方。《清史文苑传》、邓之诚《清诗纪事初

---

[1]《明别集版本志》,第802页。
[2]《天启崇祯两朝遗诗》卷七,第921—926页,小传"赵铨部"见第1967—1968页。
[3]《明别集版本志》,第855页。

编》卷二有小传[1]。

著有《六松堂诗文集》十六卷。

按：邓之诚《邓之诚文史札记》第311页评价云："青藜诗颇率易，然诗中有事，且多诽讪新朝语句，宜其不传。"

宗谊（1619—?）

宗谊，鄞人。字正庵。乙丙之际，浙东义师蠡起，钱肃乐迎鲁王监国，谊罄家财十万金供义饷。力辞版授，后复货田宅以供取求，遂至赤贫。为童子师，晚年所居仅破屋，常至绝粒，而耿介不改。尝与友结诗社，号湖上七子。邓之诚《清诗纪事初编》卷二有小传[2]。

著有《愚囊稿》七卷，斯盛选为《囊云汇稿》二卷，后补遗一卷。

钟鸣雷（生卒年未详）

钟鸣雷，自奋若，一字息斋。尝参义师，后为北来军士所侮，愤甚而死。

全祖望辑选《续甬上耆旧诗》卷六十四录其诗六首。

周岐（1607—?）

周岐，安徽桐城人。字农父，号需庵。明崇祯十七年（1644）以贡生应召入京。农父贡入京师，即上书宰相，言时政得失。冯公邺仙荐之参宣督军务，随授河南推官，参陈君元倩军。复以按

---

[1]《清诗纪事初编》，第215—216页。
[2] 同上书，第229—230页。

察佥事衔，参史公道邻军。晚又参杨龙友军，死于浙右。死于浙右一说或不确，诸家记载有分歧。又一说，国变归里，以所居舍旁余址筑土室，啸咏其中。终于土室。朱彝尊《明诗综》卷七十七、徐璈《桐旧集》卷二十八、潘江《龙眠风雅》卷三十七有传。[1]

著有《孝经外传》、《执宜集》、《烬余稿》等。卓尔堪《明末四百家遗民诗》卷十二。[2]《龙眠风雅》录诗六十七首。

按：钱澄之《田间诗集》有多首赠诗：《白鹿山中酬周农父》、《寄周农父》、《周农父、杨嘉树至自岭南，云于羊城晤姚六康，喜极有诗。向因友人讹传，遂有哭六康诗，想见之，哑然一笑也》。

朱一是（1610—1671）

朱一是，浙江海宁人。字近修。崇祯十五年（1642）举人，甲申（1644）后，避地梅里，以诗文雄视一世。

著有《为可堂初集四十二卷史论十卷外集二卷集选十卷梅里词三卷》，顺治康熙刻本。国家图书馆藏。另有《为可堂初集》二十六卷，国家图书馆、中科院图书馆合为全帙。《明别集版本志》著录。[3]

---

[1] 参夏勇《明遗民周岐事迹探微》，《贵州文史丛刊》2011年第3期。
[2] 何龄修：《史可法扬州督师期间的幕府人物》，何龄修：《五库斋清史丛稿》，学苑出版社2004年版，第411—413页。
[3] 《明别集版本志》，第807页。

参考文献

（说明：参考文献按照著者、编者姓名音序排列）

陈邦彦撰，温汝能校辑：《陈岩野先生全集》，嘉庆乙丑刻本。

陈伯陶编：《胜朝粤东遗民录》，收入谢正光、范金民编《明遗民录汇辑》，南京大学出版社1995年版。

陈恭尹撰，郭培忠校点：《独漉堂集》，中山大学出版社1988年版。

陈国球：《明代复古派唐诗论研究》，北京大学出版社2007年版。

陈荆鸿：《独漉诗笺》，广东人民出版社2009年版。

陈济生辑：《天启崇祯两朝遗诗》，中华书局1958年影印本。

《陈确集》，中华书局1979年版。

陈文新注释：《日记四种》，崇文书局2004年版。

邓之诚：《清诗纪事初编》，上海古籍出版社1984年版。

狄百瑞：《中国的自由传统》，李弘祺译，香港中文大学出版社1983年版。

范晔撰，李贤等注：《后汉书》，中华书局1965年版。

方以智：《浮山文集后编》，《续修四库全书》第1398册。

方中通：《陪诗》，康熙继声堂刻本。

方孔炤：《环中堂诗集》，《桐城方氏诗辑》本。

方其义：《时术堂遗诗》，《四库禁毁书丛刊》集部第144册。

方文撰，胡金望、张则桐校点：《方嵞山诗集》，黄山书社 2010 年版。

冯其庸、叶君远：《吴梅村年谱》，文化艺术出版社 2007 年版。

顾诚：《南明史》，中国青年出版社 1997 年版。

《顾炎武全集》，上海古籍出版社 2011 年版。

《归庄集》，上海古籍出版社 2010 年版。

中华书局上海编辑所编：《国寿录》，中华书局 1959 年版。

何冠彪：《生与死：明季士大夫的抉择》，台北：联经出版事业公司 1997 年版。

何绛：《不去庐集》，中山大学图书馆藏旧钞本，香港何氏至乐楼 1973 年影印汪氏微尚斋钞本。

何龄修：《五库斋清史丛稿》，学苑出版社 2004 年版。

何宁集释：《淮南子集释》，中华书局 1998 年版。

洪兴祖撰，白化文等点校：《楚辞补注》，中华书局 1983 年版。

侯方域著，何法周主编，王树林校笺：《侯方域集校笺》，中州古籍出版社 1992 年版。

黄海章：《明末广东抗清诗人评传》，广东人民出版社 1987 年版。

计六奇：《明季南略》，中华书局 1984 年版。

江村、瞿冕良笺证：《陈璧诗文残稿笺证》，上海古籍出版社 1984 年版。

江庆柏：《清代人物生卒年表》，人民文学出版社 2005 年版。

邝露撰，黄灼耀校点，杨明新注释：《峤雅》，广东高等教育出版社 1990 年版。

黎遂球：《莲须阁集》，《四库禁毁书丛刊》集部 183 册。

李婵娟：《清初古文三家年谱》，世界图书出版公司 2012 年版。

李圣华：《方文年谱》，人民文学出版社 2007 年版。

李云龙：《啸楼诗自选后集》，广东省立中山图书馆所藏民国手抄本。

梁鉴江选注：《邝露诗选》，广东人民出版社1987年版。

梁宪：《梁无闷集》，国家图书馆藏清初刻本。

刘城：《峄桐诗集》，《四库禁毁书丛刊》集部第121册。

马其昶著，毛伯舟点注：《桐城耆旧传》，黄山书社1990年版。

南炳文著：《南明史》，南开大学出版社1992年版。

欧初、王贵忱主编：《屈大均全集》，人民文学出版社1996年版。

潘江辑：《龙眠风雅》，康熙十七年潘氏石经斋刊本，《四库禁毁书丛刊》集部第98册。

潘江辑：《龙眠风雅续集》卷十二，《四库禁毁书丛刊》集部第99册。

彭士望：《耻躬堂诗钞》，上海图书馆藏清钞本。

钱澄之撰，汤华泉校点，马君骅审订：《藏山阁集》，黄山书社2004年版。

钱澄之著，诸伟奇校点：《田间诗集》，黄山书社1998年版。

钱澄之撰，诸伟奇等辑校：《所知录》，黄山书社2006年版。

钱海岳：《南明史》，中华书局2006年版。

钱仲联、钱学增：《清诗精华录》，齐鲁书社1987年版。

清水茂著，蔡毅译：《清水茂汉学论集》，中华书局2003年版。

仇兆鳌注：《杜诗详注》，中华书局1979年版。

瞿果行：《瞿式耜年谱》，齐鲁书社1987年版。

《瞿式耜集》，上海古籍出版社1981年版。

屈士煌：《屈泰士遗诗》，香港何氏至乐楼刊本。

屈向邦撰：《粤东诗话》，诵清芬室1964年铅字排印本。

全祖望辑选：《续甬上耆旧诗》，杭州出版社2004年版。

任道斌编著：《方以智年谱》，安徽教育出版社1983年版。

任道斌：《方以智茅元仪著述知见录》，书目文献出版社1985年版。

桑兵主编：《清代稿钞本》，广东人民出版社2007年版。

施闰章撰,何庆善、杨应芹点校,刘学锴审订:《施愚山集》,黄山书社 1992 年版。

史景迁:《前朝梦忆:张岱的浮华与苍凉》,广西师范大学出版社 2010 年版。

司马迁著,裴骃集解,司马贞索隐,张守节正义:《史记》,中华书局 1982 年版。

司徒琳著,李荣庆等译,严寿澄校订:《南明史:1644—1662》,上海书店出版社 2007 年版。

舒赫德、于敏中等:《钦定胜朝殉节诸臣录》,《景印文渊阁四库全书》,第 456 册。

谈迁:《谈迁诗文集》,辽宁教育出版社 1998 年版。

谈迁著,罗仲辉、胡明校点校:《枣林杂俎》,中华书局 2006 年版。

《陶汝鼐集》,康熙世綵堂汇印本,《四库禁毁书丛刊》集部第 85 册。

汪宗衍:《屈翁山先生年谱》,于今书屋 1970 年版。

汪宗衍、黄莎莉:《张穆年谱》,香港中文大学文物馆 1991 年版。

王邦畿:《耳鸣集》,《四库禁毁书丛刊》集部第 87 册。

王夫之:《永历实录》,上海古籍出版社 1987 年版。

王夫之:《王船山诗文集》,中华书局 1962 年版。

王之春撰,汪茂和点校:《王夫之年谱》,中华书局 1989 年版。

《王忠孝公集》,福建人民出版社 2010 年版。

魏禧:《魏叔子文集》,中华书局 2003 年版。

温汝能辑,吕永光等整理,李曲斋、陈永正审订:《粤东诗海》,中山大学出版社 1999 年版。

夏燮:《明通鉴》,中华书局 1959 年版。

谢正光、范金民编:《明遗民录汇辑》,南京大学出版社 1995 年版。

徐秉义撰、张金庄校点：《明末忠烈纪实》，浙江古籍出版社1987年版。

徐孚远：《钓璜堂存稿》，《清代诗文集汇编》第14册。

徐鼒著，王崇武校：《小腆纪年附考》，中华书局1957年版。

徐朔方笺校：《汤显祖诗文集》，上海古籍出版社1982年版。

许维遹：《吕氏春秋集释》，中华书局2009年版。

薛始亨：《南枝堂稿》，南华社1974年影印本。

严志雄、杨权点校：《函可千山诗集》，中研院中国文哲研究所2008年版。

杨廷麟：《兼山集》，《四库禁毁书丛刊》集部第165册。

袁珂校注：《山海经校注》，巴蜀书社1993年版。

姚觐元编、孙殿元辑：《清代禁毁书目（补遗）清代禁书知见录》，商务印书馆1957年版。

张岱：《张岱诗文集》，上海古籍出版社1991年版。

张国维：《张忠敏公遗集》，《四库未收书辑刊》第6辑第29册。

张金庄校点：《明末忠烈纪实》，浙江古籍出版社1987年版。

张穆：《铁桥集》，香港何氏至乐楼1974年版。

张升编：《王铎年谱》，上海书画出版社2007年版。

张廷玉等：《明史》，中华书局1974年版。

张怡撰，魏连科点校：《玉光剑气集》，中华书局2006年版。

章文钦笺注：《吴渔山集笺注》，中华书局2007年版。

赵园：《明清之际士大夫研究》，北京大学出版社1999年版。

朱彝尊著，姚祖恩编，黄君坦校点：《静志居诗话》，人民文学出版社1990年版。

朱熹集注：《诗集传》，上海古籍出版社1980年版。

朱熹撰，蒋立甫校点：《楚辞集注》，上海古籍出版社、安徽教育出版社2001年版。

朱希祖：《明季史料题跋（外二种）》，中华书局2012年版。

朱则杰：《清诗史》，江苏古籍出版社2000年版。

卓尔堪选辑：《明遗民诗》，中华书局1961年版。

左东岭主编：《中国诗歌通史·明代卷》，人民文学出版社2012年版。

整理后记

《帝国的流亡》的校样摆在案头，就要出书了。我不止一次想过，张晖如若见到这本新书的情景。这样的时候他一般不会多说什么，最可能的情况，也许只是淡淡的一笑。

大概是五六年前吧，他写《诗史》基本定稿之后，就总问我，下一个题目是这个，怎么样？过几个星期又问，做那个，你觉得如何？他当然知道，从我一个外行人这里全然得不到什么真正有价值的意见，但他正处在思考的状态中，要把所思所想传达出来，获得外界的某种印证。当他在寻找新问题的时候，需要集中地看很多书，几次调转选题方向，都要重新读一批书。也正是在这个过程里，他的思考慢慢从选做一个题目，转向更为基本的提问，为什么要做古典文学研究，意义何在？即使这个问题多年来一直植根在张晖心里，也只有到了这个时候，他才能通过自己下一个专题研究，对它真正有所回应。那是2007年前后，他在博士阶段的研究已经告一段落，也暂时离开了词学领域，前面即将展开的是大片的处女地，怎么走这一步，至为关键。那时候他说了不少在我听来是十分精彩的意见，经过了几年的提炼，相当一些都收在本书中的《古典文学研究的方向》一篇里。

这篇《古典文学研究的方向》，最初是张晖在"六合丛书"座谈会上的一次发言，后来由《南方都市报》发表出来。因为并不算长，又不是正式论文，多少容易被人忽略。张晖自己也会自谦地说，这样的文字"陈义太高"，自己的书难副其实。而我了解这些话的真实出处，形诸文字之后，不但坦诚、富于使命感，而且从张晖个人来说，确实正面解答了古典文学研究的意义问题——学者应以纯粹的学术研究在更深的层面上回应时代和现实，应该以此为志业。撰写《帝国的流亡》，正是他解答自身困惑的尝试，这本书"是要写知识人如何坚守自己的信仰，并在行动中践行自己的信仰，直到生命结束"。这是全书最为精练的提要。恰恰由于此书撰述过程的艰苦，这句话竟然不幸地一语成谶了！因此，张晖在文中所说的，某种程度上获得了践履和证实，也就不能说是"陈义太高"。在整理编次遗稿时我将此文作为全书的开篇和"代自序"，祈望读者略有会心。

张晖嗜书如命，也嗜吃甜品，我们常常笑话他口味上的幼齿。去年夏天的一个晚上，我们外出吃晚饭，饭后又比较像模像样地吃了"满记"，他点的是芒果班戟还是红豆凉粉什么的。虽然据他说，北京的甜品和香港、广州根本没法比，但还是一副相当知足的样子，盘点了一下他多么怀想的小甜食、冰激凌，和我慢慢走在大悦城的大堂里，又谈起他要写的书。他要做的题目，可比爱吃的甜品还要多得多！除了南明的三本书，多年前他曾提到有计划写一本《古典文学关键词》，大概是受了雷蒙·威廉斯《关键词》的影响，而他已经做完的"诗史"也是古典诗文评的核心观念之一。章黄学派是另一个他有多年积累的研究方向，也是他对龙榆生和近代学术史兴趣的延续，他曾经展开后又中断的一本书稿，是《章太炎诗校笺》。据他说，这应该是本并不厚的小书。但那天晚上，大悦城里灯光闪耀，穿着入时的男女匆匆走过，他这时跟我说的是一个从没提过的研究计划——乾隆皇帝的诗，他认为这是个值得深究的大题目。他已经开始看乾隆朝的实录和硃批，做一些最初的准备。他对乾隆的诗感兴趣，特别是当大臣的应制诗和"今上"诗对照着阅读的时候，体制、权力和现实政治在诗歌中的微妙意指，含义之曲折、用词之精准，只有身在体制之中的中国人才能欣赏、赞叹，并对此剖析反思。以往的学术研究对这批诗常常是视而不见的，而他之所以选这个题目，也是缘于以学术研究更深层地回应时代、回应现实的初衷。他讲的时候，语速像平时一样并不快，一点点展开，同时回答我的问题，显得很有把握。让我印象最深的，是这几句话，"你看，我做完'帝国三部曲'，年纪已经不小了，再做这个乾隆的题目，做完之后基本就快到六十、快退休了。二十多年写不了几本书，一下就到了。退休以后也许还能做一两个题目，到时候就看身体了，说不好了。"我们俩慢慢地走着，他说这话的时候，我好像已经知晓了我们俩到老的时候的样子，我们到那时聊的话题。在一起多年，他的才能和抱负，我自然了解，在这个普通的晚上他一眼看到了学术生涯的尽头，我难免也和他一样抱有遗憾，但同时也感觉日子这样过，挺踏实。

又过了几个月，到了岁末年终的时候。张晖家搬到敞亮的新居，久拖未决的职称也终于下来了，又逢新年，处处都有否极泰来的喜气。在见面聊天和电话里,他总说最近写书写了不少,喜不自禁。他在 2013 年年初所写,应该就是书中《奔赴行朝》、《生还》和《士大夫的绝命诗》这几部分,也是本书最为完整的章节。但是这其间如果有杂事打断他的写作,他就会显得特别的懊丧和苦恼,甚至怒火中烧。

现在我们知道,在这个阶段他的身体情况已经非常不好,极度疲劳、缺乏休息、头疼、常常感冒。我们最后一次聊天,是 3 月 10 日礼拜天的晚上。那天我和妻女去张晖新家,坐新开通的 6 号线,出了站应该是张晖来接的,换成了张霖。张晖太累了,有点走不动。我们在家里聊了一个小时,他给我看了几本新书,兴致颇高。又一起出门吃饭,饭馆里人不多,饭菜精细讲究,说说笑笑十分愉快。小女刚会说完整的句子,她比张贞观大一岁多,贞观这时还只会蹦单字,小女就坐在张晖对面秀了几首刚背的唐诗,"松下问童子"云云,张晖笑眯眯地一直听,很鼓励的表情。但是吃饭中间,他总不时用右手拳头敲太阳穴和右侧的脑袋,说最近头疼比较严重。

当晚散席后,张晖、张霖送我们一边聊一边往地铁站走。我几次劝他早回,在离地铁口还有四五百米的地方,他慢慢停下来,挥挥手就此道别了。当时天已经全暗了,我回头只见到一个高高个子、一只大手、向我半曲着手臂。天寒路黑,我的道别一定非常潦草。这半年多来,我总是回想那个晚上、那顿晚饭,我觉得那天本来没有一丝遗憾,舒畅愉快,但事后想,却充满了遗憾!

3 月 14 日夜里,张晖深度昏迷,已在弥留之际。因为插管的需要,有段时间我一直握着他的手。张晖的手很有特点,手指又粗又长的一双大手,手纹重很有力量,总是十分温暖。那一夜也是如此。

他的大脑此时已经充满了血，那个饱读诗书、富于好奇心和自嘲、带着我们很多共同记忆的大脑，短短几个小时之间已变得一片死寂，可他的大手还是那么暖，甚至微微出着汗。张霖深情地给他额头擦着汗，张剑忙前忙后安排事情，我握着张晖的手，心中难过舍不得他，好像正在拉着他，其实无能为力！谁也无能为力。

张晖去世后，张霖将他电脑里"帝国的流亡"文件夹中的遗稿转交给我，委托我编辑成书。这个文件夹一共有19个Word文档，我看到大多数都在2月底到3月初被修改过，他写这本书一直到他的最后一周。在整理成初稿时，章节的结尾处，都附注张晖最终修改的时间，我们不愿意斩断与原稿的最后一丝联系。虽然最终成书时，所有的附注都不得不略去了。我所做的整理工作，仅限于将张晖所写的文字和他单纯纂抄的文献区别开来，保留前者；将原稿中的部分残稿编次为可以通读的章节；对标点、注释、引文等做最为基本的规范。原则是不擅改，在完整保留的原书框架之下尽可能呈现张晖遗作的原貌。

本书整理过程中，张霖给予了资料上的坚强支持，并予最充分的信任；初稿编成后，张霖也有非常内行的指点。书中的一些疑难空缺之处，得到好友徐雁平的及时帮助和热忱补正，并校读全书清样。本书的附录《南明诗人存诗考》自成一体，是张晖一边读书一边随手做的札记，虽不完整也颇为可观，只是现有部分疏漏在所难免，目前书中的附录由李芳、闵丰两位好友费心订正了不少笔误之处。书前蒙左东岭先生赐序，对张晖的肯定和厚爱让人动容，谨致谢忱。中国社会科学出版社的郭晓鸿女士惠允出版此书，在选题和编校出版阶段提出许多专业的建议、鼎力相助。此书顺利出版，从始至终，端赖好友张剑的大力推动，对遗稿整理的方式、出版形式、出版时间都有切实的规划，他还细致校读了清样，订正讹误，并将以上诸位和许多未能一一提到的好友联系在一起共同完成此事。由衷致谢！

本书的后记倘由张晖来写的话，他必然还会向诸位业师表达由衷的感激之情。他从游张宏生、张伯伟、陈国球、严志雄先生多年，深以得遇名师为幸，还有忘年好友陈建华先生，已故的施蛰存、卞孝萱先生等，他们朝夕论学、无话不谈，除了授业传道之外，更有近似亲情的相契。张晖的学术成长离不开这些老师的倾囊相授。张晖的父母、家人，为他的学术研究也做出了巨大而无声的奉献，正是家人的默默付出和无条件支持，造就了这位年少有成的学者。张晖总把肩负的责任看得极重，师长、家人所做的一切，相信他都记念在心中，期待竭力报答。英年早逝，我想最令他憾恨的，就是再也无法回报至亲的恩情了！这本《帝国的流亡》出版，但愿能给最为悲伤的家人、师长带来一点点慰藉。写书是张晖最爱做的事，化为一本小书也许就是他最合心意的存在方式。

张晖在书中《奔赴行朝》一篇的最后写道："今日残存下来的零散的短章诗篇中，我们可以打捞出当时士人大规模奔赴行朝的一些片段，不至于令那些在苦难中忠于信念并付诸实践的伟大情怀彻底消逝在历史之中。还有他们的痛苦与欢乐，我们似乎也能藉此轻轻地触摸和感受。"本书虽然未能完成，但它凝聚了一位学者毕生的学术理想和众多友人的深厚情谊，相信能传之后世，让张晖不要在天际边消失得太早、太快。在我们轻轻地触摸这本小书时，想必也能感受到这个可敬的年轻人的痛苦与欢乐！

曾　诚

二〇一三年十二月